피터 래빗 죽이기

피터래빗 죽이기

이찬영 장편소설

KILLING PETER RABBIT

고즈넉이엔티 GOZKNOCK ENT

피터 래빗 죽이기

초판 1쇄 발행 2019년 4월 29일

지은이 이찬영
펴낸이 배선아
펴낸곳 (주)고즈넉이엔티

출판등록 2017년 3월 13일 제2018-000115호
주소 서울시 중구 퇴계로26길 52 1층
대표전화 02-6269-8166 **팩스** 02-6166-9199
이메일 gozknock@naver.com

ⓒ 이찬영, 2019
ISBN 979-11-6316-046-5 03810

이 도서의 국립중앙도서관 출판예정도서목록(CIP)은 서지정보유통지원시스템
홈페이지(http://seoji.nl.go.kr)와 국가자료공동목록시스템(http://www.nl.go.kr/kolisnet)에서
이용하실 수 있습니다. (CIP제어번호: CIP2019015059)

'신이 한쪽 문을 닫으면 다른 쪽 문을 열어 준다'는

엄마의 말이 맞았다

1

오늘 한 사람을 죽여야 한다.

진철은 감당할 수 없는 생각에 짓눌려 몇 번이나 제복의 단추를 잘못 채웠다.

그가 생각을 감내하지 못하는 것처럼 낡은 단추가 견디지 못하고 셔츠에서 툭, 떨어져 나갔다. 또르르 굴러가 닿은 곳은 장식장의 끄트머리.

그의 시선은 맴돌고 있는 단추가 아닌 장식장 위 표창패에 머물렀다. 상패에 새겨진 상투적인 문구가 새삼 생경하게 다가왔다.

위 사람은 용맹과 기지를 발휘, 수많은 범죄자를 검거하여

사회의 정의 실현에 기여하였으므로 이 상패를 수여함

사회의 정의.

두 어절 단어가 명치에 턱하고 걸리더니 오래전의 기억을 소환했다.

'사회의 정의에 이바지하고 싶습니다.'

이십오 년 전, 경찰 공무원 면접을 볼 때였다. 왜 경찰이 되고 싶냐는 면접관의 질문에 한 치의 망설임도 없이 대답했다. 사회의 정의에 이바지하고 싶다고. 그때의 푸릇푸릇한 청춘은 상상도 못 했으리라. 자신이 언젠가 사람을 죽이려 할 것이라는 사실을.

진철은 기도하는 마음으로 표창패를 조심스럽게 어루만졌다.

오늘 진정한 용기와 기지를 발휘할 수 있기를…….

그의 죽음이 사회의 정의 실현에 기여하는 것이길…….

2018년 4월 15일 오전 10시 살인 실행 열한 시간 전

"센터장님, 나오셨습니까?"

안산시 CCTV 통합관제실에 들어선 진철은 직원들의 인사를 받는 둥 마는 둥 하며 센터장실에 들어갔다.

문을 잠그고, 블라인드를 칠까 하다가 그만두었다. 평소답지 않은 행동이 수상해 보일 것이다.

그는 최대한 자연스럽고 평온한 표정으로 통유리 벽 너머 관제실을 둘러보았다.

실장이 이것저것 지시를 하기 위해 돌아다니고 있을 뿐 모니터 요원들은 각자에게 배당된 CCTV 모니터 화면을 지켜보느라 분주했다.

혹여 직원들이 그의 행동에서 특이점을 발견했다 해도 문제될 것은 없다. 혼자 사무실에 틀어박혀 일에 집중한 게 어디 한두 번인가.

직원들은 그가 공개할 수 없는 어떤 사무를 해결하기 위해 두문불출한다고 여길 것이다.

불안한 마음이 한결 가라앉았다.

딸깍딸깍, 모니터 앞에 앉아 감시용 CCTV 폴더를 클릭했다. 그의 손놀림에 따라 몇 개의 화면이 모니터에 펼쳐졌다.

A-728

B-100

C-005

A-526

각각의 카메라는 함현중학교 사거리, 시립병원, 주점이 가득한 유흥가, 주상복합건물 르네상스타워의 모습을 담고 있었다. 모두 오늘 살해 대상이 출몰할 예상 장소들이다.

진철은 한 화면, 한 화면을 꼼꼼하게 들여다봤다.

A-728 화면 속의 함현중학교에서 근무하는 목표물은 점심을 먹은 후 B-100의 병원에서 물리치료를 받을 것이다.

다시 A-728의 화면으로 돌아와 남은 근무를 마친 후, C-005의 주점 거리로 가서 술을 마실 것이다. 취기가 오르면 목표물은 A-526에 나타나 어김없이 아내를 찾는다.

A-526 화면 속, 르네상스타워의 2층에 위치한 정신건강상담소에 시선이 다다르자 겨우 진정됐던 마음이 다시 요동치기 시작했다.

'장소희 정신건강상담소'

예정된 시간이 되면 자신이 직접 A-526의 화면 속에 뛰어들어야 한다. 감시자가 아닌 범죄자가 되어.

몇 번이나 이 화면을 보며 그 속에 있는 자신의 모습을 상상했는지 모른다. 몇 번이나 이 화면을 보며 목표물을 제거하는 시뮬레이션을 반복했던가!

그 모든 노력을 비웃듯 심장은 미친 듯이 뛰며 온몸으로 혈류를 방출했다.

A-728 화면 속, 함현중학교에서 한 남자가 걸어 나왔다.

단단한 체격에다 장신인 남자는 군것질을 위해 쏟아져 나오는 소년들 위로 커다란 그림자를 드리웠다. 아직 성장기인 고만고만한 소년들 사이에 서 있으니 소인국에 나타난 거인 같은 착시를 불러일으켰다.

진철은 모니터 앞에 얼굴을 들이밀고 무서운 집중력으로 남자를 지켜봤다. 작은 표정 변화 하나, 헛기침 하나도 놓치지 않으려는 듯이.

이 남자가 바로 오늘 진철이 많은 것을 걸고 살해해야 할 대상이었다.

전직 프로야구 선수이자 현직 중학교 야구부 코치인 양기호.

기호는 한때 타격왕 타이틀을 연이어 거머쥐기도 했던 야구계의 스타였다. 야구 팬들에게 그의 거친 성격은 경기 운영을 위한 투지로 해석됐다. 행운은 딱 거기까지였다. 운명의 롤러코스터는 그에게 짧은 영광의 정점을 맛보게 한 후 끝을 알 수 없는 불운으로 곤두박질치게 했다.

경기 도중 화를 억누르지 못해 후배에게 야구 배트를 휘둘렀다가 선수 자격을 박탈당한 게 불운의 발화점이었다. 이후 화려한 시절의 추억에 갇힌 채 술에 절어 지내다가 2년 전부터 아는 선배의 추천으로 중학교 야구단의 코치 일을 맡고 있었다.

그간의 풍파로 날카로운 이빨과 발톱이 많이 무뎌졌지만 십 년이 지난 지금도 기호의 내면에 잠재된 거친 성정은 여전했다. 그가 손에 들었다 하면 그것이 무엇이든 살인 무기가 될 수 있다는 것을 진철은 누구보다 잘 알았다.

그런 그를 죽여야 한다.

온통 그 생각으로 가득 찬 진철의 머릿속에 아침에 보았던 표창패 속의 단어가 문득 떠올랐다.

용기와 기지.

그 어느 때보다 이 두 가지 덕목이 절실했다. 열한 시간 후 명을 다하고 차가운 바닥에 쓰러지게 될 자가 자신이 아니라 기호가 되도록 하기 위해.

2018년 4월 15일 오후 4시 살인 실행 다섯 시간 전

"여성폭력센터입니다. 무엇을 도와드릴까요?"

소희가 든 수화기 너머에서 들려오는 여자의 목소리는 더할 나위 없이 상냥했다. 마치 '전화하신 분, 우리가 도와줄게요. 끊지 말고 용기를 내요'라고 용기를 북돋는 듯했다.

몇 번인가 입술을 옴짝거렸지만, 그녀는 끝내 운을 떼지 못하고 전화를 끊었다.

수화기를 내려놓자 왈칵 눈물이 쏟아졌다. 눈물의 이유가 사회적 지위를 잃을까 두려워 신고조차 못하는 자신의 어리석음 때문인지, 남편을 죽여야 하는 얄궂은 운명 때문인지 판단이 되지 않았다. 아마 생각보다 더 복잡한 이유일 것이다.

티슈 몇 장을 뽑아들고 거울 앞에 섰다. 조심했지만 티슈가 지나간 자리의 화장은 여지없이 뭉개졌다. 지워진 화장 아래로 상한 과육처럼 검붉은 피멍이 드러났다. 피멍을 보자 세상에 드러나선 안 될 비밀이 드러나기라도 한 것처럼 서둘러 화장품을 꺼냈다.

멍을 가리기 위해 퍼프로 파운데이션을 두드려 바르는 모습이 사뭇 비장해 마치 마음속의 어떤 결심을 다지는 의식처럼 보였다.

'남편에게 맞아 다리를 절게 된 후배 선수를 생각해봐. 훈련을 빙자한 체벌에 공포에 떨고 있는 야구부 소년들은 어떻고? 그들을 위해서도 이건 옳은 일이야. 무엇보다 이 살인은 정당방위야. 죽이지 않으면 죽고 말 테니까.'

야아옹.

갑자기 어디선가 고양이 소리가 들려왔다. 건물 앞에 내놓은 음식물 쓰레기봉투 속을 뒤지는 길고양이일 것이다. 소희는 죽은 키티가 생각났다. 가족이나 다름없었던 페르시안 고양이 키티.

삼 개월 전, 소희의 남편 기호는 동료들과 함께하는 술자리가 파하자마자 집으로 달려왔다. 다짜고짜 거실 구석에 세워둔 야구 배트부터 찾더니, 식탁을 내리쳐 부수며 소희를 추궁했다.

"누구야? 어떤 놈이냐고?"

흥분한 남편이 마구 뱉어내는 날숨이 금세 집 안을 술 냄새로 가득 채웠다. 역한 냄새에 코를 틀어잡은 그녀는 별스럽지 않게 되물었다.

"누구냐니? 무슨 말이에요?"

술에 취해 난동을 부리는 게 어디 하루 이틀 일이었나. 필드에서 강제로 내려와야 했던 굴욕의 순간부터 남편의 분노 조절 장치는 완전히 고장이 났다.

가까스로 평온을 유지하던 그녀는 남편의 다음 질문에 와르르 무너졌다.

"당신이 만나는 남자가 누구냐고?"

술자리에서 우연히 들었다고 했다. 사람들이 남편 몰래 쑥덕거리는 소문을.

'기호 마누라 바람 난 거 아냐? 누가 물왕리 호수 근처에서 어떤 남자랑 있는 걸 봤대. 분위기가 묘했다지 아마.'

'저런 술꾼이랑 같이 살려면 따로 만나는 애인이라도 있어야지. 안 그래?'

딱 한 번 진철과 물왕리 호수에 간 적이 있었지만 주변에 사람은 없었다. 태풍 전야의 궂은 날씨 탓에 음식점이며 낚시터며 사람이 있을 만한 곳은 모두 문을 닫았기 때문이다. 그런데 누군가 두 사람을 지켜본 모양이었다.

당황하는 것도 잠시, 순진하게 전해들은 이야기를 다 털어놓은 남편 덕에 소희는 냉정을 되찾을 수 있었다. 남편은 소문만 들었을 뿐 확증을 가진 건 아니었다.

도리어 뻔뻔해진 그녀는 최대한 심드렁한 표정으로 연기를 시작했다.

"참 웃기는 사람들이네. 물왕리 호수가 불륜 커플의 연애 장소로 유명하다지만 거기에 불륜 커플만 가나? 상담소 직원들이랑 단합 대회 하러 간 적도 있고, 환자가 식사 대접한다고 해서 간 적도 있고……."

그녀의 말에 설득력이 없었던 걸까, 아니면 연기가 어설펐던 탓일까. 말이 끝나기가 무섭게 기호가 배트를 부웅, 휘둘렀다. 소희는 머리를 감싸며 몸을 바싹 웅크렸다. 이렇게 죽는구나 싶었다.

니야아. 퍽, 하고 배트가 어딘가에 닿는 것과 동시에 괴성이 터져 나왔다. 비명소리였다. 분명 자신이 낸 소리는 아니었다.

소희가 손끝에 닿는 뜨끈한 액체의 감촉에 놀라 고개를 들자, 새빨간 털뭉치 같은 게 보였다.

길게 드리웠던 우아한 페르시안 종의 털이 피에 젖어 초라하게 뭉쳐 있었다.

"소문…… 사실이면 죽을 줄 알아."

거실에 펼쳐진 참담한 풍경에 충격을 받은 소희는 남편의 경고가 들리지 않았다.

그날 그녀는 예감했다. 그녀도 곧 키티처럼 되리라는 것을.

2018년 4월 15일 오후 6시 살인 실행 세 시간 전

"저희 퇴근할게요. 내일 뵙겠습니다."

"오늘도 상담 준비로 밤새는 거예요? 존경합니다, 원장님."

상담원들은 소희에게 내일을 기약하는 인사를 하고 퇴근을 서둘렀다.

소희는 오늘 그들의 인사가 예사롭게 들리지 않았다. 과연 자신에게 내일이란 시간이 있을까…… 불륜 행각 끝에 남편을 죽이려 한다는 걸 알아도 직원들의 존경한다는 마음은 그대로일까. 남편의 폭력에 못 견뎌 진철이 내민 손을 잡았다고 하면 한 마디 위로라도 건넬까.

아닐 것이다. 직원들이 사실을 알게 되면 소희의 사정은 욕정을 통제 못한 유부녀와 난봉꾼 유부남의 막장 드라마로 각색되어 퍼질 것이다. 결국 유학 중인 딸의 귀에도 들어가게 되겠지.

딸의 미래는 소희를 진철의 살인 계획에 동의하도록 한 결정적 이유였다. 남편을 죽여서라도 딸에게 자랑스러운 엄마로 남아 있고 싶은, 다소 기이한 모성애.

상담소가 텅 비자 소희는 분주하게 움직였다. 뒷문의 잠금장치를 풀고 등산용 로프와 덕트 테이프를 책상 서랍에 넣어뒀다. 어제 탄 겟돈을 테이블 위에 전시하듯 올려놓는 것도 잊지 않았다.

'장소희 정신건강상담소'는 완공한 지 일 년이 지났지만 미분양 상태인 르네상스타워에 있었다. 일찍 문을 닫는 일본식 카레 집을 빼면 2층은 용도가 생기길 기다리는 텅 빈 곳들뿐이었다.

건물을 가득 채운 어둠과 차가운 공기는 유일한 살인의 목격자가 될 것이다. 어떤 증언도 할 수 없는 침묵의 목격자.

할 일을 마친 소희는 응접실 소파에 앉아 오늘 밤 일어날 일을 상상해봤다.

강도로 분장한 진철이 뒷문으로 숨어 들어와 술에 취해 잠이 든 남편의 목을 조를 것이다. 목이 졸리는 고통에 남편이 깨어나면 소희와 진철이 동시에 로프 끝에 매달려 안간힘을 써야 할 것이다. 마침내 남편의 사지가 늘어지면 진철이 그녀의 손발을 묶고 입에 테이프를 바른 후 돈을 가지고 사라진다.

다음 날 아침 맨 처음 출근한 직원이 사지가 묶인 그녀와 죽은 남편을 발견하고 신고를 하게 되고…… 계획대로 일이 잘 풀린다면 겟돈을 노린 강도의 우발적 살인으로 수사의 방향이 잡힐 것이다.

약속한 시간이 다가오자 그녀는 이상하게 담담해졌다. 이 순간 불륜을 저지른 수치심도, 남편을 죽인다는 죄책감도 그녀를 괴롭히진 못했다. 매일 그녀를 찾는 죽음의 공포로부터 자유로워지고 싶을 뿐이었다.

2018년 4월 15일 오후 7시 살인 실행 두 시간 전

벌써 여덟 시간째, 진철은 CCTV 화면 속 기호의 하루를 지켜보고 있었다. 책상 위에 너저분하게 쌓인 컵라면과 캔 커피가 지난 여덟 시간의 고뇌를 보여주고 있었다.

기호는 진철의 예상대로 착실하게 움직였다. 오전 근무 후 병원에 들러 물리치료를 받았고, 학교 앞 슈퍼마켓에 들러 담배와 아이스크림을 산 후 오락실에서 삼십 분을 소요했다. 아이스크림의 종류마저 늘 먹던 거였다.

기호는 알코올 중독자치고는 규칙적인 사람이었다. 일과를 마치면 혼자 술집에서 소주 두 병을 마신 후 저녁 아홉 시에서 열 시 사이에 어김없이 귀가를 했다. 여럿이 어울려 마시는 자리가 잦다면 귀가 시간이 들쭉날쭉하겠지만 매번 주사를 부린 덕에 아무도 기호의 술 상대가 되려 하지 않았다. 덕분에 기호는 강제적으로 규칙적인 사람이 된 셈이다.

술에 취해도 망가지지 않는 귀소본능에 따라 허우적거리며 르네상스타워에 도착하면 담배를 한 대 피우며 집이 있는 7층과 상담소가 있는 2층을 번갈아 봤다. 보통 소희가 늦게 귀가를 할 땐 2층에, 일찍 귀가를 할 땐 7층에 불이 켜져 있었다.

담배를 하나 다 태운 후, 기호는 어울리지 않게 조심스럽게 굴며 아내를 찾아갔다. CCTV를 통해 진철이 본 기호의 귀가 모습은 불륜남을 찾는 흥신소 직원의 몸짓 같았다. 의심과 적의로 가득 찬.

수색이 끝나고 불륜남이 없다는 걸 확인하면 갑자기 기면증 환자처럼 그 자리에서 잠이 든다고 했다. 아내가 혼자 있다는 안도가 억눌러뒀던 피로를 한꺼번에 불러오는 모양이었다.

2층과 7층, 두 층에 모두 불이 꺼져 있을 때는 동네가 시끄러워지는 날이었다. 기호가 야구 배트를 꺼내들고 아내를 찾아 온 동네를 들쑤시고 다니기 때문이었다.

별일이 없다면 오늘 기호는 상담소 소파에서 깊은 잠에 빠져들 것이다. 그때가 바로 예정된 시간이었다. 진철이 A-526 화면으로 들어가 용기와 기지를 발휘할 시간.

삐삑, 핸드폰에서 알람이 울렸다. 저녁 7시 10분.

진철은 기호의 퇴근 시간에 알람을 맞춰뒀다. 행여 졸음이나 용변을 보는 일 때문에 기호의 퇴근하는 모습을 놓치지 않기 위해서였다. A-728 화면에 아직 그의 모습은 없었다. 곧 그는 교문을 빠져나와 C-005에 있는 술집으로 들어갈 것이다. 기호가 술집에 들어가는 것을 확인하면 감시 카메라 화면을 모두 닫고 알리바이를 확보하기 위한 플랜을 이행해야 한다.

알리바이를 위한 플랜은 단순했다. 퇴근 후 경찰청사에서 개최하는 세미나에 참석할 것이다. 차를 청사 주차장에 주차하고 될 수 있는 대로 많은 사람들과 눈도장을 찍고, 강의가 시작되고 사람들이 하나둘 졸기 시작하면 조용히 세미나실을 나온다.

인부들이 사용하는 비밀 통로로 빠져나온 후 카메라 사각지대에서 강도로 변장한다. 기호를 살해한 후 다시 세미나 장소로 돌아와 참석 후기를 남긴다. 디데이를 오늘로 잡은 것도 길고 지루한 세미나가 알리바이 조작에 용이하기 때문이었다.

7시 20분, 기호가 A-728에 나타났다. 교문을 빠져나와 영락없이 술집이 있는 유흥가 쪽으로 향했다.

기호가 A-728의 프레임에서 사라지려는 찰나, 빨간 경차 한 대가 기호의 앞을 가로막았다. 낯익은 차였다. 어디서 봤지?

진철의 물음에 답하듯 누군가 차문을 열고 내렸다.

떨리는 손가락은 자기도 모르게 화면을 확대하고 해상도를 높였다.

차에서 내려 얼굴을 드러낸 여자는 확성기 민옥숙 여사였다. 소희와 진철이 활동하는 자원봉사단체의 일원인 동시에 기호의 야구팀 팀원의 학부형인 여자. 그녀의 귀에 들어갔다 하면 어떤 비밀도 공공재가 되는 바람에 봉사단체 멤버들은 그녀를 확성기 여사라 불렀다.

여자가 기호에게 다가가 말을 걸었다. 말을 쏟아내는 그녀의 표정이 자못 심각했다. 무슨 말을 하는 걸까? 듣는 상대방의 반응을 봐야 대화의 내용을 짐작할 수 있을 텐데. 카메라에 보이는 것은 기호의 넓은 등짝뿐이었다.

흔한 학부모 상담이나 안부 인사를 나누는 것이겠지. 애써 진정하려고 했다. 그러나 갑자기 일어난 영상의 변화가 와이퍼가 되어 진철의 머릿속을 하얗게 지웠다.

기호가 고개를 돌리더니 CCTV 카메라를 응시했다. 진짜 눈과 눈이 마주친 것 같은 생생함에 심장이 덜컹 내려앉았다.

무슨 생각에서였을까? 기호는 카메라를 보면서 한동안 그 상태로 멈춰서 있었다. 동시에 진철의 숨도 함께 멎었다.

정지화면처럼 서 있던 기호가 다시 움직였다. 학교로 들어가더니 잠시 후 뭔가를 들고 나타났다. 야구방망이였다. 목재가 아닌 스틸 소재의 배트가 가로등 불빛에 반사돼 번쩍, 빛이 났다.

진철은 기호의 배트가 눈앞에 휘둘러지기라도 한 듯 몸을 움찔했다.

기호가 택시를 잡아타고 어디론가 향했다.

진철은 숨을 토해내고 냉정을 되찾으려 애썼다.

손에 쥔 마우스가 바쁘게 움직였다. 택시의 이동 경로를 따라 CCTV 카메라의 화면이 빠르게 열렸다 닫혔다.

기호를 태운 택시는 함현중학교가 있는 함송로에서 벗어나 한참을 달리더니 한양대학교 사거리를 꽉 채운 퇴근 행렬에 가담했다.

사거리에서 우회전을 해 항가울로 쪽을 향한다면 통합관제센터로 오는 게 확실하겠지만, 그것을 확인하기까지 족히 십 분은 넘게 걸릴 것이다. 관제센터 앞길은 병목현상으로 악명 높은 길이었다.

초조하게 신호가 풀리기를 기다리는데 기호가 갑자기 택시에서 내렸다. 그러더니 주저 없이 달렸다.

왼쪽 길을 선택하길 바랐던 기대는 여지없이 무너졌다. 기호는 대로 끝에서 오른쪽으로 돌더니 정확하게 관제센터를 향해 달려왔다. 여기까지 도착하는 데는 몇 분 걸리지 않을 것이다.

진철은 문을 박차고 통합관제실을 빠져나왔다.

복도로 나온 진철은 엘리베이터 앞에 섰다.

엘리베이터 표시등의 숫자가 점점 커지고 있었다.

벌써 기호가 탔을지도 모른다. 5층에서 엘리베이터 문이 열리는 것을 기다려 누가 탔는지를 확인하는 도박을 할 여유가 없었다.

그는 비상구 문을 열고 계단으로 뛰어들었다. 몇 발짝을 내딛은 후, 시큰한 통증을 느끼고 나서야 연골이 마모된 무릎의 상태가 떠올랐다. 계단을 내려가는 행위를 금하라는 의사의 경고도 떠올랐다. 그는 한 발 내디딜 때마다 온몸이 감전되는 것 같은 통증을 이겨내며 계단을 내려갔다.

끼이익, 철컹.

진철이 2층에 다다랐을 때 비상구 철문을 여는 소리가 들렸다.

숨을 죽이고 위층의 동태를 살피는데 캉캉캉, 요란한 쇳소리가 들려왔다.

스틸 소재의 배트가 철재 난간과 부딪혀 내는 소리였다.

위를 올려다보느라 발을 헛디뎠다. 진철의 몸뚱이가 계단을 굴렀다.

일층까지 이어진 계단과 몸이 부딪치는 시간이 억겁처럼 길게 느껴졌다. 계단 끝에 구겨진 몸은 꼼짝도 할 수가 없었다.

탁탁탁.

누군가 급하게 계단을 내려오는 소리가 났다. 그 소리에 반응하듯 사지에 힘이 돌았다. 몸을 일으키는 순간 끊어지는 것 같은 통증이 등짝을 훑었다.

관제센터 건물에서 가까스로 빠져나온 진철은 서둘러 차에 올랐다. 센터 앞 도로엔 차가 꽉 차 있었다.

진철은 경광등을 꺼내 차 위에 부착했다.

위급함을 알리는 사이렌 소리가 요란하게 울려 퍼졌다. 경광등은 효과가 있었다. 조금씩 길이 트이면서 꽉 막힌 길을 빠져나올 수 있었다.

진철은 앞으로만 내달렸다. 아무 생각도 들지 않았다. 그저 기호가 찾아올 수 없는 어딘가로 가고 싶을 뿐이었다. 차가 시 경계에 이르러서야 소희가 떠올랐다. 갓길로 차를 세웠다. 자신을 잡지 못하면 기호의 배트가 소희를 향할 것은 불 보듯 뻔한 일이었다.

핸드폰을 꺼내 소희에게 전화를 했다. 먼저 위험을 알려줘야 한다.

'고객이 전화를 받을 수 없어 소리샘으로 연결합니다.'

차가운 전자음이 그녀의 폰이 꺼져 있음을 알려왔다.

어쩔 수 없다는 듯 고개를 흔들고는 다시 차에 올랐다. 사람을 죽이는 건 아무나 할 수 있는 일이 아니다. 아무리 양기호라도 그 선을 넘을 수는 없을 것이다. 시동을 거는 순간, 문득 죽은 고양이 얘기를 하며 무너지던 소희가 떠올랐다.

후드득, 핸들 위로 뭔가가 떨어졌다. 핸들을 뒤덮은 것은 피였다. 피의 진원지를 찾기 위해 백미러를 쳐다봤다. 백미러 속에는 피범벅이 된 초로의 남자가 애처롭게 떨고 있었다.

2018년 4월 15일 오후 8시 30분 살인 실행 삼십 분 전

거친 발소리가 다가왔다.

핸드폰을 매너모드로 바꾸고 명상을 하던 소희는 숨이 멎을 것만 같았다. 지금 저 문을 열고 들어서는 사람은 둘 중 하나일 것이다.

여닫이문을 밀며 한 남자가 상담소에 뛰어들었다. 형편없는 몰골을 한 진철이었다.

"그가 알았어."

소희의 눈에 핏발이 섰다.

"어서 도망가야……."

진철이 채 말의 마무리를 짓기도 전에 발소리가 들려왔다. 규칙적이지만 그래서 더 섬뜩한 발소리……. 소리는 조금씩 커졌다.

소희는 일이 잘못될 경우를 대비해 미리 연습한 대로 움직였다. 응접실 구석에 있는 캐비닛에 진철을 쑤셔 박듯 집어넣고 걸쇠를 걸었다.

"여기 꼼짝 말고 있어요. 내가 어떻게든 해볼게. 괜찮을 거예요. 남편은 아이 같은 면이 있어서 잘 설득하면 순한 양이 되기도 하니까."

말을 마친 소희는 응접실의 불을 끄더니 원장실로 향했다. 평소처럼 상담 준비를 하고 있었다는 모습을 남편에게 보여주기 위해서였다.

잠시 후 원장실에서 클래식 선율이 흘러나왔다. 우아한 음악이 진철의 귀에는 평상심을 가장하기 위한 소희의 몸부림처럼 느껴졌다.

캐비닛 속에 갇힌 진철의 신경은 온통 발소리에 집중됐다. 좀 전까지 그를 괴롭히던 몸을 쥐어짜는 듯한 통증도 이 순간엔 느껴지지 않았다.

발소리가 멈추더니 끼이익, 문이 열리는 소리가 났다.

눈을 한껏 찌푸려 캐비닛 문틈으로 밖을 주시했다. 흐릿한 비상구 불빛에 침입자의 실루엣이 드러났다. 노안으로 시력은 엉망이 되었지만 이십 년 넘게 형사밥을 먹으며 익힌 직관의 시력은 아직 남아 있었다. 그 직관의 시력으로 바라본 남자는 기호가 아니었다.

모자를 쓰고 작업 점퍼를 걸친 의문의 침입자는 190이 넘는 기호와 달리 170 초반에 호리호리한 체형의 소유자였다.

침입자는 상담소 내부의 구조가 익숙한 듯 어둠 속에서도 헤매지 않고 소파에 앉았다. 가방에서 뭔가를 꺼내더니 테이블 위에 올려놓고 한참을 꼼지락거렸다.

끼이익, 탁, 스르륵.

무엇인가를 조작하는 낮은 소리가 소희가 틀어놓은 음악과 묘하게 어울렸다.

이 분쯤 지났을까. 남자가 조작을 마친 물건을 높이 들었을 때 소름이 척추를 타고 온몸으로 퍼졌다. 야구 배트였다. 스틸 소재의 조립식 배트.

때마침 음악 소리가 꺼지고 소희의 목소리가 들려왔다.

"여보, 당신이야?"

그녀의 목소리에 남자는 조용히 배트를 들고 원장실 문 옆에 바싹 붙어 섰다.

전형적인 범죄자의 몸짓이었다.

위험해, 소리쳐야 하는데 입술이 딱 붙어 떨어지질 않았다. 그녀에게 위험을 알려주면 자신의 존재와 위치가 침입자에게 노출된다.

소희가 문을 열고 나오자 배트는 조금도 망설임 없이 그녀의 뒤통수를 향했다.

퍽, 소리가 나는 동시에 소희는 머리를 감싸고 쓰러졌다. 작고 불쌍한 여자를 쓰러뜨리는 데는 일격이면 충분했다. 하지만 남자는 그걸로 모자란다는 듯 여러 차례 더 배트를 휘둘렀다. 둔기가 살에 부딪쳐 나는 탁음과 뼈가 깨져서 나는 날카로운 파열음이 동시에 고막을 고문했다. 페르시안 고양이의 털처럼 그녀의 머리털도 피범벅이 됐다.

피냄새가 후각을 자극하자 진철은 그대로 얼어붙어버렸다. 이 순간 떠오르는 생각은 단 한 가지뿐이었다. 자신이 숨어 있는 캐비닛은 얼마나 안전할까. 그리고 간절히 바랐다. 어서 저 남자가 이곳을 떠나기를.

남자는 아직도 할 일이 남아 있는 듯 소희의 핸드폰을 집어 들었다. 스피커폰 모드로 전환했는지 통화 목록을 뒤지고 버튼을 누르는 소리가 생생하게 들렸다.

삐삐삐, 신경을 날카롭게 긁는 기계음에 이어 음악이 들려왔다.

'And now, the end is near…….'

진철의 컬러링인 마이웨이였다.

손에 쥔 핸드폰이 요란하게 빛을 발하며 진동으로 몸을 떨었다.

그는 재빨리 핸드폰을 매너모드로 바꿨다. 짧게 들렸던 진동음이 환청으로 간주되길 기도할 뿐이었다.

기도가 통한 건지, 남자는 전화를 받지 않자 종료 버튼을 눌렀다. 마지막으로 상담소 내부를 둘러보더니 마침내 출구로 발길을 옮겼다.

진철의 눈에 남자의 움직임이 그렇게 느려 보일 수가 없었다.

순간 강한 금속음이 적막한 공간에 울려 퍼졌다.

쿵!

땀이 밴 진철의 손에서 핸드폰이 철제 바닥으로 떨어진 것이다.

남자가 나서려던 걸음을 멈췄다. 천천히 돌아 캐비닛을 바라봤다. 흐릿한 불빛에도 남자의 치아가 반짝이는 게 보였다. 웃고 있는 것 같았다.

진철은 그 순간 왠지 남자가 처음부터 자신이 한 공간에 있다는 걸 알고 있었다는 생각이 들었다. 그의 계획된 살인에 명확히 자신이 포함되어 있을지도 몰랐다. 단순히 양기호가 소희를 죽였다는 누명을 씌우는 게 목적이 아닌 것 같았다. 그렇지 않고서야 어떻게 이 시간, 이 장소에 자신과 소희가 함께 있다는 것을 아는 걸까?

도대체 저 남자는…….

숨결이 들릴 만큼 살인자와의 간격이 좁혀지고 나서야 진철은 지금 자신이 쓸데없는 의문에 시간을 낭비하고 있었다는 것을 깨달았다.

덜컹덜컹, 진철은 캐비닛 문을 마구 흔들었다. 헐겁게 걸린 걸쇠가 그의 몸부림에 조금씩 벗겨지고 있었다. 조금만 더, 조금만 더.

캐비닛 바로 옆에 휴게실로 통하는 통로가 있었다. 남자의 야구 배트보다 더 빨리 통로로 들어갈 수 있다면 생명을 부지할 승산이 전혀 없는 것은 아니었다.

그러나 남자의 다음 동작은 진철이 살아날 가능성을 제로로 만들었다.

드르륵, 남자가 손수 걸쇠를 빼냈다. 완강했던 캐비닛 문이 스르르 열렸다.

"당신 누구야?"

남자의 배트가 높이 떠올랐다 허공을 가르며 무서운 속도로 떨어졌다. 그것이 진철이 마지막으로 본 이 세상의 모습이었다.

2

2018년 10월 2일 한국대학교 인문학부 교수 양정호

강의를 마치고 강의실을 나서는 정호의 발걸음은 모처럼 가벼웠다.

머리를 지끈거리게 하는 오래된 강의실의 묵은 공기도, 강의를 귓등으로 흘려들으며 핸드폰만 보던 학생들의 무성의한 수강 태도도 그의 설레는 마음을 방해하지는 못했다.

어제 저녁, 정호는 백상아 박사로부터 메일을 받았다.

인지발달 심리학계의 권위자이자 작은 정신과 병원을 운영하고 있는 그녀가 보낸 장문의 메일에는 정호가 이해할 수 없는 심리학 전문용어가 가득했다.

난해한 전문용어의 긴 행렬을 다 읽고 나서야 그는 자신이 원하는 문장을 만날 수 있었다.

이 모든 증상은 피실험자 강은총이 살인사건의 목격자로서 충분한 증언
능력이 있음을 시사한다.

그 문장을 읽자 정호의 마음에 환하게 불이 켜졌다. 그 불은 동생
의 무죄를 증명할 수 있다는 희망의 불이었다. 정호의 동생은 아내
인 장소희와 내연남인 김진철을 죽였다는 누명을 쓰고 복역을 하고
있는 전 프로야구 선수 양기호였다.

마침 장소희, 김진철 살인사건에 대한 재심 허가도 떨어졌다. 순
조롭게 일이 진행된다면 겨울이 오기 전에 동생이 수의를 벗고 병
상에 누운 어머니를 찾아뵐 수 있을 것이다.

정호는 인문대 건물을 나와 교수동으로 발걸음을 옮겼다. 당장
교재를 교수실에 가져다놓고 짐을 챙긴 후 안산으로 갈 작정이었
다. 한시라도 빨리 목격자인 은총이에게 메일로 온 기쁜 소식을 전
하고 싶었다.

한국대는 전국의 대학 중에서도 캠퍼스가 넓기로 정평이 나 있는
대학이었다. 발걸음을 빨리 했지만 교수동까지 가는 데 십 분이 넘
게 걸렸다.

자신의 명패가 걸린 교수실 앞에 도착했을 때, 정호는 멈칫했다.
강의하러 갈 때 분명 잠가 두었던 문이 살짝 열려 있었다. 교수실
안은 누군가 다녀간 흔적이 역력했다. 서랍 속에 있던 집기들이 테
이블 위로 나와 있었고, 잘 정리되어 있던 파일과 전공서적들은 어
지럽게 뒤섞여 있었다.

누가 들어온 걸까? 미처 뒷정리를 하지 못한 정황으로 봤을 때 방
문객은 황급히 교수실을 빠져나갔다. 정호의 발소리와 인기척을 든

고 마음이 급해져 뛰쳐나갔다면 그리 멀리 가진 못했으리라.

정호는 황급히 교수실 앞 복도를 지나 모퉁이를 돌았다.

모퉁이를 돌자 교수동 한가운데 위치한 나선형 계단을 급히 내려가는 한 사내가 보였다.

검은 후드 티를 입고 검은 모자를 쓴 남자.

모자를 눌러쓰고 그 위에 또 후드를 쓴 탓에 그의 존재가 더 도드라져 보였다.

수상한 차림새를 보자 정호는 저 남자가 '놈'일지도 모른다는 의심이 들었다.

구체적인 사실은 하나도 알지 못하지만 분명히 존재하는 놈.

은총이와 자신의 주변을 그림자처럼 맴돌며 무언의 압박을 가해 오는 놈.

육 개월 전에 일어난 장소희, 김진철 살인사건의 진범일지도 모르는 놈.

"이봐요, 거기! 잠깐만 서봐요."

정호가 부르자 사내는 돌아보지 않고 걸음을 더 빨리했다.

저 남자를 잡아야 한다. 정호는 사내를 쫓기 시작했다. 정호가 달리자 사내는 더 빨리 달렸다.

나약한 근육은 앞서는 의욕을 따라주지 못했다. 나선형 계단이 끝이 날 즈음 정호는 발을 접질리고 말았다.

정호는 건교 이념이 적힌 기념물 앞에 우습게 나뒹굴었다.

"교수님, 여기서 뭐하세요?"

마침 로비를 지나던 조교가 다가와 의아한 눈빛으로 그를 내려다 봤다.

“교수실에 누가 들어왔어. 분명 문을 잠가뒀는데.”

“제가 열었어요. 청소 아주머니가 청소하다가 핸드폰을 두고 나온 것 같다고 해서서…….”

조교가 자초지종을 설명했으나 의문은 사라지지 않았다.

검은 후드를 입은 사내는 왜 도망을 간 거지?

정호는 교수동 건물 입구의 유리문을 열고 밖으로 나갔다.

교수동 앞 잔디에는 한 무리의 청년들이 동그랗게 원을 이루고 서 있었다.

모두 좀 전에 지나간 의문의 사내처럼 검은 모자 위에 후드를 쓰고 있었다. 청년들은 한 명씩 돌아가며 원 안으로 들어가 어설픈 랩을 주절거렸다. 검은 모자와 검은 후드 티는 힙합 동아리의 단체복이었다.

동아리 모임에 서둘러 가는 학생을 도망가는 것이라 착각한 걸까…….

건물로 들어와 교수실로 다시 발걸음을 옮기는데, 코끝에 희미한 소독약 냄새가 느껴졌다.

교수동 로비를 둘러보았다. 소독약 냄새가 아직 머물러 있었다. 정호는 처음에는 이상하다는 생각을 했지만 이내 화장실 청소업체 직원이 청소 용구를 들고 이동하다 소독액을 흘린 모양이라고 짐작했다.

2018년 10월 2일 목격자 강은총

정호는 지하철 창밖으로 보이는 안산의 풍경을 보면서 태어난 후

한 번도 이 도시를 떠나본 적이 없는 한 소년에 대해 생각했다.

　장소희, 김진철 살인사건의 목격자인 강은총은 항상 안산에 머물러 있었다. 정확히 말하자면 떠날 수가 없었다.

　은총이는 어떤 종류든 탈것에 오르기만 하면 통제할 수 없는 발작을 일으켰다.

　자동차, 지하철, 기차……. 탈것은 사람들에게 제각각 다른 의미를 가지고 있었다.

　정호에게 탈것은 '여행'의 의미를 가지고 있었다. 갑갑한 일상을 벗어나 여행지로 향할 때 거는 첫 시동의 떨림을 그는 사랑했다.

　평생 고향을 지키며 타지로 자식들을 떠나보냈던 정호의 어머니에게 탈것은 '이별'을 의미했다.

　은총이에게 탈것은 '상실'을 떠올리게 했다. 그 순간을 다시 기억하기만 해도 숨이 막히고 머리가 어지러워지는 격렬하고 고통스러운 상실.

　그것이 정호가 매번 일이 있을 때마다 지하철로 두 시간이 소요되는 안산시까지 가야 하는 이유였다. 백상아 박사 역시 은총이를 만나려면 직접 이 도시에 와야 할 것이다.

　고잔역에서 내린 정호는 역사 한 쪽에 자리잡은 코인로커에 준비해온 엽서를 집어넣은 후, 비밀번호를 눌렀다. 그리고 은총이에게 문자를 보냈다.

　01. 4654.

　숫자로만 이루어진 문자의 전송이 끝나자, 정호는 서울로 돌아가는 전차에 다시 몸을 실었다.

　정호가 사라지고 20여 분 후.

한 소년이 역사에 나타났다. 또래보다 작은 키와 유난히 어려 보이는 인상 탓에 얼핏 보면 십대 초반으로밖에 안 보였다. 자세히 보니 목젖이 솟고 팔 다리에 거뭇하게 털이 난 것이 열여덟 살, 제 나이다운 성징을 갖추고 있었다.

느릿느릿 걸어가는 소년의 시선은 허공을 향하고 있었다. 마치 지나가는 그 어떤 사람과도 시선을 마주쳐서는 안 된다는 미션이라도 부여받은 것처럼.

소년은 피터 래빗[1] 캐릭터가 그려진 티를 입고 있었다.

십대 후반의 소년과 토끼 캐릭터. 전혀 어울리지 않는 이상한 차림이었다. 타인에게 관심을 가질 여유가 없는 바쁜 행인들은 소년을 아무렇지 않게 지나쳤다. 빠르고 시끄러운 사람들 속을 느리고 조용하게 움직이는 소년은 홀로 부유하는 섬처럼 보였다.

소년이 코인로커 앞에 다다랐을 때 회색 트렌치코트를 입은 남자가 소년을 밀치고 지나갔다. 남자는 소년이 쓰러진 것을 보고 다가와 소년을 부축했다.

"죄송합니다. 괜찮아요?"

소년은 남자의 손길을 밀쳐내며 저만치 떨어졌다.

갈 곳을 잃은 시선, 토끼티를 입은 차림새, 사람을 경계하느라 잔뜩 웅송그린 몸.

소년을 바라보던 남자의 시선은 '걱정'에서 '당황'으로 바뀌었다. 소년이 지하철에서 종종 보았던 정신지체아처럼 보였기 때문이었다. 남자는 잠시 머뭇거리다 주춤대는 발걸음으로 소년에게서 멀어

---

1) 베아트릭스 포터의 아동 문학 작품에 등장하는 토끼 캐릭터이다. 1902년 '피터 래빗 이야기'에 처음으로 등장했다.

졌다.

남자가 사라지자 소년은 천천히 일어나 코인로커 중앙에 있는 터치스크린으로 다가갔다.

'원하는 보관함의 번호를 누르세요.'

기계음이 들려주는 지시에 따라 소년은 1번을 터치했다.

'비밀번호를 누르세요.'

소년이 4654번을 누르자 1번 보관함의 문이 열렸다.

1번 보관함 안에는 정호가 두고 간 엽서가 나왔다.

엽서의 왼쪽, 발신인 란에는 '블랙 팬서'[2] 스티커가 붙어 있었다. 소년은 한동안 물끄러미 캐릭터를 바라보았다. 블랙 팬서와 인사라도 나누는 듯 스티커를 슬쩍 손으로 쓸어보았다. 그런 다음 소년은 보낸 이의 하고 싶은 말이 담겨 있을 엽서의 오른쪽 공간으로 천천히 시선을 옮겼다.

그러나 소년이 손에 든 엽서의 오른쪽 면에는 어떤 글자도 적혀 있지 않았다.

알록달록 다양한 색깔의 동그라미들이 나열되어 있을 뿐이었다.

소년은 동그라미들을 하나하나 들여다봤다. 마치 그 동그라미들이 자신에게 이야기라도 들려주는 듯. 동그라미가 건네는 말을 하나도 빠짐없이 기억하겠다는 듯.

마지막 동그라미까지 확인을 마친 소년은 엽서를 쓰레기통에 버렸다. 그리고는 출구 쪽으로 발걸음을 옮겼다.

하나, 둘, 셋, 넷, 다섯.

---

2) 마블 코믹스의 슈퍼 히어로. 본명 트찰라. 와칸다의 국왕.

천천히 걸어가던 소년이 다섯 번째 발걸음에서 걷기를 멈췄다. 소년은 뒤돌아서더니 다시 쓰레기통 앞으로 향했다. 놀랍도록 일정한 보폭과 속도였다.

하나, 둘, 셋, 넷, 다섯.

다시 다섯 발짝을 걷자 소년의 발은 정확히 쓰레기 통 앞에 위치했다. 소년은 쓰레기통에 손을 집어넣더니 엽서를 끄집어냈다. 그러더니 엽서의 발신인 란에 있는 블랙 팬서 스티커를 조심스럽게 뜯어내 그것을 티셔츠에 붙였다. 블랙 팬서 스티커가 피터 래빗 옆에 단단히 자리를 잡자 엽서는 다시 쓰레기통에 버려졌다. 소년은 천천히 왔던 걸음을 되밟아 돌아갔다.

역사의 출구를 나서는 소년의 곁을 택배 배달원 한 명이 스쳐 지나갔다. 소년은 그에게서 소독약 냄새가 난다고 생각했다.

2018년 10월 10일 인지 심리학 박사 백상아

상아의 차가 화랑로를 지나 화정천 서로로 접어들자 넓게 펼쳐진 잔디의 초록색이 그녀의 눈을 가득 채웠다.

도심의 캠핑장이라.

이틀 전, 양정호 교수에게서 안산시에 있는 화랑 오토캠핑장에서 만나자는 전갈을 받았을 때 상아는 그 제안이 마뜩치 않았다. 그녀가 은총이를 대상으로 하는 연구는 어쩌면 인지심리 학계에 엄청난 파란을 일으킬지도 몰랐다. 상아가 밝혀낸 아이의 독특한 증상은 전 세계를 통틀어 유례를 찾을 수 없는 희귀한 케이스였다. 만약 상아의 연구가 학계에서 정론으로 받아들여진다면 인류는 뇌의 무한한 가능성에 한 걸음 더 다가가게 될 것이다.

그런 중차대한 일을 사람들이 바비큐를 굽고 술판을 벌이는 곳에서 진행해야 하다니.

세상의 모든 사람들을 '성취하기 위해 인생을 사는 부류'와 '다양한 기쁨을 향유하기 위해 사는 부류'로 나눈다면 상아는 명백히 전자에 포함되는 사람이었다. 그녀의 삶은 끝도 없는 학습의 연속이었다. 연구와 공부는 스스로를 강하게 만든다고 여겼고, 여흥과 쉼은 바이러스처럼 그녀의 삶을 병들게 한다고 생각했다.

그토록 쉬는 것을 싫어하는 그녀지만 차를 캠핑장 주차장에 대고 잔디에 발을 내려놓자마자 생각이 바뀌었다.

호수의 잔물결에 바스러지는 햇살이 보석처럼 반짝이고, 까르르 공원을 뛰노는 아이들의 청량한 웃음소리가 고막을 간지럽혔다.

상아는 풀 내음을 깊이 들이켜 폐에 담겨 있던 매캐한 도시의 공기를 몰아냈다. 요 몇 년간 느껴본 적 없는 편안함이 호흡기를 타고 온몸으로 흘러들었다.

상아는 다른 병원보다 진료 스케줄을 많이 잡았다. 자신이 알고 있는 지식으로 보다 많은 사람들의 정신적 짐을 덜어주고 싶었다.

타인의 정신 건강을 위한다면서 정작 자신의 정신 건강에는 강퍅했음을 깨닫자 스스로에게 미안해졌다.

그동안 너무 일만 했잖아. 하루쯤 휴가 기분에 젖는 것도 나쁘지 않아.

상아는 차 뒷좌석에 있는 커다란 가방을 꺼내 메고 캠핑장 입구에 있는 관리소를 찾았다. 예약자인 양정호 교수의 이름을 대자 관리인이 캠핑카 열쇠를 건넸다.

열쇠에는 '베네치아'라고 적힌 열쇠고리가 달려 있었다.

이곳 캠핑장의 캠핑카들은 모두 유명 관광 도시의 이름을 갖고 있는 듯했다.

방콕, 파리, 이스탄불, 암스테르담 등, 도시의 이름을 부여받은 열쇠들이 관리소 벽에 사이좋게 걸려 있었다.

관리소를 나온 후 표지판의 화살표를 따라 십여 분쯤 걸어 들어가자 캠핑카 베네치아가 그 모습을 드러냈다.

캠핑카의 외관은 운하 위에 곤돌라가 떠 있는 베네치아라기보다는 히피들이 떠돌아다니던 70년대의 미국을 떠올리게 했다.

아무렴 어때! 쉰다는 게 중요하지.

상아는 캠핑카 안에 들어가 짐을 부렸다.

접이식 테이블을 펼쳐 가방에서 꺼낸 노트북과 연구 자료들을 올려놓았다. 짐정리를 마친 후 가방 제일 깊은 곳에 넣어둔 작은 보조백을 꺼냈다. 그 속에서 운동화 한 켤레가 나왔다. 외부 활동이 많은 날 신으려고 항상 가지고 다니는 운동화였다.

상아는 운동화를 신고 설레는 기분으로 캠핑카를 나섰다. 정호와 소년이 오기 전까지 작은 일탈을 즐겨볼 요량이었다.

***

호수 위에 걸렸던 석양이 빛을 잃어 가자 어둠이 금세 내려앉았다.

캠핑장에 도착했을 때 오후 다섯 시를 가리키던 중앙광장의 시계가 여섯 시를 넘어가고 있었다.

캠핑장을 둘러보는 것만으로 상아는 피로해졌다. 은총이를 만날 준비를 하러 그녀는 서둘러 캠핑카로 돌아왔다.

상아는 안으로 들어서자마자 불길한 기분에 사로잡혔다. 캠핑카 베네치아는 상아가 나갈 때와 완연히 달라져 있었다.

접이식 테이블 위에 놓아둔 노트북의 전원이 켜져 있었고, 침대 쪽으로 통하는 통로에 가림막이 쳐 있었다. 캠핑카를 나설 때 상아는 창문과 출입문이 잠긴 것을 확인하고 또 확인했다.

달라진 캠핑카의 내부 모습에 잠시 당황했지만, 이내 평정을 되찾았다.

양정호 교수가 왔나 보군.

상아는 일곱 시에 만나기로 한 정호가 조금 서둘러 왔다고 생각했다.

관리인에게 여분의 열쇠를 받았으리라. 가림막을 치고 노트북를 보다가 잠시 나간 것이겠지.

상아는 주머니에서 핸드폰을 꺼내 정호에게 전화를 걸었다.

정호는 전화를 받지 않았다. 단조롭고 긴 신호음이 이어졌다.

상아는 신호음을 들으며 주변을 둘러보았다. 밖은 한층 어두워졌다. 전등 스위치를 켰다. 딸깍, 소리만 날 뿐 불이 들어오지 않았다.

상아는 비상용 랜턴을 찾기 위해 캠핑카 안쪽으로 들어섰다. 세 걸음 정도 나아갔을까, 뭔가가 발에 밟혔다.

손을 뻗어 발아래 있는 물건을 집어 올렸다. 목장갑이었다. 손가락 부분이 빨간 고무로 코팅된 목장갑에서 싸한 소독약 냄새가 풍겼다.

희미하게 비쳐드는 가로등 불빛에 의지해 캠핑카를 둘러봤다.

캠핑카 베네치아는 정식 출시된 카라반이 아니라 마을버스를 개조해 만든 차량이었다. 일반 캠핑카에 비해 창이 크고 많았다. 나갈 때, 대부분의 창문은 잠갔지만 천장에 있는 환기창은 그대로 두었다. 상아는 환기창을 올려다봤다. 성인 남자라 해도 마른 체격이라면 어깨를 말고 억지로 몸을 구겨 넣을 수 있을 것 같았다.

상아는 가림막을 노려봤다. 가림막이 어쩐지 살짝 출렁이는 것 같기도 했다.

주춤주춤 뒷걸음을 치던 상아가 문득, 멈추어 섰다.

그냥 목장갑일 뿐인데, 너무 예민하게 구는 건지도 몰랐다.

캠핑카 수리 작업을 하다가 떨어트린 걸 수도 있었다.

바스락, 발소리가 들렸다.

재빨리 몸을 낮추고 소리가 나는 쪽을 돌아봤다. 누군가 차창에 얼굴을 바싹 갖다 대고 안을 들여다보려 했다.

남자의 뒤에서 비치는 가로등 불빛 덕에 실루엣이 캠핑카 바닥으로 길게 늘어졌다. 군인처럼 짧은 헤어스타일. 딱 벌어진 건장한 어깨. 상아는 실루엣만으로도 그가 누군지 짐작할 수 있었다. 그녀가 잘 아는 인물이었다.

명성기업의 엄전무. 그가 왜 여길?

엄전무가 캠핑카 밖에서 서성거리고 있다는 게 믿기지 않았다.

상아는 슬그머니 캠핑카 문으로 다가가 걸쇠를 잠금쇠에 걸었다. 미세한 금속음이 났지만 다행히 엄전무는 듣지 못한 듯했다.

명성기업 사람이 여기까지 따라오다니.

오늘 그녀가 이곳에 온다는 사실은 양정호 교수와 은총이만이 알고 있었다. 연락은 항상 네이버 암호 카페에 암호화된 게시물을 올림으로서 이루어졌다. 이메일이나 전화는 일절 사용하지 않았다.

양교수는 자신과 은총이를 감시하는 의문의 존재인 '놈'이 있다고 믿었다. 또한 메일이나 전화는 놈에게 쉽게 노출된다고 생각했다. 네이버 카페를 통해 의사소통을 하는 것도 양교수의 각별한 조심성 때문이었다.

엄전무가 네이버 암호 카페의 회원일 리도 없지만 회원이라고 해도 암호화된 게시물의 의미를 풀어내진 못했을 것이다.

그렇다면 자신을 미행했다는 건데…….

상아는 소름이 돋았다. 언제부터 감시하고 있었던 것일까?

엄전무는 보름 전 상아의 병원으로 찾아와 그녀에게 한 가지 부탁을 했다. 부탁의 내용은 환자 중 한 명의 치료 기록을 보여 달라는 것이었다. 정중한 말투였지만 그의 말은 협박에 가까웠다. 당연히 그녀는 그의 요구를 거절했다.

명성에서 일하는 지인을 통해 알게 된 내용에 의하면 엄전무는 명성기업의 회장에게 발생하는 갖가지 문제들을 해결하는 해결사였다.

엄전무는 곧 가방에서 작은 랜턴을 꺼냈다.

랜턴이 만든 빛 기둥이 캠핑카 안에 떨어졌다. 기껏해야 이십 센티미터 남짓한 지름의 불빛이지만 상아에겐 그 빛이 탈옥수를 감시하는 서치라이트처럼 커다랗게 느껴졌다.

그녀는 바싹 몸을 낮추고 엄전무가 서 있는 쪽 창가로 기어가 엎드렸다.

캠핑카를 한 바퀴 돌며 내부에 사람이 없다는 걸 확인한 엄전무는 포기한 듯 어딘가로 전화를 걸었다.

"아직 발견하지 못했습니다. 걱정하지 마십시오. 차가 여기 있는 걸로 봐서 멀리 간 건 아닌 것 같습니다. 네, 계속 찾아보겠습니다."

엄전무는 군인처럼 경직된 말투로 통화를 마무리했다.

잠시 후, 발소리가 멀어져 갔다.

상아는 한동안 움직이지 않고 바깥의 동태를 살폈다. 오 분쯤 지났을까, 엄전무가 시야에서 완전히 사라진 것을 확인하고 나서야 그녀는 몸을 일으킬 수 있었다.

오랫동안 웅크렸던 다리를 펴자 발이 저려왔다. 동시에 통증에 중심을 잃은 몸이 가림막 쪽으로 기울어졌다. 균형을 잡기 위해 가림막을 향해 손을 뻗었는데 물컹, 뭔가가 만져졌다.

가림막이 걷히자 마스크와 모자로 얼굴을 가린 남자가 모습을 드러냈다.

남자는 오른손에만 목장갑을 끼고 있었다.

상아는 엉덩방아를 찧듯이 뒤로 넘어졌다. 일어나려고 했지만 다리가 후들거렸다. 소리를 지르고 싶었지만 차마 목소리가 나오지 않았다.

하아 하아, 목소리 대신 마르고 갈라진 호흡이 공기 중에 퍼질 뿐이었다.

상아는 별 수 없이 뒷걸음질 쳤다. 그러자 남자도 한 발짝씩 그녀에게 다가갔다.

상아가 캠핑카 구석에 몰리자 남자는 접이식 칼을 꺼내 칼날을 펼쳤다. 반짝, 칼날이 가로등 불빛을 반사했다. 칼의 손잡이 부분에는 한국대학교 산악회라는 글자가 새겨져 있었다. 정호의 칼이었다. 상아는 정호가 택배 상자를 뜯을 때 저 칼을 사용하는 것을 본 적이 있었다.

이자구나. 이자가 바로 정호가 찾던 '놈'이다.

순간 상아는 자신의 죽음을 직감했다. 남자가 놈이고, 놈이 벌써 노트북의 내용을 확인했다면 그녀는 놈의 제거 대상 일 순위가 된다.

"사, 살려주세요."

상아가 애원을 하자 남자는 튀어 오르듯 달려와 그녀를 덮쳤다.

그녀는 간신히 몸을 틀어 캠핑카 문을 잡았다. 문을 열려고 했지만 성급한 손가락은 걸쇠를 열지 못하고 헛손질을 했다.

남자가 그녀의 입을 틀어막고 팔뚝으로 목을 옥죄었다.

놈의 두터운 팔뚝 때문에 머리가 뒤로 젖혀지자 상아의 시야에 캠핑카의 천장이 들어왔다. 천정에는 그림이 있었다. 페도라를 쓴 남자가 곤돌라에서 노를 젓고 있는 그림이었다.

놈이 칼을 상아의 목에 찔러 넣었다. 그녀의 목에서 피가 분수처럼 치솟아 베네치아의 운하를 물들였다.

3

2018년 10월 12일 서울 마포구의 카페

    사설경호업체 '가디언즈'의 경호원인 은혜는 카페의 긴 주문행렬 속에서 직장 동료들의 커피 취향을 되뇌이고 있었다. 커피 심부름은 은혜의 주요 업무 중 하나였다.

    은혜는 경호학과 졸업 후 바로 경호업체 현장요원으로 채용됐다. 처음 출근을 할 때, 그녀는 한껏 기대에 부풀어 있었다.

    경호업계에서는 여자라는 꼬리표를 달지 않아도 되겠지.

    출근 첫 날, 커피 심부름을 하면서 알게 됐다. 경호 일에 남녀 차별이 없을 거라는 기대가 얼마나 헛된 것인지. 신입이니까 응당 해야 할 일이라고 스스로를 달래며 도맡았던 커피 심부름은 남자 신입이 들어와도 계속 그녀의 몫이었다.

    커피 심부름은 참을 만했다. 문제는 업무 배당이었다. 실상 남자

경호원들에게만 중요한 임무가 주어졌다. 은혜가 입사 후 제일 많이 한 일은 재벌가의 어린 자제들이 무사히 등하교할 수 있도록 동행하거나, 미용비가 한 달 월급을 웃도는 고급 애완견을 돌보는 일이었다.

또래 남자 팀원보다 뛰어난 무도 실력과 각종 우수한 평가 점수는 여자라는 한 가지 이유 때문에 모두 가치를 잃었다.

사원증을 목에 걸고 직원들의 커피 취향을 열심히 외는 또래의 여자가 그녀를 스쳐지나갔다. 그녀를 보고 있자니 묘한 동질 의식이 느껴졌다.

주문한 후, 오 분 정도 기다리자 은혜가 들고 있던 호출벨이 울렸다.

호출벨을 반납하고 음료들이 담긴 캐리어를 들고 나가려는데, 어디선가 괴성이 들려왔다.

"으어어어어……"

소리가 카페의 출구로 향하는 발걸음을 붙잡았다.

고개를 돌리자 한 무리의 회사원들이 스마트폰을 보며 낄낄 웃고 있었다. 소리는 스마트폰에서 재생되고 있는 동영상에서 나오는 것이었다.

"애 좀 봐, 다 큰 애가 캐릭터 옷을 입었어. 이 토끼 이름이 뭐더라?"

"피터 래빗. 완전 구닥다리 캐릭터잖아."

'피터 래빗'이라는 단어를 듣자 심장박동이 주체할 수 없을 만큼 빨라졌다.

흥분한 그녀는 커피 캐리어를 내려놓고, 회사원 무리로 다가가 그 중 한 명의 스마트폰을 다짜고짜 빼앗아 들었다.

스마트폰에서 재생되고 있는 동영상에는 피터 래빗 캐릭터가 그려진 티를 입은 소년이 공원을 마구 뛰어다니며 괴성을 지르고 있었다.

동영상 속 소년은 사람들 사이를 왔다 갔다 하며 특이한 손동작을 반복했다. 오른쪽 엄지손가락으로 심장이 있는 왼쪽 가슴을 가리키는 단순한 동작이었다.

은혜는 가슴이 철렁 내려앉았다.

그 손동작의 뜻을 잘 알고 있었다.

돌아와 줘.

같은 날 오후, 안산행 버스 안

한낮의 버스는 한산했다. 정체 없이 여유로운 도로와 드문드문 자리한 승객들은 출근길 교통대란에 익숙한 은혜에게 낯선 풍경이었다.

버스가 고속도로에 오르고 나서야 은총이가 동영상을 통해 누나를 부른다는 이유로 무턱대고 휴가를 낸 것이 잘하는 일인지에 대해 회의가 들었다.

고향이라지만 안산은 그녀가 사는 마포구에서 시외버스를 타고 한 시간 반이면 갈 수 있는 가까운 거리였다. 그녀는 대학에 진학한 이후 단 한 번도 이 버스에 오르지 않았다.

동생 강은총과 어머니 모혜영 여사, 그 지긋지긋한 모자와 연락을 끊고 지낸 지 벌써 오 년째였다.

버스 안에서 은혜는 문제의 동영상을 재생했다. 동영상은 공원

나들이를 하던 초등학생이 어제 찍어서 동영상 사이트에 올린 것이었다.

은혜는 은총이가 손동작을 하는 부분을 반복해서 돌려봤다.

은총이가 일곱 살이고 은혜가 열세 살이었을 때, 남매는 둘만 알아볼 수 있는 수신호를 만들었다. 기껏해야 열 개 남짓이었고, 유치원 율동처럼 단순한 동작이 대부분이었다.

선생님이나 엄마를 속이기 위해 몰래 손으로 대화를 나눌 때는 대단한 첩보전이라도 벌이는 듯 신이 났었다.

대부분은 잊어버렸지만 동영상 속, 동작의 의미는 기억하고 있었다.

심장은 마음이고 마음은 집처럼 편한 곳이라고 여겼던 어린 남매는 엄지손가락으로 심장을 가리키는 손동작에 '집으로 돌아오라'라는 의미를 부여했다.

집에 무슨 일이 있는 걸까? 이렇게 암호에 가까운 교신 방법을 쓸 정도로 시급한 일이 무엇일까?

은총이의 목소리가 들리는 듯했다.

어서 집으로 돌아와. 누나만이 날 도와줄 수 있어…….

같은 날 늦은 오후, 안산시 단원구 선부동

버스는 은혜를 선부동 아파트 단지 앞에 내려놓았다.

5년이라는 시간은 마을을 적지 않게 변모시켰지만, 변하지 않고 남은 익숙한 풍경들은 추억을 떠올리기에 충분했다.

건축설계 일을 하던 아버지, 독실한 천주교 신자인 어머니, 여섯 살 터울의 은혜와 은총 남매. 네 명의 가족 구성원이 온전했던 은혜의 유년은 행복했다.

불행의 그림자가 드리워진 것은 아버지가 돌아가시고 난 뒤였다.

교통사고였다. 은총이가 다섯 살이 되던 해 겨울, 아버지는 아픈 은총이를 데리고 병원으로 향했다. 길은 미끄러웠고, 마주 오던 트럭 기사는 취기가 잔뜩 올라 있었다.

사고 현장에 처음 도착한 구급대원의 말에 따르면 차가운 아버지의 시체 옆에서 은총이가 울지도 않고 오도카니 앉아 있었다고 했다.

당시 아이의 나이는 다섯 살이었다. 아이는 아버지가 죽어가는 모습을 처음부터 끝까지 지켜봐야 했다.

걷다 보니 아파트 단지를 지나 고향집이 있는 주택가에 도착했다.

골목으로 한참을 걸어 들어가자 고향집이 보였다. 은혜의 가족이 그 아픈 사고를 겪고도 꿋꿋이 살고 있는, 아니 살 수밖에 없는 집.

페인트가 바래고 대문에 녹이 좀 더 쓴 것 외에는 별로 달라진 게 없었다. 각양각색의 스프레이 낙서가 가득한 벽도 여전했다.

'사이코 병신, 동네 망신시키지 말고 꺼져'

낙서는 대부분 은총이와 가족을 비웃는 내용이었다.

은총이는 아버지가 돌아가신 후 말을 잃었다.

사람과 눈을 마주치지 않았고, 정해진 일과대로만 움직였으며, 사물이 정해진 규칙에 따라 정리되어 있지 않는 것을 견디지 못했다.

차나 전철, 기차 따위의 탈것을 탈 수도 없었다. 탈것은 은총이에게 십삼 년 전 있었던 사고의 기억을 되살렸다. 되살아난 기억은 그날 은총이가 느껴야 했던 고통도 또렷이 되살렸다. 은총이는 탈것에 오르기만 하면 숨이 넘어갈 것 같은 발작을 일으켰다.

46

은총이는 익숙한 환경이 바뀌는 것을 거부했다. 덕분에 은총이와 엄마는 이 마을과 이 집에서 영원히 떠날 수가 없게 됐다.

말이 없어진 은총이는 그림을 그리거나 만화를 보거나, 혼자만의 일에 몰두하며 시간을 보냈다. 의사는 은총이가 자폐증이라고 했다. 부족하기는 해도 다른 사람들과 어울려 사는 일반적 자폐가 아니라 완벽히 타인과 자신을 분리하는 중증 자폐라는 의사의 부연 설명은 엄마를 병원 바닥에 쓰러지게 했다.

은총이에게 자폐라는 병이 생긴 것처럼 은혜에게도 새로운 별칭이 생겼다.

자폐아 누나, 병신 새끼 누나.

철없는 동네 꼬마들과 학교 친구들은 은혜를 그렇게 불렀다.

"은혜? 우리 은혜니?"

상념에 빠져 있는 그녀에게 익숙한 목소리가 들렸다.

목소리를 듣고 돌아서자 등 뒤에 엄마가 서 있었다. 누군가에게 진액을 모두 빨아 먹히기라도 한 듯 앙상하게 말라버린 엄마가.

엄마가 저녁을 준비하는 동안 은혜는 집 안을 둘러보았다.

집은 오 년 전과 달라진 게 없었다. 동화책, 피터 래빗이 그려진 각종 캐릭터 상품들, 자폐아들을 위한 특수교육 교구, 스케치북과 색연필 등, 은총이의 물건이 집 안을 가득 채우고 있었다. 은혜의 태권도 대회 입상 상패는 책장의 한구석을 초라하게 지키고 있었다.

아버지가 돌아가신 후, 엄마의 우주는 완벽히 은총이를 중심으로 돌아갔다.

엄마는 은총이의 증상이 일시적인 것이라 믿었다. 아동발달장애

치료로 유명하다는 병원을 다 다녀봤지만 의사들은 엄마에게 실망만 안겨줬다.

의학이 통하지 않자 엄마는 민간요법에 빠져들었다.

뇌 발달에 좋다는 약재와 식재료가 집 안에 넘쳐났다. 엄마는 심지어 원숭이 골과 뱀의 혀 같은 해괴한 것들도 사들이셨다. 뇌가 나빠졌으니 뇌를, 말을 하지 않으니 혀를 먹어야 한다는 단순한 연상에 의한 치료법을 믿을 정도로 엄마는 이성을 잃어가고 있었다.

민간요법도 듣지 않자 엄마는 신을 찾았다.

어제 성당에 있던 엄마가 오늘은 절을 찾았고 다음 날은 굿당을 예약했다.

그렇게 부지런히 하나님과 부처님, 신령님을 찾아 두루 빌었지만, 어떤 신도 엄마의 기도에 응답하지 않았다.

집을 둘러보던 은혜는 한 가지 흥미로운 것을 발견했다.

소파 옆 협탁 위에 장기판이 펼쳐져 있는데, 그 장기판 위에는 장기알 대신 어벤져스[3] 히어로의 피규어들이 포진하고 있었다.

"엄마, 은총이 새 친구들 생겼네."

저녁 준비로 분주한 엄마는 곁눈질로 은혜 쪽을 힐긋 쳐다보더니 말했다.

"하루 종일 만화만 나오는 채널이 있더라. 거기서 계속 반복해서 보여줘. 어벤져스."

"다행이네. 평생 피터 래빗만 끼고 살 줄 알았더니."

"아직은 피터 래빗이 일등. 그 다음이 아이언맨[4]이야."

---

3) 마블 코믹스에 등장하는 슈퍼히어로들로 이루어진 팀. 영화와 애니메이션으로도 만들어졌다.
4) 마블 코믹스에 등장하는 슈퍼 히어로. 무기업체의 CEO. 최첨단 슈트가 주된 무기.

은혜는 스마트폰을 꺼내 어벤져스 히어로들이 서 있는 장기판의 사진을 찍었다. 행여 실수로 피규어를 건드려 배열을 흐트렸을 때 참조하기 위해서였다.

　　은총이는 지독한 정리벽이 있었다. 물건들이 질서와 규칙에 따라 정리되어 있지 않으면 견디지를 못했다. 그 질서와 규칙은 은총이 자신만이 아는 것이었다.

　　은혜가 열세 살 되던 해 여름이었다.

　　은혜는 동생의 강박적 정리벽을 이해하지 못했다. 장난삼아 슬쩍 색연필 몇 개의 위치를 바꾸어놓았는데 일곱 살의 은총이가 그것을 보고 발작을 일으켰다. 눈을 까뒤집고 사지를 부르르 떠는 동생을 보고 은혜는 어쩔 줄 몰라 했다.

　　엄마가 동생을 안고 병원으로 달려갔다. 진정제를 놓고 기도를 막은 구토물을 걷어내 빠른 조치를 한 덕에 동생은 살았지만 은혜에게 그 일은 큰 충격이었다.

　　"은총아, 잘 지냈어? 누나야."

　　오후 네 시가 되자 학교 수업을 마친 은총이가 귀가했다.

　　은혜는 인사를 건네며 은총이의 얼굴을 유심히 살폈다.

　　자폐아는 감정을 표정으로 나타낼 줄을 몰랐다. 다른 사람의 표정을 보고 그 사람의 감정을 읽을 줄도 몰랐다.

　　은총이의 얼굴은 대부분 무표정했다. 항상 같은 표정을 짓고 있지만 은혜는 알았다. 동생의 표정에서 일어나는 미묘한 감정의 변화를. 놀란 무표정, 당황한 무표정, 언짢은 무표정, 만족하는 무표정…….

올라간 입꼬리, 흔들리는 눈동자, 찌푸린 미간처럼 구체적으로 설명할 수 있는 특징은 하나도 없었다. 하지만 표정에서 느껴지는 기랄까, 느낌이랄까 은혜만이 느낄 수 있는 차이점이 있었다.

은총이의 표정을 보면 자신을 부른 이유를 알 수 있을 거라고 생각했던 은혜는 당황했다. 누나를 바라보는 은총이의 눈빛에서 본 적 없는 감정이 읽혔기 때문이다. 놀란 것인지, 당황한 것인지, 두려운 것인지 알 수 없는 묘한 표정.

한 가지 분명한 것은 그 표정에 담긴 감정이 반가움은 아니라는 것이었다.

오후 다섯 시.

저녁 메뉴는 은총이가 좋아하는 닭백숙이었지만, 은총이는 밥상이 아닌 TV 앞에 앉았다. 만화를 시청할 시간이었다. 은총이는 정해진 시간표대로 생활을 해야 했다. 오 년 만에 누나가 찾아왔다고 해서 규칙적인 일과를 포기할 은총이가 아니었다.

"네가 이해해. 반갑지만 표현 안 하는 거야."

"알아요."

식사를 하며 은혜는 엄마에게 서울 생활에 대해 이야기했다.

장학금과 아르바이트 덕에 대학을 졸업한 이야기, 경호업체에서의 생활, 지금 같이 사는 룸메이트나 집주인 아주머니에 대해.

치한이 집에 들었던 일이나, 훈련 중 부상을 당했던 일, 직장 내 성차별에 대한 이야기는 하지 않았다.

엄마도 지난 오 년에 대해 말씀하셨다.

은총이가 중학교를 졸업하고 고등학교에 간 이야기, 은총이를 예뻐

한다는 새로 오신 신부님, 은총이가 자폐아인지 모르고 반해서 따라다녔다가 은총이의 냉정함에 울음보를 터뜨렸다는 한 소녀에 대해.

엄마도 자신처럼 마음에만 담아두는 이야기들이 있을 것이다. 은혜는 엄마의 한숨과 깊어진 주름의 골에서 그 이야기를 짐작해볼 뿐이었다.

이야깃거리는 곧 바닥을 드러냈다. 엄마도 은혜도 기쁘게 꺼낼 수 있는 말보다 마음속에 담아 두어야만 하는 이야기가 더 많았다.

식탁 위에 침묵이 내려앉았다. 달그락, 식기 부딪치는 소리가 유난히 크게 들렸다.

"시내에 진짜 큰 마트가 생겼더라."

어색한 공기를 걷어내고 싶은 은혜는 아무 화제나 꺼내놓았다.

"응, 경기도에서 제일 큰 규모래. 식료품 코너에 갔더니 카레 종류가 100가지나 돼. 상상이 되니? 100가지 맛 카레."

침묵을 깬 것이 마음에 드는지, 엄마의 목소리에 생기가 돌았다.

"그 안에 엄청나게 큰 장난감 코너도 있다던데……. 은총이도 가봤어?"

"은총이도 가봤지."

엄마의 표정이 갑자기 어두워졌다. 그리고 더는 말을 잇지 않으셨다. 은혜는 마트 장난감 코너에서 은총이와 엄마가 겪었을 일이 어떤 것인지 짐작이 갔다.

남들과 다른 은총이를 점원도 손님도 환영하지 않았겠지.

식탁 위에 다시 침묵이 내려앉았다.

어떤 가족에게는 침묵이 오히려 위안이 된다.

어떤 가족은 서로 떨어져 지내는 것이 최선이다.

은혜가 집을 찾지 않은 지난 5년처럼.

식사가 끝날 때까지 은혜는 더 이상 침묵을 깨기 위한 시도를 하지 않았다.

"은혜가 돌아오다니 얼마나 기쁜 일이니? 오늘은 모두 함께 감사 기도를 하러 가자꾸나."

식사가 끝난 후, 엄마는 어색했던 저녁 식사의 기억을 털어내려는 듯 짐짓 꾸민 어조로 제안했다.

은혜는 엄마의 제안이 달갑지 않았다. 그녀는 성당에 가는 것을 싫어했다. 답답하고 고루한 분위기도 별로였지만, 열심히 신앙생활을 하면 언젠가는 은총이의 상태가 나아질 거라 믿는 엄마의 헛된 기대가 더 싫었다.

은혜는 불편한 낯빛을 감추고 군소리 없이 신을 신었다.

오 년 만에 집에 온 딸을 위해 기도하고 싶다는 엄마의 기분을 굳이 망치고 싶지는 않았다.

성당에 도착하자 은혜는 은총이와 엄마를 먼저 예배당으로 들여보낸 후, 홀로 성당 주변을 배회했다.

성당은 동네가 한눈에 내려다보이는 고지대에 있었다.

동네와 어울리지 않게 우뚝 솟은 새 아파트의 골조를 제외하면 동네는 예전과 크게 다를 것이 없어 보였다. 은혜가 아래로 펼쳐진 집들을 내려다보며 감회에 젖어 있을 때, 성당 앞 주차장으로 시커멓게 선팅을 한 벤츠 한 대가 들어섰다.

공장 노동자나 자영업자가 주신도인 작은 성당의 주차장에는 경차나 소형차가 대부분이었다. 그 사이에서 벤츠는 유난히 눈길을 끌었다.

"이 동네 진짜 살기 좋아졌나 보네."

은혜는 자기도 모르게 혼잣말을 한 후, 예배당으로 발길을 돌렸다.

예배는 지루했다.

은총이는 멍하니 허공을 바라보고 있었고, 은혜는 미사포를 쓴 사람들을 살피며 그들이 어떤 기도를 하고 있을까 짐작해보는 것으로 시간을 보냈다.

엄마의 기도는 한 시간이나 지나서야 끝이 났다.

예배를 마치고 집으로 돌아왔을 때, 은혜는 집 안 공기에서 짙고 낯선 냄새를 느꼈다.

"담배 냄새 나지 않아?"

"그런가? 그렇다니까 그런 것 같기도 하고."

"은총아, 너도 느껴지지?"

은총이는 누나의 말이 들리지 않는 듯 협탁 위 장기판을 물끄러미 쳐다보고 있었다. 은혜가 다가가자 은총이는 별일 없다는 듯 협탁에서 물러나더니 방으로 들어갔다.

은혜는 은총이가 보고 간 장기판을 훑어보았다.

장기판이 왠지 조금 달라진 것 같았다. 자신의 느낌을 확인하기 위해 장기판을 찍은 사진을 꺼냈다. 사진 속 장기판의 궁성에는 아이언맨 외에 다른 히어로가 없었다. 그런데 지금은 최전방에 있던 블랙 팬서가 아이언맨과 함께 궁성을 지키고 있었다. 장기판은 분명 달라져 있었다.

이상한 것은 은총이의 반응이었다. 평소 같으면 당장 블랙 팬서를 원래 자리로 되돌려놓았을 것이다. 그런데 은총이는 물끄러미 쳐다만 볼 뿐 어떤 반응도 보이지 않았다.

은혜는 뭔가 찜찜했다. 자신만의 규칙에 얽매이지 않는 은총이의 행동이 오히려 자신을 불안하게 한다는 게 놀라웠다. 공연히 눈길이 집 안 곳곳으로 흩어졌다.

이상한 점을 또 하나 발견했다. 나가기 전에는 개수대에 컵이 세 개 놓여 있었는데 지금은 네 개가 있었다. 엄마와 은혜가 커피를 마셨던 한 쌍의 찻잔, 피터 래빗이 그려진 은총이의 전용 플라스틱 컵 그리고 의문의 유리 글라스 하나.

"이상해."

"뭐가?"

"누가 집에 들어왔던 것 같아."

은혜가 심각한 표정을 짓자 엄마는 대수롭지 않게 말했다.

"냉장고 수리하는 아저씨가 다녀갔겠지. 저 봐. 모터 소리 이제 안 나네."

"수리기사가 사람 없을 때 다녀가? 문이 잠겨 있는데 어떻게 들어와?"

"아무래도 저녁 예배 갈 때 올 것 같아서 비밀번호 알려줬어. 번호야 또 바꾸면 되잖아."

"뭐? 그러다 도둑이라도 맞으면 어쩌려고?"

"수리기사 아저씨랑 한 동네서 얼굴 알고 지낸 지가 벌써 삼 년이야. 그 집 아줌마가 엄마 바쁠 때 은총이 돌봐주기도 하고…… 또 그 아줌마 바쁠 때, 내가 그 집 애들 간식도 해 먹이고. 가족이나 진 배없어."

은혜는 창문을 열었다. 차가운 저녁 공기가 담배 냄새를 몰아냈다. 그녀는 눈을 감은 채, 신선한 공기를 한껏 들이켰다. 그리고 스스로를 다독였다.

오래간만에 집에 왔더니 별것도 아닌 일에 예민해진 거라고…….

저녁 뉴스가 채 끝나지 않았지만, 엄마는 일찍 잠자리에 드셨다. 거실에는 남매만 남았다. 다시 침묵이 흘렀다.

은혜는 일부러 부스럭 소리를 내며 냉장고에서 아이스크림을 꺼냈다.

그녀의 행동은 은총이의 주의를 끄는 데 성공했다.

은총이는 읽던 동화책을 내려놓고 누나에게 다가왔다. 은혜가 아이스크림의 포장지를 벗겨서 건넸다. 은총이는 조용히 먹는 일에만 열중했다.

은혜는 지금이 적절한 때라고 생각했다. 처음 동영상 속 손동작을 볼 때부터 계속 품고 있던 의문을 물어볼 때.

"은총아, 학교는 잘 다니고 있어?"

"……."

"괴롭히거나 하는 친구는 없고?"

"……."

"있잖아, 너 어제 공원에 갔잖아. 거기 왜 간 거야?"

"……."

"누나 좀 봐."

은혜는 은총의 얼굴을 두 손으로 감싸 잡고 시선을 맞추었다.

싫어도 누나를 외면할 수 없도록.

그런 다음 천천히 오른손의 엄지손가락을 들어 왼쪽 심장 쪽을 향했다.

"이거 기억나지? 너랑 나랑 만든 거잖아."

은혜는 보았다. 동요하는 은총의 눈빛을. 여느 때처럼 무표정했지만 완전히 무심한 느낌이 아니었다.

"누나 보라고 그런 거야?"

은총이가 은혜를 빤히 쳐다봤다. 은혜는 가슴이 뛰었다.

은총이는 타인과 시선을 맞추는 일이 없었다. 사람들이 말을 걸면 반응은 둘 중 하나였다. 주변을 두리번거리거나, 엉뚱한 일에 열중하거나.

은혜는 동생의 눈이 빛을 받으면 갈색을 띠고, 희다 못해 푸른빛이 도는 흰자위에 작은 점이 있다는 것을 처음 알았다.

흥분한 그녀가 다그쳤다.

"돌아오라고. 어서 집에 오라고, 일부러 그런 거 맞지?"

순간 은총이의 눈동자가 부르르 떨렸다.

그녀가 해서는 안 될 말을 했다는 듯, 누군가 그녀의 말을 들을까 봐 두렵다는 듯.

"으어, 어, 어, 어……."

은총이가 끙끙대기 시작했다. 발작의 전조였다. 그녀는 신음이 발작으로 이어지기 전에 동생을 놓아줬다.

신음은 한동안 더 이어졌다. 은혜는 은총이를 달래거나 진정시키려 하지 않았다. 그저 가만히 지켜보는 것이 최선의 대응임을 잘 알고 있었다. 신음소리가 서서히 가라앉더니 거친 숨소리로 변했다. 은혜는 계속 기다렸다. 은총이의 불안이 완전한 소강상태에 이르기를.

이윽고 거친 숨소리마저 잦아들고, 남매 사이에 다시 침묵이 내려앉았다.

"은총아, 이제 괜찮아?"

동생은 언제 그랬냐는 듯 평온한 표정으로 누나를 바라봤다.

은혜는 말없이 손가락으로 자신의 볼을 꼬집었다. 볼을 꼬집는 행동은 은혜와 은총이가 만든 수신호 중 하나였다.

은총아, 기억하고 있지? 이 동작의 의미.

은혜가 볼을 꼬집으면 은총이는 누나의 머리를 쓰다듬어주곤 했다.

마치 '하우 아 유?'라고 물으면 '파인 땡큐'라고 대답하듯, 볼을 꼬집으면 머리를 쓰다듬는 것은 남매에게 자연스러운 것이었다.

은혜는 그리웠다. 동생의 작은 손이 머리카락 사이를 파고들 때 나는 사스락거리는 소리가. 손가락의 온기가 두피에 닿을 때 느껴지는 친밀함이.

그러나 은총이는 누나의 머리를 쓰다듬지 않았다.

왜 그러는지 도통 모르겠다는 듯 멍한 표정을 짓더니, 누나에게서 등을 돌렸다.

그제야 은혜는 깨달았다.

은총이가 자신을 부른 게 아니었다는 것을. 모든 게 착각이었다는 것을.

4

　은혜는 쉬이 잠들지 못했다. 이리저리 몸을 뒤척이며 잠을 청해봤지만 소용이 없었다. 결국 그녀는 몸을 일으켜 거실로 나왔다. 잠이 올 때까지 TV라도 볼 생각이었다.

　리모컨을 집어들고 전원 버튼을 누르려는데 어디선가 인기척이 들렸다.

　엄마가 자고 있는 안방이었다. 열린 문틈으로 희미한 불빛이 새어 나왔다.

　아직 안 주무시나?

　은혜는 안방으로 다가갔다. 문지방을 넘어 한 발을 내딛자 발끝에 무엇인가 와 닿았다. 무심결에 내려다본 은혜는 정신이 번쩍 들었다.

　붉고 끈끈한 액체. 피였다.

　피는 침대에서 흘러나왔다. 침대 위에는 이불을 머리끝까지 뒤집어 쓴 누군가가 누워 있었다. 엄마?

은혜는 떨리는 손으로 이불을 천천히 걷었다. 살짝 걷힌 이불 아래서 하얀 털 뭉치가 드러났다. 뭐지? 의아해하는데 하얀 털 뭉치가 불쑥 손을 내밀어 은혜의 손목을 잡았다. 온통 하얀 털로 뒤덮인 손이었다.

은혜가 이불을 완전히 걷어냈다. 손의 주인은 사람이 아니었다. 하얀 털이 온몸을 뒤덮고, 긴 두 개의 귀가 솟은…… 한 마리의 토끼였다. 거대한 괴물 토끼.

도드라진 두 개의 앞니는 피로 물들어 온통 붉었다.

"으아악."

은혜가 소리 지르자 괴물 토끼가 은혜의 눈을 빤히 들여다봤다.

토끼의 눈은 빛을 받으면 갈색을 띠고, 희다 못해 푸른빛이 도는 흰자위에 작은 점이 있었다. 은총이의 눈이었다.

은혜는 그대로 정신을 잃었다.

"은혜야."

눈을 뜨자 엄마가 그녀를 내려다보고 있었다.

"무슨 꿈을 그렇게 요란하게 꾸니? 땀 좀 봐."

꿈이었다. 사춘기의 그녀를 매일 밤 괴롭혔던 한 편의 잔혹 동화 같은 꿈.

은혜는 벌떡 일어나 찬물을 벌컥벌컥 들이켰다. 괴물 토끼의 잔상을 씻어내기라도 하려는 듯.

2018년 10월 13일

토요일은 은총이가 복지관에 가서 음악치료를 받는 날이었다.

은혜는 식탁에 앉아 은총이와 엄마가 외출 준비를 하는 모습을 지켜보았다.

은총이에게 각종 건강 보조제와 비타민을 챙겨 먹이고, 제일 깔끔한 옷을 꺼내 입히고, 준비물과 간식을 챙기고…….

오 년 전과 조금도 다름없는 일상이었다. 은혜가 끼어들 틈이 없는 둘만의 일상.

집에는 아무 일도 없었다. 은총이는 누나를 부르지 않았고, 누나의 도움이 필요치도 않았다.

하루 정도 더 머물렀다가 일요일 저녁에 돌아가도 되지만, 은혜는 오늘 떠나기로 했다. 한시라도 빨리 자신의 일상으로 돌아가고 싶었다. 은총이 누나가 아닌 강은혜의 일상으로.

"은혜야, 너 엄마 대신 핸드폰 좀 찾아줄래? 충전을 했는데도 자꾸 꺼져서 수리 센터에 가져갔더니 메인 보드인가 뭔가를 바꿔야 한대. 오늘 찾으러 오라는데 은총이 음악치료 끝나고 가면 문 닫는 시간에 빠듯하게 도착할 거 같아. 토요일이잖니."

엄마는 은혜의 마음을 꿰뚫어보기라도 한 듯, 거절할 수 없는 부탁으로 그녀를 붙잡았다.

"그럴게."

"저녁에는 중국요리 어때? 오랜만에 온 가족이 모여서 외식이나 하자꾸나."

"그것도 좋겠네."

건성으로 대답하며 은혜는 서울로 돌아가면 먼저 해야 할 일들을
머릿속에 정리하고 있었다.

***

"메인보드를 교체하기는 했지만 얼마나 갈지 모르겠네요. 사실 이
정도 오래된 제품이면 수리를 하는 것보다 새로 사는 게 낫거든요."
　서비스센터 직원의 설명을 듣는 척했지만, 은혜의 신경은 온통 한
남자에게 향해 있었다.
　대기표를 뽑지 않은 채 대기 좌석에 앉아 신문을 보는 척하는 남자.
　수리 센터 전체를 한눈에 볼 수 있으면서 동시에 사람들에게 적
당히 묻혀 있을 수 있는 곳에 앉아 있었지만, 남자는 은폐되기에는
지나친 존재감을 갖고 있었다.
　중년의 나이에 어울리지 않는 짧은 스포츠머리, 딱 벌어진 어깨와
꼿꼿한 자세, 귓바퀴가 부어오른 만두귀, 번쩍거리는 명품 시계.
　단지 대기표를 뽑지 않았거나 특이한 귀를 갖고 있기 때문에 그
를 주시하는 것은 아니었다.
　남자는 은혜가 집에서 나왔을 때 집 앞 공터에서 캔커피를 마시
고 있었고, 수리 센터에 오기 전에 들렀던 쇼핑몰에서는 여성용 속
옷 코너를 알짱대고 있었다.
　남자는 자신을 미행하고 있었다. 그는 자신처럼 무도를 연마한
자였다. 만두귀, 정확히 말해 이개혈종을 겪고 있는 것을 보면 귀가
바닥에 쓸리는 유도나 주짓수 같은 격투 종목의 능력자일 가능성이
컸다.

수리 센터에서 나온 은혜는 잠시 망설이다 원곡동의 외국인 노동자 거주지로 들어갔다. 거기는 딴 세상이 펼쳐졌다.

중국인 내레이터모델이 길 한가운데까지 나와 호객을 하고, 술을 마시던 조선족은 시비가 붙은 듯 언성을 높였고, 인도인 무리는 전통 음악을 틀어놓고 춤을 추고 있었다.

은혜는 잰걸음으로 걸어 남자와의 거리를 떨어뜨렸다.

주차된 차의 백미러로 남자가 자신을 보고 있는 것을 확인한 후, 좁은 골목으로 숨어들었다.

골목은 채 일 미터도 안 될 정도로 좁았다. 그나마 그 좁은 공간도 빨래 건조대나 자전거가 들어차 발 디딜 틈이 없었다.

은혜는 곧 남자가 이 골목에 나타날 것이라고 확신했다.

외국인 노동자 거주 지역 순찰은 경찰들에게 기피업무였다.

지난 주, 강력반 형사에서 원곡동 파출소의 순경으로 좌천된 경민은 소장 등쌀에 억지로 순찰길에 나섰다.

동료 순경들의 충고대로 가벼운 시비는 못 본 척 지나치고, 불량배들이 덤비더라도 못 알아듣는 척 웃고만 있었다.

중국식 꽈배기 빵을 우적우적 씹으며 골목을 어슬렁거리고 있는데 수상한 남자가 경민의 앞을 스쳐 지나갔다.

두피가 보일 듯 바투 깎은 스포츠 헤어에 어울리지 않는 명품 시계를 찬 자.

무엇보다 그의 만두귀가 경민의 시선을 끌었다.

이 동네 깡패들은 대부분 막싸움을 한다. 기가 센 놈이나 힘이 센 놈이 승기를 잡는 몸뚱어리들의 거친 부딪침. 무도 같은 것을 배워서 제대로 된 기술로 상대를 제압하는 모습을 본 적이 없었다.

최근에 삼합회 사람들이 한국으로 많이 흘러 들어왔다는데, 그쪽 일까?

경민은 호기심을 이기지 못하고 남자의 뒤를 쫓았다.

다문화 거리의 중간 지점에서 남자는 오른쪽 골목으로 방향을 틀었다.

경민은 골목 초입에 있는 헌옷 수거함에 몸을 숨긴 후, 수상한 남자의 동태를 살폈다.

남자는 무엇을 쫓다가 놓친 것처럼 두리번거리며 골목 한가운데 서 있었다.

잠시 후, 공중에서 여자 하나가 떨어지더니 남자의 어깨에 매달렸다.

놀란 경민은 쥐고 있던 꽈배기 빵 봉지를 떨어트렸다.

여자는 이층 베란다에 숨어 남자가 오길 기다린 모양이었다.

베란다 옆에 누군가 내다버린 철제 선반이 보였다. 남자에게 쫓기던 여자는 철제 선반을 사다리처럼 타고 올라가 이층 베란다에 숨어들었을 것이다.

여자는 남자에게 매달린 채, 팔뚝으로 남자의 목을 졸랐다.

어떻게 해야 하나…….

경민이 고민하고 있는 사이, 남자의 얼굴이 고통스러운 듯 붉게 부풀어 올랐다.

남자도 당하고 있지만은 않았다. 그는 여자의 팔뚝을 강하게 그러잡았다. 엄청난 악력이 살을 파고들자 여자의 미간이 고통으로 일그러졌다. 남자는 여자의 공격이 느슨해진 틈을 놓치지 않았다. 팔뚝을 잡은 채 상체를 숙이는 방법으로 여자를 바닥에 패대기쳤다. 여자는 재빨리 어깨를 말아 낙법으로 몸을 보호했다. 바닥에서 한 바퀴를 구른 후 일어난 여자가 거친 숨을 몰아쉬며 외쳤다.

"너 누구야?"

남자는 대꾸도 하지 않고 손을 허리춤으로 가져갔다.

경민은 남자의 허리춤에서 반짝이는 금속성의 물건을 보았다. 그것이 무엇인지 확인하고 있을 겨를이 없었다.

경민은 호루라기를 꺼내 불었다. 휘익, 휘익.

갑작스러운 경찰의 등장에 당황한 남자는 여자를 세게 밀치더니 골목 끝으로 사라졌다.

"괜찮습니까?"

경민은 흙과 땀으로 범벅이 된 여자에게 다가서며 물었다.

"도망갔잖아요. 왜 방해하고 그래요?"

여자는 남자가 사라진 쪽으로 달리기 시작했다. 위기에서 구해준 경찰에게 원망의 말만 남긴 채.

은혜는 남자를 쫓아 한참을 달렸다.

달리기는 누구보다 자신이 있었다. 남자는 분명 먼저 지친다. 그때 놈을 잡으면 된다.

남자는 원곡동의 미로 같은 골목을 익숙하게 파고들었다. 식당 골목에 쌓여 있는 업소용 식용유 통을 집어 던지거나, 손수레로 길을 막는 일로 추적을 방해해보았지만 은혜는 지칠 줄을 몰랐다.

쫓고 쫓기는 시간이 길어지자 예상대로 남자의 움직임이 눈에 띄게 둔해졌다.

남자는 골목을 벗어나 큰 길로 나섰다. 은혜로서는 반가운 일이었다. 큰 길에는 시야를 가릴 건물도, 추적을 방해할 장애물도 없었다.

은혜가 골목을 벗어나자, 가쁜 숨을 내쉬는 남자가 길가에 서 있었다.

갑자기 차 한 대가 나타나더니 남자 앞에 멈췄다.

조력자가 있을 거라고는 예상하지 못했다. 은혜는 전력을 다해 달렸다. 남자가 차를 타고 사라지기 전에 그를 잡아야 한다.

그녀의 손이 차의 후면에 닿을 만큼 가까워졌지만, 남자를 태운 차는 그녀를 비웃듯 짙은 매연만 남기고 사라졌다.

은혜는 허탈한 표정으로 멀어지는 차를 바라봤다.

선팅이 짙은 검은 벤츠. 성당 주차장에서 본 것과 같은 차였다.

저 무시무시한 남자가 그동안 은총이 주변을 맴돌고 있었던 걸까?

은혜는 마음이 조급해졌다. 은총이에게 가야 한다.

은혜는 사라진 차가 은총이에게 가는 길이 아니길 바라며 서둘러 택시를 잡아탔다.

복지관은 제법 큰 건물이었지만 은총이를 찾는 것은 어렵지 않았다.

복지관에 들어서자 청명하지 못한 실로폰 소리가 들려왔다. 리듬도 음정도 무시한 투박한 투닥거림. 소리를 따라가자 예상대로 음악치료실이 나타났다. 유리창 너머 무표정한 얼굴로 실로폰을 두드리고 있는 은총이와 은총이를 지켜보는 엄마가 보였다.

은혜는 문을 벌컥 열고 들어갔다.

"은혜야."

"엄마, 괜찮아?"

"뭐가?"

"아무 일 없냐고? 은총이는?"

"얘가 갑자기 왜 이래?"

"혹시 오늘 검정색 벤츠 봤어?"

"벤츠? 신부님 차 말하는가 보네. 그건 왜?"

"신부님 차? 그 차도 선팅을 했어? 안이 안 보일 정도로 새까맣게?"

"그것까진 모르겠네. 나중에 얘기하자. 지금 은총이 수업 중이잖니."

엄마의 말투에 짜증이 묻어났다.

갑자기 요란한 쇳소리가 은혜의 귓전에 울려왔다.

팅팅팅팅.

좀 전까지 선생님의 지시에 따라 권태로운 연주를 하던 은총이가 실로폰을 격정적으로 두드리고 있었다.

모두의 시선이 은총이에게 집중됐다.

은총이는 일어나 은혜에게 다가갔다. 그러더니 은혜를 확 밀치고 밖으로 나가버렸다.

은총이의 태도에서 은혜는 동생의 마음을 읽을 수 있었다.

누나가 싫어. 제발 가버려.

"은혜야, 너 그만 가는 게 좋겠다. 우리는 다음에 은총이 상태 좋을 때, 그때 보자."

은총이의 마음을 대신 전하는 엄마의 표정이 싸늘했다.

집으로 혼자 돌아온 은혜는 곧장 짐을 싸기 시작했다. 그녀는 후회가 됐다.

이 집에 다시 오는 게 아니었어. 아니 애초에 그 동영상을 보지 말았어야 했다.

위이잉.

시끄러운 기계음이 그녀의 머릿속에 있는 복잡한 감정을 몰아냈다.

냉장고 모터 소리였다. 은혜는 들어선 안 될 소리를 들은 것처럼 귀를 기울였다.

분명 수리했다고 했는데. 어제 이 집에 정말 수리기사가 왔던 걸까.

은혜는 엄마의 화장대 서랍 속에 있는 명함집을 찾았다.

보험, 수리, 교회, 동창 등으로 명함을 잘 분류해놓은 엄마의 꼼꼼함 덕에 냉장고 수리기사의 명함을 쉽게 찾을 수 있었다. 핸드폰 키패드에 명함에 적힌 숫자를 하나하나 신중하게 눌렀다.

"네, 삼성전자 AS 센터 장재진입니다."

"어제 지펠 냉장고 수리 부탁한 집인데요."

"은총이 집이죠? 아이고, 죄송합니다. 어제 갔어야 했는데, 일이 너무 많았어요. 그 모델 다룰 줄 아는 사람이 저밖에 없거든요."

"……."

은혜는 수리기사가 죄송해하는 말을 다 마치기도 전에 전화를 끊었다.

수리기사는 집에 다녀가지 않았다.

분명 아무도 없던 집에서 담배 냄새가 났고, 피규어의 위치가 바뀌어 있었고, 쓴 적 없는 컵이 개수대에 놓여 있었다. 은혜는 가방을 내려놓았다.

은총이와 엄마가 안전하다는 확신을 갖기 전에는 서울로 돌아갈 수 없었다.

은혜는 집밖으로 나가 주변을 둘러봤다.

집에 누가 오고 누가 나갔는지 확인할 수 있는 것을 찾아야 했다. 사설 CCTV나 차량용 블랙박스 같은 것들.

이 동네는 굳이 개인 경비를 들여 CCTV를 설치할 만큼 여유 있는 사람들이 사는 곳이 아니었다. 자동차들은 주차구획에 맞춰 길게 열을 이루며 주차되어 있었다. 그 긴 행렬의 머리는 은혜의 집 쪽이 아닌 골목의 끝을 향하고 있었다.

은혜의 눈에 익숙한 얼굴이 하나 들어왔다. 마르고 껑충해 전반적으로 엉성한 느낌이 들지만, 두 눈은 항상 반짝반짝 빛나는 녀석.

박수호였다.

은혜의 초, 중, 고등학교 동창인 박수호가 집 앞에 있는 편의점 계산대에 앉아 있었다. 직원용 보라색 조끼를 입고.

은혜는 편의점 외부에 설치된 카메라를 쳐다봤다. 카메라는 정확히 전방 즉, 은혜의 집 쪽을 향하고 있었다.

은혜가 편의점 문을 열고 들어가자 차임벨이 청량하게 울렸다.

그 소리에 만화책에 코를 박고 있던 수호가 기계적으로 인사를 했다.

"어서 오세요."

은혜는 초콜릿 하나를 고르더니 계산대 위에 올려놓았다. 바코드를 찍기 위해 책에서 눈을 뗀 수호가 그녀를 알아봤다.

"강은혜?"

"오래간만이다."

"그러게, 이게 몇 년 만이냐? 반갑다, 야."

말과 달리 수호는 별로 반가운 표정이 아니었다.

두 사람 사이에는 좋은 기억보다 불편한 기억이 더 많았다. 수호는 누구보다 앞장서서 은혜를 '병신 누나'라 놀렸고, 은혜는 그럴 때마다 수호를 흠씬 두들겨주었다.

은혜는 수호가 학창시절의 악감정은 철없을 때의 추억으로 여겨 주길 바라며 조심스럽게 말머리를 꺼냈다.

"저기, 수호야. 부탁 하나만 들어줄 수 있을까?"

"……?"

그녀는 말없이 편의점 외측에 설치된 CCTV를 가리켰다.

수호는 의외로 순순했다. 가족의 안위와 관련된 일이라는 두루뭉 술한 설명에 별다른 꼬투리를 잡지 않고 CCTV 모니터실의 문을 열 어주었다.

편의점의 CCTV 모니터실은 생각보다 초라했다. 그곳은 창고와 모니터실, 직원 탈의실을 겸하는 줍디 좁은 공간이었다.

각종 판매 물품에 둘러싸인 채, 은혜는 CCTV에 녹화된 내용을 확 인했다.

어제 온 가족이 성당에 있었던, 저녁 6시에서 8시 사이의 영상을 2배속으로 재생했다. 간혹 행인끼리 싸움이 붙거나 연인들이 짙은 애정행각을 벌이는 등, 흥미로운 장면도 있었지만 대부분의 사람들 은 그저 오고갈 뿐이었다. 그 시간에 은혜의 집을 방문한 사람은 아 무도 없었다.

편의점 점주는 메모리의 과부하를 막기 위해 보름이 지난 영상은 자동 삭제되도록 설정해놓았다. 은혜는 삭제되지 않고 남아 있는 보름 동안의 영상을 모두 확인했다. 검은 벤츠나 명품 시계를 찬 수 상한 사내가 집 주변을 얼쩡거리진 않을까 걱정하면서.

보름 동안 중국집 배달부가 세 번 정도 다녀갔고, 다단계 판매원인 듯 보이는 여자가 문전박대를 당했다. 신부님을 비롯한 신도들이 우르르 몰려왔다 담소를 나눈 후 우르르 돌아갔고, KT의 로고가 박힌 작업복을 입고 공구상자를 든 인터넷 설비기사가 한 차례 방문을 했다. 택배 배달원의 방문은 다 셀 수도 없을 만큼 잦았다.

검은 벤츠나 낮에 만났던 수상한 남자는 보이지 않았다.

모니터실을 나서던 은혜가 갑자기 멈춰 섰다. 뭔가 미진한 게 있다는 표정으로 모니터 앞에 다시 앉았다. 어제 아침 인터넷 설비기사가 들른 후의 영상을 4배속으로 재생했다.

한 번, 두 번, 세 번.

세 번이나 확인 작업을 거치고 난 은혜는 등에 식은땀이 흘렀다. 아무리 살펴봐도 KT 작업복을 입은 남자가 집에서 나오는 영상이 없었다.

은혜는 인터넷 설비기사가 앞문으로 들어와 집의 뒷문을 통해 나갔을 경우에 대해 생각해보았다. 집 뒤쪽에는 뒷산의 토사가 무너지는 것을 막기 위한 옹벽이 바투 붙어 있었다. 주택과 옹벽 사이는 길이라고 하기엔 너무 협소했다. 길고양이가 사람들 눈을 피해 지나다니거나 쓰레기를 몰래 투기하는 곳에 불과했다.

은혜의 집과 이웃집은 이 미터 정도의 간격을 두고 떨어져 있었다. 굳이 그럴 이유도 없고 부자연스러운 일이기도 하지만, 인터넷 설비기사가 집 뒤쪽으로 사라졌다면 그 이 미터의 틈을 잠깐이라도 스쳐 지나가야 한다.

그녀는 이웃집과 자신의 집 사이에 있는 틈을 주시하며 다시 한 번 영상을 재생했다.

달려갔다면 2초, 걸어갔다면 5초 정도 모습을 드러내겠지.

눈이 아프도록 화면 속의 한 공간을 노려보았지만 어제 아침 이후, 그 공간을 스쳐 지나가는 사람은 없었다.

은혜는 마지막으로 삭제된 영상이 있거나, 카메라가 작동하지 않은 때가 있는지 확인했다.

영상이 갑자기 끊기거나, 프레임이 맞지 않아 연결이 어색하거나, 기록된 시간이 급변하는 부분이 없는지…….

영상은 완벽했다.

편의점의 CCTV카메라는 단 일 초도 빠짐없이 은혜의 집을 녹화했고, 누군가의 실수로 인해 영상이 누락되거나 삭제되는 일도 없었다.

만약 CCTV 영상으로 확인한 사실이 조금도 틀림없는 사실이라면 인터넷 설비기사는 아직도 돌아가지 않고 저 집에 있을지도 모른다. 가족이 이틀 동안 낯선 남자와 함께 살고 있었던 건지도 몰랐다.

그녀는 서둘러 밖으로 나갔다.

편의점에서 나와 은혜는 한참 동안 집을 노려보고 서 있었다.

영상 속에서 인터넷 설치기사는 엄마가 외출을 하자 기다렸다는 듯 벨을 눌렀다.

잠시 후, 은총이가 나와 태연하게 문을 열어주었다.

은총이는 낯선 사람을 지극히 경계한다. 남자를 대하는 은총이의 태도를 볼 때, 남자와 은총이는 아는 사이일 것이다.

편의점 CCTV 카메라에 잡힌 영상이 멀고 흐릿해 남자의 생김새를 자세히 살필 순 없었다. 그저 보통 체격의 남자라는 것 정도를 알 수 있을 뿐이었다.

말도 안 되는 소리일지도 모르지만 집 안에 아직 그 사람이 숨어 있다면? 그렇다면 그는 어디에 있을까?

몇 군데 짐작되는 공간들이 있었다.

은혜의 가족이 살고 있는 집의 전주인은 비리 공무원이었다고 한다. 건축가였던 아버지가 1970년대 건축 양식에 반해 이 집을 사들였을 때, 곳곳에서 비밀 공간을 발견하셨다. 부당하게 취한 재물을 숨겨두기 위한 공간이었다.

은혜가 너무 어렸을 때 일이라 비밀 공간이 정확히 어디인지 기억이 나지는 않지만 아버지가 그 공간을 막고 리모델링했다는 사실만은 알고 있었다.

은혜는 집으로 들어가 숨어 있는 공간들을 찾아보기로 했다.

집으로 들어서자 잠시 잠잠했던 냉장고가 거친 소리를 내며 은혜를 맞았다. 불을 켜지 않고 최대한 발소리를 죽인 채, 이 집 어딘가 사람이 숨어 있을 만한 공간을 찾기 시작했다.

예상되는 곳은 세 곳이었다. 지하실, 다락 그리고 이층으로 올라가는 계단참의 벽.

은혜의 기억에 이 세 공간에는 가벽이 있었다.

놀다가 실수로 가벽에 부딪치면 콘크리트 벽처럼 둔탁한 소리가 아니라 합판 특유의 가벼운 소리가 났다. 또한 가벽은 벽지가 들뜨는 정도도, 네 모서리의 이음새도 다른 벽들과 달랐다.

지하로 통하는 문을 열자 묵은 먼지내가 훅, 끼쳐왔다.

지하실의 벽은 석회로 마감된 회벽이라 합판으로 된 가벽을 찾는

데 그리 오랜 시간이 걸리지 않았다.

가벽은 각종 잡동사니가 쌓여 있는 선반이 가로막고 있었다.

은혜가 벽을 두드려보았다. 텅텅, 무겁고 둔탁한 소리가 났다.

사람이 있다면 두드리는 소리에 어떤 기척을 내지 않을까 하는 기대에서 한 행동이었다. 벽 너머는 잠잠했다.

선반을 치워 더 자세히 살펴보려고 했지만 선반은 꼼짝을 하지 않았다. 철제 선반은 수십 개의 못으로 가벽과 지하실 바닥에 고정되어 있었다. 지하실에 있는 가벽은 선반의 지지대일 뿐, 은신처로 통하는 통로는 아닌 듯했다.

지하실에서 나온 그녀는 계단으로 올라갔다. 계단의 가벽을 확인하고 마지막으로 다락을 확인할 생각이었다.

발소리를 낮추고 올라가 계단참의 가벽과 마주하자, 그녀는 다락까지 갈 필요가 없다는 것을 깨달았다. 가벽에 발린 벽지의 네 모서리에 미세한 칼자국이 보였기 때문이다.

누군가 문구용 칼로 조심스럽게 벽지를 잘라냈다. 칼을 쓰는 것이 금지되어 있는 은총이나 손 마무리가 꼼꼼하지 못한 엄마의 솜씨는 아닌 듯했다.

은혜가 벽지를 살짝 벗겨내 보니 짙은 갈색의 몰딩이 드러났다. 모서리를 따라 둘러진 몰딩은 집 안의 다른 문 문틀과 같은 문양을 갖고 있었다.

문틀이라. 그렇다면 가벽은 문의 기능을 갖고 있을지도 모른다. 조심스럽게 손을 뻗어 더듬어보았다.

문이라면 손잡이가 있었을 것이다. 손잡이를 뽑아내면 문에 구멍이 생긴다. 그 구멍을 메꾼 후, 벽지를 발랐다면 아무리 꼼꼼하게 작업을 했다고 해도 미세한 경계가 생기기 마련이다.

가벽의 오른쪽 부분에서 두둘두둘한 이질감이 느껴졌다. 그 이질감은 동그라미를 그리며 이어졌다. 손잡이 하나가 빠져나갔을 법한 작은 동그라미였다.

벽의 왼쪽 모서리를 살펴봤지만 경첩이 보이지는 않았다. 경첩은 문이 열리는 쪽에 드러난다.

만약 이 벽이 문이라면 안으로 열리는 미닫이일 것이다.

갑자기 거친 비포장길 위에 타이어 구르는 소리가 들려왔다.

소리는 점점 커지다가 엔진이 꺼지는 소리와 함께 잠잠해졌다. 누군가 은혜의 집 앞에 주차를 한 것이다.

그녀는 숨을 죽이고 바깥에서 나는 소리에 집중했다.

잠시 후, 옆 집 대문 열리는 소리가 났다.

안도한 은혜는 비밀 공간으로 들어가기 위한 준비를 했다.

재킷을 벗어 소리가 나지 않도록 살며시 내려놓고, 머리카락을 질끈 묶었다. 마지막으로 크게 심호흡을 한 후, 어깨를 힘껏 가벽에 부딪쳤다.

밀린다. 예상대로 가벽은 미닫이 문이었다.

문을 부수고 들어온 은혜를 반긴 것은 두 가지였다.

빛이 새어드는 것을 허락하지 않는 완벽한 어둠과 그 어둠 속에서 스멀스멀 흘러나오는 짙은 담배 냄새.

불을 켜기 위해 문 옆의 벽을 더듬었다. 스위치가 있어야 할 곳은 움푹 파여 있었다. 움푹 파인 공간 안으로 가느다란 선들이 만져지는 것을 보면 스위치 박스가 제거되고 없는 모양이었다.

그녀는 주머니를 더듬어 핸드폰을 찾았다. 플래시를 켜야 했다.

그러나 주머니에는 핸드폰이 없었다. 벗어둔 재킷에 핸드폰을 넣어두고 왔다는 것을 뒤늦게 깨달았다.

갑자기 쨍한 불빛이 눈으로 쏟아져 들어왔다.

어둠 속에서 누군가 그녀를 향해 랜턴을 비추었다.

손으로 빛을 가리고, 눈을 한껏 찌푸렸지만 랜턴을 들고 있는 사람의 모습을 볼 수는 없었다. 어둠에 익숙해 있는 그녀의 눈에 상대는 그저 하나의 커다란 빛 덩어리로 보일 뿐이었다. 랜턴을 든 자가 말을 걸어왔다. 남자의 목소리였다.

"당신은 누구지? 한나라야? 초나라야?"

한나라…… 초나라? 은혜는 남자가 무슨 소리를 하는지 알 수 없었다.

찌르는 듯 날카로운 눈부심이 가시자 그녀는 눈을 가리고 있던 손을 내렸다. 남자의 실루엣이 흐릿하게 보였다.

남자가 그녀를 알아봤다.

"은총이 누나?"

"누군데 나를 알죠?"

남자는 랜턴을 은혜의 얼굴에서 거두더니 딸깍, 스탠드 등을 켰다. 스탠드의 은은한 불빛이 퍼지자 남자의 모습이 선명하게 드러났다.

가르마가 뚜렷한 반 백발, 반짝이는 금테 안경, 얇은 입술 옆으로 깊게 패인 보조개, 제 것이 아닌 듯 헐렁한 KT 기사 작업복, 피터 래빗이 그려진 양말…….

남자는 곤란하게 됐다는 듯 혼잣말을 내뱉었다.

"변수군."

당당한 남자의 태도에 은혜는 혼란스러웠다. 남자는 은혜도 처음

들어와 보는 비밀 공간에서 지내고 있을 뿐만 아니라, 은총이가 아끼는 피터 래빗 양말을 제 것처럼 신고 있었다.

남자의 말투에서는 은총이가 오 년 만에 집에 온 누나에게 보였던 것과 비슷한 당혹감이 느껴졌다. 계획에 없는 불청객. 변수. 모든 일을 틀어놓을 훼방꾼.

은혜의 신원을 확인하고 남자가 보인 반응은 그녀를 더욱 당혹스럽게 했다.

"하필 지금처럼 중요한 때 온 거지? 은총이는 놀라울 정도로 잘해내고 있었는데……."

게다가 따져 묻는 듯한 말투까지. 남의 집에 잠입해 머물고 있는 처지와 걸맞지 않는 말투였다.

정작 화를 내고 추궁을 해야 할 사람은 자신이었지만, 남자의 기세에 몰린 은혜는 자기도 모르게 대답을 했다.

"인터넷에 뜬 은총이 동영상을 보고 집에 왔어요. 은총이랑 당신 뭘 하고 있는 거죠?"

남자는 불안한 기색을 보였다. 불안함 때문인지 질문에 대한 답이 아닌 엉뚱한 소리를 했다.

"당신은 몰라. 은총이가 어떤 위험에 처했는지. 누구를 위해 이 싸움을 하는 건지."

남자의 말은 질문으로 가득한 은혜의 머릿속을 더 복잡하게 만들었다.

"도대체 누가 은총이를 위험에 처하게 했단 말이죠? 싸움이라니, 은총이가 무슨 싸움을 하고 있다는 거예요?"

은혜는 답답함에 외치듯이 물었다.

끼익끼익.

갑자기 낡은 목재가 삐걱대는 소리가 간헐적으로 들려왔다.

복잡한 생각 때문에 방향 감각이 무뎌진 은혜는 깨닫지 못했다. 소리가 등 뒤에서 들려오고 있다는 것을.

남자도 소리를 의식하지 못한 듯 계속 말을 이었다.

"말하자면 긴 이야기입니다. 무엇부터 말해야 할지 모르겠네요. 일단 내가 누군지부터 말……"

남자가 자신의 신분을 털어놓으려는 순간, 공기를 가르는 소리와 함께 얼굴 옆으로 뭔가가 스쳐 지났다.

슉슉.

익숙한 소리였다. 그것은 소음장치를 장착한 총의 슈팅 사운드였다.

총알은 KT 작업복을 입은 남자의 가슴을 관통했다. 남자는 비명도 없이 그 자리에 쓰러졌다. 총에서 나는 화약 냄새가 담배 냄새를 몰아내고 공간을 가득 채웠다.

은혜는 그제야 몸을 낮추고 뒤를 돌아봤다.

총을 든 자는 은혜가 이미 만난 적이 있는 사람이었다. 그는 원곡동에서 은혜를 미행하다 검은 벤츠를 타고 사라진, 만두귀를 가진 사내였다.

그제야 은혜는 깨달았다. 집 앞에 주차된 차는 이웃의 차가 아니라 검은 벤츠라는 것을.

낡은 목재가 삐걱대는 소리는 만두귀를 가진 남자가 계단을 오르는 소리였다는 것을.

은혜는 본능적으로 사내에게 달려들었다.

남자는 달려드는 은혜의 정수리를 총신으로 내려찍은 후, 가슴을 향해 정확히 두 발을 쐈다.

　은혜는 쓰러지면서도 한 가지 궁금증을 끝까지 놓을 수 없었다.

　도대체 은총이에게는 무슨 일이 있었던 걸까…….

　흐려지는 의식 속에 현관문이 열리는 소리가 들렸다.

　"집이 왜 이렇게 엉망일까. 은혜야, 너니? 너 아직 집에 있어?"

　엄마의 목소리였다. 은총이도 엄마와 함께 집에 왔을 것이다.

　엄마, 도망가…….

　경고는 소리가 되지 못하고 혀끝에서 맴돌다 의식과 함께 사라졌다. 눈에서 흘러내린 눈물이 귓바퀴를 적셨다. 눈물의 온기는 몸이 느낀 마지막 감촉이었다.

5

배달 대행업체 직원인 명구는 피자 박스를 든 채, 파란 대문 집 벨을 누르고 있었다.

"이봐요, 오늘부터 배달료가 바뀌었다니까요. 배달 수수료 천 원 더 주셔야 해요."

새소리를 내는 요란한 벨도, 짜증 섞인 명구의 목소리도 들리지 않는 듯, 파란 대문 너머는 잠잠했다.

명구는 이 집에 올 때마다 기분이 좋지 않았다. 마을에서 한참이나 홀로 떨어져 있는 데다 창문마다 항상 블라인드가 굳게 쳐 있었다. 더 이상한 건 여기 사는 사람이었다. 이틀에 한 번 꼴로 배달을 오지만 명구는 한 번도 집주인을 만난 적이 없었다.

주문 내역은 예외 없이 피자였다. 피클을 뺀 페페로니 라지 피자.

집 앞에는 배달원을 위한 플라스틱 상자가 놓여 있었다. 넣어두고 가라는 명령문이 적힌 상자였다.

배달 어플로 선결제를 했으니 다른 때 같으면 상자에 피자를 넣어두고 가면 그만이었다. 그러나 오늘은 그럴 수가 없었다. 거리가 멀면 배달료를 더 받는 배달료 차등 부가를 실시했기 때문이다.

계속 벨을 눌러대는 기세에 쉽게 돌아가지 않을 거라는 걸 짐작했는지, 마침내 문이 열리고 집주인이 나타났다.

집주인은 모자를 푹 눌러 쓴 젊은 남자였다.

"여기는 너무 멀어서 배달 수수료가 천원 더 나와요. 문자 받으셨을 텐데."

명구는 불쾌한 기분을 감추고 애써 친절한 어투로 말했다.

남자는 말없이 천 원을 내놓았다.

그의 손에서 소독약 냄새가 났다. 락스와 세정제로 청소를 막 끝낸 화장실에서 나는, 코를 톡 쏘는 강렬한 냄새. 남자의 손은 습진에 걸린 듯, 벗겨진 각질 아래로 얼룩덜룩한 홍반이 드러나 있었다.

명구가 피자를 건네고 돌아서려는데 열린 문틈으로 이상한 것이 보였다.

마당에 쓰러져 있는 작고 검은 짐승.

명구의 시선을 느꼈는지 남자가 서둘러 문을 닫았다.

명구는 공연히 부르르, 몸서리를 친 다음 서둘러 오토바이에 올랐다.

대문을 닫은 남자는 한동안 그 자리에 가만히 서 있었다.

잠시 후, 오토바이가 요란한 소리를 내며 사라지자 쓰러져 있는 짐승에게 다가갔다.

짐승은 처참하게 짓이겨져, 고양이인지 개인지 알아볼 수 없는 몰골이었다.

남자는 피자를 꺼내 먹으며 짐승을 발로 찼다. 아무렇지 않게 툭툭.

짐승은 마당 한쪽에 파놓은 구덩이 안으로 떨어졌다.

구덩이 안에는 핏덩이 같은 짐승의 사체들이 어지럽게 뒤엉켜 있었다.

같은 날 오후, 은총의 집

은혜는 욱신대는 가슴 통증에 눈을 떴다. 셔츠를 벗자 방탄조끼 위에 두 개의 총구멍이 드러났다. 믿을 수 없는 충격의 순간이 눈앞에 다시 나타났다 사라졌다. 미열이 나고 오한이 들었다.

생각만 해도 끔찍했다. 만약 어제 보호장구가 든 출장용 짐을 그대로 들고 안산으로 오지 않았더라면 어떻게 됐을지…… 편의점에서 CCTV를 보고 난 후, 은혜는 어떤 일이 벌어질지 몰라 방탄조끼를 꺼내 입었다. 이렇게까지 조심해야 할까, 망설이던 그 수초의 시간이 그녀를 죽음의 문턱에서 건져낸 것이다.

정신을 차린 그녀는 남자가 쓰러졌던 자리를 둘러보았다. 의문의 남자는 쓰러진 채 꼼짝도 하지 않았다. 죽었을 게 분명했다.

은혜는 남자를 내버려두고 비밀 공간을 나왔다.

분명 의식이 사라지기 전에 엄마 목소리를 들었다. 그러나 은총이와 엄마는 어디에도 없었다.

거실 바닥에 널브러진 엄마의 가방 주위로 뜯어진 묵주의 구슬이 어지럽게 흩뿌려져 있었다. 가방은 엄마가 늘 갖고 다니는 핸드폰과 성경책이 그대로 든 채였다.

상황만 보아도 총을 든 남자가 엄마와 은총이를 힘으로 제압하고 억지로 끌고 나가는 모습이 그려졌다.

엄마와 은총이 집에서 끌려 나와 어디로 갔는지 알아야 했다. 은혜는 먼저 수호에게 전화를 했다.

"하나만 더 부탁할게. 7시 이후 화면 좀 확인해줘."

"자꾸 이러면 곤란하다. 점주가 알면 잘릴지도 몰라."

"은총이랑 엄마가 사라졌어."

"뭐?"

"설명할 시간이 없어. 지금 당장 은총이랑 엄마를 찾아야 해!"

"그, 그래. 알았어. 잠깐만 기다려."

전화를 끊고 거실을 훑어봤다. 집 안은 어지러웠다. 각종 수납함이 모두 열린 채, 속엣 것을 토해냈고, 찢어진 벽지는 너덜거렸으며, 마룻바닥은 마감재가 뜯어져 음습한 속을 드러내고 있었다. 무엇인가를 찾기 위해 마구잡이로 뒤진 흔적이었다.

핸드폰이 울렸다. 수호의 목소리가 다급했다.

"은총이랑 엄마는 집을 나간 적이 없는데? 그런데 어떤 놈이 커다란 캐리어 두 개를 차에 싣고 가더라. 좀 이상해. 너희 집에 들어갈 땐 분명 빈손이었는데."

"그 차, 검정색 벤츠야?"

"맞아, 벤츠. 이거 예삿일 아니지? 경찰 부를까?"

"아냐, 내가 알아서 할게."

은혜는 전화를 끊고 자기도 모르게 중얼거렸다.

납치…….

클로로포름 같은 것으로 두 사람을 마취시키고, 캐리어에 우겨 넣은 후 차에 실었을 것이다.

당연히 경찰을 부를 일이었지만, 은혜는 망설여졌다.

살인에 익숙한 자가 50대 가정주부와 자폐증상이 있는 아이를 납치했다. 은혜는 납치까지 해야 할 만큼 중요한 무엇을 두 사람이 가지고 있다는 게 믿기지 않았다.

그녀는 다시 어질러진 거실을 바라보았다.

무언가를 찾으려 했지만 그는 자신이 찾는 것을 얻지 못했을 것이다. 그렇지 않다면 굳이 두 사람을 납치할 이유가 없다.

은혜는 두 사람이 아직 살아있을 거라고 확신했다. 아니, 꼭 그래야만 했다. 그녀는 경찰에 신고를 할 수 없었다. 세상에서 가장 소중한 두 사람이 계속 살아있을 수 있도록 납치범을 자극해서는 안 된다.

은혜는 비밀 공간에 숨어 있던 남자가 한 말을 떠올렸다. 가족이 감춰두었던 그 남자가 두 사람을 찾는 열쇠를 쥐고 있을 것이란 생각이 들었다.

초나라와 한나라…….

은혜는 피규어들이 놓여 있는 장기판 앞으로 갔다.

이런 상황에서 장난감 따위를 들여다보는 게 무슨 소용이 있을지는 몰랐다. 그러나 은혜는 은총이의 마음이 되어 모든 것을 생각하기로 했다. 동생은 어려서부터 자기만의 물건에 자기만의 방식으로 하고 싶은 말을 숨겨두곤 했다.

피규어를 집어들고 하나하나 살펴보는데, 한 가지 이상한 점이 보였다.

피규어의 발바닥에 물감으로 색이 칠해져 있었다. 아이언맨을 비롯한 다수의 히어로들의 발에는 빨간 물감이, 캡틴 아메리카[5]와 윈터 솔저[6]의 발에는 초록색 물감이.

빨강과 초록!

은혜는 초(楚)나라와 한(漢)나라의 의미가 어렴풋하게 짐작이 됐다.

한나라의 장기 알은 붉은색이고, 초나라의 장기 알은 초록색이다. 그렇다면 발바닥이 붉은 히어로는 한나라의 군사이고, 초록색 칠이 된 히어로는 초나라의 군사라는 말이 된다.

장기판 위의 피규어들은 한나라 군사와 초나라 군사로 재구성됐다.

아이언맨, 블랙 팬서, 블랙 위도우[7], 스파이더맨[8], 비전[9]이 한나라 소속이고, 초나라에는 캡틴 아메리카와 윈터 솔저가 있었다.

장기판을 보고 있자니 어벤져스 시리즈 중, 한 편의 영화가 떠올랐다.

'캡틴 아메리카: 시빌 워'

영화는 한 팀이었던 히어로들 사이에 내분이 일어나 서로 반목하고 싸우는 내용이었다. 영화 속의 히어로들은 아이언맨을 따르는 무리와 캡틴 아메리카를 따르는 무리로 나뉘어졌는데, 그 편가름 양상이 지금 장기판 위와 일치했다.

남자가 죽기 전에 한 또 다른 말이 떠올랐다.

싸움.

---

5) 마블 코믹스의 슈퍼히어로. 2차세계대전 당시 탄생한 반나치 히어로. 성조기를 모티브로 한 의상. 파괴되지 않는 방패가 무기.
6) 마블 코믹스의 슈퍼히어로. 캡틴 아메리카의 전우. 기억상실과 세뇌 때문에 때때로 빌런(악당)이 되기도 한다.
7) 마블 코믹스의 슈퍼히어로. 각종 무술에 능함. 여성. 러시아 스파이 출신.
8) 마블 코믹스의 슈퍼히어로. 십대 소년. 방사능에 노출된 거미에게 물린 후, 거미의 능력을 갖게 된다.
9) 마블 코믹스의 슈퍼히어로. 감정을 가진 안드로이드.

은총이가 하고 있다는 싸움.

만약 이 장기판 위의 피규어들이 남자가 말한 싸움을 나타내고 있다면, 피규어들은 실재하는 누군가를 나타내는 것일지도 몰랐다.

은혜의 생각이 옳다면 아이언맨은 은총이 자신일 것이다. 엄마는 은총이가 피터 래빗 다음으로 아이언맨을 좋아한다고 했다.

비밀 공간에서 생의 마지막을 맞이한 남자는 어떤 히어로일까?

은총이와 죽은 남자는 아마도 같은 편이겠지. 남자 역시 빨간색 물감이 묻어 있는 한나라의 히어로 중 하나일 것이다.

일단 여성 캐릭터인 블랙 위도우를 제외시켰다. 그렇다면 블랙 팬서, 비젼, 스파이더 맨 중 하나……

은혜는 가족들이 성당에 다녀온 후, 블랙 팬서의 위치가 바뀐 사실을 떠올렸다.

최전방에 있었던 블랙 팬서가 아이언맨이 있는 궁성으로 이동했었지.

그 동선의 변화가 외부에 있다가 집 안으로 숨어든 것을 설명하는 것이라면 죽은 남자는 블랙 팬서일 것이다.

총을 가진 괴한이 어떤 히어로인지 유추하는 것은 어렵지 않았다.

은혜 가족의 주변을 감시하던 그의 행적처럼 윈터 솔저가 궁 근처에서 호시탐탐 공격의 기회를 노리고 있었다.

장기판이 알려준 정보는 거기까지였다.

질문은 다시 원점으로 돌아왔다.

총을 가진 괴한이 찾으려고 했던 건 무엇이었을까?

은혜는 그가 찾으려고 했지만 찾지 못한 무엇인가를 찾기 위해 집 안을 꼼꼼히 살펴보기 시작했다.

액자의 뒤나, 책장 사이까지 뒤져본 것을 보면 괴한이 찾는 것은 그다지 큰 물건은 아닐 것이다. 은혜는 조급했다. 조급할수록 손이 더디게 움직였다.

은혜는 괴한이 뜯어보고 바닥에 던져놓은 액자를 집어들었다.

부러진 액자의 틀 사이에서 전선 같은 것이 삐죽 튀어나와 있었다. 전선을 쭉 잡아당기자 전혀 예상치 못한 물건이 달려 나왔다. 전선 끝에 매달린 것은 도청장치였다.

용산에서 쉽게 구할 수 있는 크고 투박한 장치가 아니었다. 은폐도 쉽고 성능도 뛰어난 초소형의 최신식 기계였다.

도청장치를 본 은혜는 놀라지 않을 수 없었다. 경찰 수사에나 사용될 기계는 평범한 가정과 어울리는 것들이 아니었다. 두 사람이 집에 숨긴 것은 생각보다 더 심각한 것일지도 몰랐다.

은혜는 가방에서 몰래카메라 검사 장비를 꺼냈다. 급히 오느라 그냥 들고 온 출장용 가방이 이렇게까지 도움이 될 줄은 몰랐다.

은혜가 검사 장비를 켜고 집 안 곳곳에 들이대자 검사 장비는 쉴 새 없이 알람을 울려대며 도청장치와 몰래카메라가 있는 곳을 알려왔다.

집 안에는 2개의 도청장치와 5개의 초소형 카메라가 나왔다. 누군가 두 사람을 감시해왔다는 너무도 확실한 증거였다.

도대체 누가, 무슨 이유로 힘없는 자폐아 모자를 감시한다는 말인가?

문득 은총이의 눈빛이 떠올랐다. 어제 저녁 자신을 빤히 바라보던.

빛을 받으면 갈색을 띠고, 희다 못해 푸른빛이 도는 흰자위에 작은 점이 있는 눈. 그 눈을 들여다보며 은혜가 말했다.

"누나한테 말한 거 맞지? 돌아오라고. 어서 집에 돌아오라고. 일부러 그런 거 맞지?"

그녀의 다그침에 은총의 말간 눈이 두려움으로 가득 찼다.

지금 생각하니 은총이의 눈빛은 이렇게 말한 것 같았다.

누나는 지금 해서는 안 되는 말을 했다고, 그 말을 누군가 엿들을까 봐 두렵다고.

"누군가 은총이를 감시했어……."

혼잣말을 중얼거리던 은혜는 갑자기 뭔가 떠오른 듯 일어나 계단 참의 비밀 공간으로 들어갔다.

총을 맞은 남자는 얼굴을 바닥으로 향한 채 쓰러져 있었다. 가슴에서 흘러나온 피가 작은 웅덩이를 이루고 있었다.

은혜는 조심스럽게 남자의 몸을 뒤집었다. 사체에 손을 대는 것이 꺼려졌지만 남자의 얼굴을 확인하려면 달리 방법이 없었다.

몸을 뒤집자 부릅뜬 남자의 눈이 은혜의 눈과 마주쳤다.

가르마가 선명한 반백발과 유난히 깊은 보조개.

기억이 났다. 이 남자가 누군지.

남자는 육 개월 전 일어난 살인사건의 용의자인 야구선수 양기호의 형이었다. 은총이가 목격자로 지목되었던 불륜 치정 살인사건.

사건은 두 가지 이슈로 세상을 잠시 떠들썩하게 했다. 한때 유명했던 야구선수가 불륜을 저지른 부인과 내연남을 살해했다는 것, 그리고 사건의 목격자가 증언 능력이 없는 자폐아라는 사실.

사람들은 '양기호 살인사건의 전말'이라는 사이트까지 만들어 유명 야구선수가 살인자인지 아닌지에 대해 격렬한 토론을 벌였다. 극성스러운 네티즌들은 용의자 가족의 사진과 신상까지 낱낱이 파헤쳐 인터넷 상에 퍼뜨렸다.

목격자가 있다는 것 그리고 그 목격자가 자폐아라는 것은 수사상의 비밀이었으나 화젯거리가 될 것을 감지하고 모여든 기자들에 의해 세상에 알려졌다.

다행히 은총이의 신상이 온라인에 떠도는 일은 벌어지지 않았다. 은총이가 증언능력이 없다는 것이 밝혀지자 자폐아 목격자에 대한 관심은 급격히 시들해졌기 때문이다.

은혜는 죽은 남자의 소지품을 뒤졌다. 지갑 속에 있는 교수증이 그의 신원을 확인해주었다.

한국대학교 인문학부 정교수 양정호.

그가 무슨 이유로 인터넷 설치기사로 변장한 채 비밀 장소에 숨어든 걸까?

은혜는 허공에 머문 그의 눈동자를 보며 물었다.

이곳에서 은총이와 무슨 일을 저지르고 있었던 거야? 당신의 죽음이, 은총이의 납치가 육 개월 전에 일어난 살인사건과 무슨 연관이 있는 거냐고. 당신은 총을 쏜 괴한이 누구인지 알고 있지?

양기호의 살인사건까지 끼어들어 은혜의 머릿속은 더욱 복잡해졌다.

아무리 궁리해보아도 이 모든 사건들의 인과를 설명할 수 있는 일말의 단서도 떠오르지 않았다. 다만 사건들의 중심엔 은총이라는 공통점이 있을 뿐이었다.

어두운 비밀 공간을 서성이던 은혜의 발이 갑자기 아래로 쑥 꺼졌다. 누군가 뜯어놓은 마룻바닥에 발이 빠진 것이다.

은혜는 스탠드 불빛을 비추어 목재 블록이 뜯겨 나간 마룻바닥

안을 자세히 들여다보았다. 내장재가 아닌 판자가 보였다. 판자의 네 귀퉁이에는 녹이 슬지 않은 못이 박혀 있었다. 비교적 최근에 못을 박은 것이리라.

장도리를 가져와 판자를 뜯어냈다. 뜯어낸 판자 아래 또 한 층의 판자가 드러났다.

인내심을 가지고 한 번 더 뜯어냈다.

드디어 인내에 대한 보답이 드러났다. 스크랩북이었다.

스크랩북은 폴라로이드 사진과 엽서, 각종 잡동사니로 가득 채워져 있었다.

사진은 은총이의 일상을 담은 것이었다.

그날 들른 곳, 그날 먹은 음식, 그날 만난 사람들, 그날의 하늘, 구름, 개미 따위.

각각의 페이지에는 날짜가 적혀 있고, 사진 아래에는 색색의 동그라미가 그려져 있었다. 스크랩북은 은총이의 일기나 마찬가지였다. 글이 아닌 사진으로 기록하는 하루.

은혜는 스크랩북의 날짜를 유심히 봤다.

스크랩북은 2018년 4월 1일에 시작해서 2018년 5월 30일에 끝을 맺었다.

은혜는 4월 15일의 일기를 찾기 시작했다. 그날은 은총이가 살인 사건을 목격한 날이다. 페이지를 넘기는 손이 떨렸다.

마침내 4월 15일을 기록한 페이지가 펼쳐졌다.

운전을 하는 엄전무의 신경은 온통 차 트렁크에 있는 두 개의 여행용 캐리어를 향해 있었다.

자폐아와 아이의 엄마를 마취제로 잠재우긴 했지만, 그 효과가 길진 않을 것이다. 깨어나기 전에 어서 별장으로 옮겨야 한다.

앞서 가던 차들이 조금씩 속도를 늦추더니 거의 멈춰 서다시피 했다.

사고가 난 모양이었다. 차창으로 머리를 내밀고 쳐다보니 멀리 망가진 두 대의 차와 언성을 높이는 차주들 그리고 상황을 정리하는 경찰들이 보였다.

성가시게 됐군.

엄전무는 예상치 못한 지체가 못마땅하다는 듯 손가락으로 핸들을 따다닥, 두드렸다. 사람들은 명성그룹의 회장이 부르는 대로 그를 엄전무라고 불렀다.

'전무'는 편의상 붙여진 호칭일 뿐 공식적 직함은 아니었다. 그에게는 겉으로 드러내거나 명함에 새길 수 있는 부서나 직무 같은 것은 없었다.

엄전무를 고깝게 생각하는 사람들은 그를 회장의 행동대장, 똘마니, 검은 그림자 등으로 낮춰 불렀다.

엄전무는 개의치 않았다.

사람들은 모두 회장의 곁에 잠시 머물다 갔다. 아무리 중요한 직책을 맡고, 총애를 받는다 해도 쓸모가 사라지면 모두 내쳐졌다. 그렇게 쓸모란 것은 한정적이었고, 대체 가능하거나 일시적인 경우가 많았다.

그러나 엄전무의 '쓸모'는 사라지지 않았다. 회장에게는 항상 골치 아픈 문제가 생겼고, 그런 문제를 드러나지 않게 소리 없이 해결해줄 사람이 필요했다. 그런 일에 그만큼 적합한 사람은 없었다.

이번 일도 그런 이유로 그에게 맡겨졌다. 회장은 엄전무에게 '흔적'을 제거할 것을 명령했다.

회장이 말하는 '흔적'이란 그룹의 이익과 명예에 문제가 될 실질적 '증거'를 의미했다. 지금까지 단순한 증언이나 정황증거로 명성의 발목을 잡는 경우는 없었다. 명성의 변호사들은 어떤 증언이라도 법률적으로 무효한 것으로 만들고, 증언을 한 사람을 오히려 명예훼손으로 몰아가는 일에 익숙한 사람들이었다.

확실한 '증거'의 경우는 달랐다. 세상에 드러나기 전에 제거하지 않으면 변호사도 손을 쓸 수 없는 골치 아픈 일이 벌어질 게 뻔했다.

'흔적'을 갖고 있다는 사람은 뜻밖의 인물이었다.

인지심리학 박사 백상아.

명성그룹이 매수한 식품의약품안전처의 검사원이 정신과 상담의인 백상아에게 기업의 비밀을 털어놓고 만 것이다. 회장이 제거할 것을 요구한 '흔적'은 백상아가 녹화해둔 상담기록 영상이었다.

엄전무는 그저 백상아 박사에게서 영상 데이터만 건네받을 생각이었다.

사흘 전, 그녀를 미행하고 화랑 오토캠핑장까지 가는 데는 아무 어려움이 없었다. 문제는 캠핑장에 도착하고 난 후였다. 어느 순간, 백상아의 행적이 묘연해진 것이다. 엄전무는 캠핑장 곳곳을 샅샅이 뒤졌다. 그러나 그녀를 찾을 수 없었다.

늦은 밤 백상아를 찾았지만, 그녀는 그에게 '흔적'이 어디 있는지 알려줄 수가 없었다. 이미 숨을 거둔 후였기 때문이다.

백상아를 죽인 범인이 누군지는 궁금하지 않았다. 엄전무의 관심은 오로지 지워야 할 흔적에 있었다.

캠핑카에는 시체도 있고 살해 도구도 있었지만 엄전무가 찾는 것은 없었다.

백상아의 다이어리를 보고 그녀가 강은총이라는 자폐아를 만나기 위해 캠핑장에 온 것을 알 수 있었다. 엄전무의 관심은 자연스럽게 백상아에서 강은총으로 옮겨갔다.

그 뒤로 '흔적'을 찾기 위해 자폐아의 주변을 살피고 있었는데, 갑자기 그 아이의 누나라는 여자가 나타났다.

엄전무는 백미러를 통해 목의 상처를 살펴보았다. 그 여자 때문에 생긴 생채기에서 아직도 붉은 기가 사라지지 않았다.

뒷조사를 해보니 자폐아의 누나인 강은혜는 명성그룹의 경쟁사인 은우그룹의 자제들을 경호한 경력이 있었다.

명성의 치부를 드러낼 '흔적'과 경쟁사의 경호원이라…….

그녀의 정체를 파악하자 엄전무는 다급해졌다. 지나친 비약일지라도 영상이 은우그룹에 들어가는 만약의 경우를 배제할 수 없었다.

보조석에 놓아둔 핸드폰이 울렸다. 해결사의 전화였다.

"캠핑카 청소한 지 며칠이나 됐다고 또 이렇게 일을 벌이십니까?"

"몇 번이나 말해! 캠핑카에 있던 그 여자는 내가 죽인 게 아니라니까."

"일이 커지면 아무리 회장님이라도 커버 못 해요."

"알았어. 선부동 15-1번지. 시체는 남녀 두 구. 다른 사람 접근하지 못하게 애 하나 심어놨어."

전화를 끊는데 열린 차창으로 뭔가가 불쑥 들어왔다. 뻥튀기였다.

벙거지 모자를 눌러쓴 사내가 뻥튀기 봉지를 차 안으로 들이밀고
있었다.

"뻥튀기 사세요."

"됐어."

"뻥튀기 싫으면 음료수도 있어요. 아이스크림도 있고. 아저씨가
필요한 건 다 있어요."

"안 산다니까."

"그래요? 후회할 텐데."

개폐 스위치를 눌러 창문을 닫으려고 하자 상인이 올라오는 창문
을 두 손으로 잡았다. 가지런히 차창에 걸린 열 개의 손가락들. 각질
이 벗겨지고 붉은 염증이 일어나 보기 흉했다.

엄전무는 성가시게 구는 남자를 노려봤다.

코까지 눌러 쓴 벙거지 챙 아래, 반짝이는 건치가 보였다. 웃고 있
잖아?

이 순간이 재밌어 죽겠다는 표정이었다. 왠지 보는 사람을 불안
하게 만드는 묘한 표정이 엄전무의 신경을 긁었다.

"이봐요, 강매도 범죄야. 저기 경찰 안 보여?"

"피차 경찰은 반갑지 않은 처지일 텐데."

"뭐?"

"경찰한테 트렁크 까보일 수 있냐?"

"……!"

엄전무의 손가락이 순간 멈칫 했다.

"누구야, 너?"

"알 필요 없고. 넌 원하는 것만 주면 돼."

"뭔데?"

"저 안에 든 거."

남자가 트렁크 쪽을 돌아보며 말했다.

"그게 뭔지 알아?"

"엄청나게 귀찮고 짜증나는 물건 둘."

"그걸 얻어서 어쩌려고?"

"그것까진 몰라도 되고."

뻥튀기 장수는 시종일관 시큰둥했다. 엄전무는 대수롭지 않아 하는 그의 태도 때문에 혼란스러웠다. 납치한 인질을 내놓으라고 협박하는 자가 나타나다니. 그 어느 때보다 심각한 상황을 별스럽지 않다는 듯 비웃는 놈의 태도를 견딜 수가 없었다.

"경고하는데 그냥 가는 게 좋을 거야."

"정 그렇다면 가야죠. 이걸 유포해도 괜찮다면……."

남자가 팔에 낀 토시 사이에서 사진 한 장을 꺼내 핸들 위로 던졌다.

사진 속에는 백상아의 노트북이 있었다.

노트북 화면에는 '상담기록 영상'이라는 이름의 폴더가 선명하게 보였다.

엄전무가 그렇게 찾아다니던 '흔적'의 사진이었다.

"이걸 어떻게……."

"얘기했는데. 뻥튀기든, 아이스크림이든 아저씨가 필요한 건 다 있다고."

"……!"

"어때? 이제 거래가 될 것 같나?"

멀리서 사고 현장을 정리하던 경찰이 다가왔다.

"이봐요, 여기서 이런 거 팔면 안 돼. 아저씨, 지금 아저씨 차 때문에 다른 차들이 못 움직이잖아요."

돌아보자 엄전무의 차가 움직이길 기다리며 서 있는 차량의 긴 행렬이 보였다. 경찰의 의심을 사지 않는 게 우선이었다. 엄전무는 차를 전방으로 이동시켜 차간 거리를 좁혔다.

그런 후, 뒤를 돌아봤다. 남자가 없었다. 어디로 갔지?

놈이 남긴 건 달랑 사진 한 장이었다.

엄전무는 사진을 뒤집어봤다. 사진 뒤에 메시지가 적혀 있었다.

'태양유원지 주차장 B열 세 번째 자리에 차를 주차해둘 것. 차 키는 바로 옆 쓰레기통에'

***

4월 15일 페이지를 펼친 은혜의 얼굴은 실망으로 가득 찼다.

그녀가 기대했던 것은 단서였다. 얼굴 사진이나 필체가 담긴 메모 같은, 범인을 유추할 수 있는 어떤 것.

4월 15일의 일기에 은혜가 기대한 것은 없었다.

살인사건이 일어난 '장소희 정신건강상담소'의 홍보물 게시판을 찍은 폴라로이드 사진 두 장이 전부였다.

게시판에는 '여름 상담 캠프', '현대인 정신건강 관리요령', '당신도 우울증일 수 있습니다' 등의 알림이나 홍보를 위한 게시물들이 형형색색의 압정으로 고정돼 있었다.

사진이 붙어 있는 페이지의 여백에는 색연필이 그려져 있었다. 자루 한가운데 크고 동그란 눈이 있는, 의인화된 색연필 캐릭터였다.

두 장의 사진은 같은 곳을 담고 있었다.

사진 아래 적힌 숫자를 보지 않았다면 은혜는 완벽하게 같은 두 장의 사진이라고 착각했을 것이다. 폴라로이드 인화지의 하얀 사각틀에 은총이가 삐뚤삐뚤 기입한 것은 각각, '☀ 4:30'과 '☽ 8:40'이었다.

은총이는 해 그림으로 낮을, 달 그림으로 밤을 표현했다.

해 그림이 그려진 게시판 사진은 낮 4시 30분에 찍은 것이고, 달 그림이 그려진 게시판 사진은 저녁 8시 40분에 찍었을 것이다.

은총이는 왜 서로 다른 시간대의 게시판 사진을 찍었을까?

두 장의 사진을 모두 은총이가 찍었다면, 은총이는 같은 날 상담소를 두 번 방문했다는 말이 된다.

두 번의 방문? 은혜는 고개를 갸웃했다.

은총이는 매일 밤 9시에 잠이 든다. 8시 40분은 은총이가 잠자리에 들 준비가 한창일 시간이었다.

철저하게 정해진 일과표대로 생활을 하는 은총이가 밤 시간에 상담소에 들른 이유가 뭘까? 은총이는 정말 살인을 목격했을까?

사진을 유심히 들여다보고 있는데 전화가 걸려왔다. 수호였다.

"너 혹시 청소업체 불렀어?"

"청소업체라니, 무슨 말이야?"

"당장 집에서 나오는 게 좋을 것 같아. 청소업체 차가 너희 집 앞에 섰는데 차에서 내리는 사람들이 청소부 같지가 않아."

수호의 말투는 진지했다.

"청소부 같지 않다고?"

"문신이랑 피어싱이랑…… 암튼 뭔가 이상해."

은혜는 이층으로 올라가 밖을 내다봤다.

창밖으로 보이는 광경은 수호의 말 그대로였다.

작업복을 입은 건장한 남자 세 명이 각종 청소 장비를 차에서 내리고 있었다.

귓바퀴에 구멍을 뚫고 주렁주렁 피어싱을 한 남자, 레게 풍으로 땋아 내린 흔치 않은 머리를 한 남자, 팔뚝에 알 수 없는 모양의 문신을 새겨 넣은 남자.

일반적이라고 할 수 있는 청소 용역의 느낌은 아니었다.

좀 더 지켜보려고 했지만, 상황은 점점 더 수상하게 흘러갔다.

레게 머리를 한 사내가 커다란 비닐 백 두 개를 차에서 꺼냈다. 가운데 지퍼가 달려 침낭 같은 느낌을 주는 PVC 소재의 그것은 시체를 옮길 때 쓰는 바디 백이었다.

용역 직원들이 집으로 다가오자 정원수 그늘 아래서 검은 그림자가 튀어 나오더니 대문을 열었다. 대문에 있는 센서 등이 켜지고 검은 그림자가 모습을 드러냈다. 가죽 재킷을 입은 젊은 남자였다.

저자는 언제부터 정원에 몸을 숨기고 있었던 걸까?

가죽 재킷을 입은 남자는 청소부들과 한동안 이야기를 주고받았다.

남자가 집 쪽을 손가락으로 가리키며 뭔가를 설명하면 청소부들은 고개를 끄덕이거나 무언가를 물었다. 남자는 집에서 일어난 일에 대해 보고를 하고 있는 것 같았다. 그 내용이 무엇일지 굳이 직접 듣지 않아도 알 수 있었다.

집 안에 시체가 두 구 있어. 눈에 띄기 전에 빨리 치워야 해.

은혜는 서둘렀다. 가방에 스크랩북과 피규어, 장기판, 엽서, 편지, 그림책, 은총이의 물건을 닥치는 대로 집어넣었다. 엄마의 핸드폰과 명함철을 챙기는 것도 잊지 않았다.

삐삐삐삐, 도어 록 비밀번호 누르는 소리가 났다.

그녀는 가방을 어깨에 메고, 살그머니 뒷문을 열었다.

힘겹게 열리던 녹슨 쇠문은 십 센티미터 정도의 아주 작은 틈을 만든 후, 더 이상 벌어지지 않았다. 그제야 엄마는 뒷문을 사용하지 않고 문 앞에 각종 잡동사니를 쌓아 둔다는 사실이 떠올랐다.

수상한 청소부들이 거실로 들이닥쳤다.

은혜는 문고리를 잡은 채, 그 자리에 얼어붙었다.

가죽 재킷을 입은 자가 은혜를 알아봤다.

"어? 저 여자가 어떻게……."

남자는 셔츠 사이로 드러난 방탄조끼를 보더니 의문의 답을 얻은 듯했다. 왜 죽어 있어야 할 여자가 버젓이 살아있는지.

청소부들은 은혜를 발견하고서도 우두커니 서 있기만 했다. 경계하는 눈치도 없었다.

다만 예상외의 상황이 펼쳐진 게 의아한 듯, 호기심 가득한 표정을 지을 뿐이었다.

"저 여자 누구야? 누군데 여기 있어?"

문신을 한 자가 물었다.

"너희들은 누구야! 은총이랑 엄마는 어디로 데려갔어?"

"누구?"

청소부들은 은총이를 모르는 듯했다.

"감시를 뭐 이 따위로 해? 목격자나 만들고."

피어싱을 한 자가 가죽 재킷을 입은 자를 질책했다.

"목격자가 아니야. 시체야."

"시체?"

"말하자면 길고, 어찌됐든 결국 시체여야 하는 여자야. 그러니까 잡아!"

남자의 말에 레게 머리를 한 자가 성큼 은혜에게 다가왔다.

은혜는 열린 문틈으로 손을 내밀었다. 작은 유리병이 손에 닿았다. 뭐가 담겼는지 모르는 그것을 다가오는 남자를 향해 집어 던졌다. 유리병이 깨지고 남자의 레게 머리 위에 더덕이 흘러내렸다.

이번에는 사내들이 한꺼번에 포위망을 좁혀왔다. 유리병을 사정없이 던져대는 기세에 호락호락한 여자가 아니라는 것을 깨달은 모양이었다.

은혜는 뒷문을 애타게 흔들었다.

갑자기 뒷문이 열리며 몸이 바깥으로 훅, 쏠렸다. 녹슨 문을 연 것은 수호였다.

은혜가 빠져나온 후, 수호가 문을 닫으려는데 문 사이로 누군가의 얼굴이 불쑥 튀어 나왔다. 피어싱을 한 사내가 닫히는 문 사이로 머리를 들이민 것이다.

은혜는 남자의 귀에 매달린 피어싱 고리를 잡아 뜯었다. 귓불이 찢어지자 남자가 비명을 지르며 문 안으로 사라졌다.

"어서 가자."

수호가 대문 쪽으로 달려갔다.

대문 앞에는 낡은 승합차가 대기하듯 서 있었다.

은혜가 차에 오르고 수호가 운전석에 올라 시동을 걸었다. 차는 바로 속도를 내지 못했다. 돌아보니 잔뜩 성이 난 청소부들이 차에 오르고 있었다.

"야, 속도 좀 내."

이 급박한 상황에 수호는 이상하리만치 여유를 부렸다.

"괜찮아."

"……?"

"너 기억 나냐? 매년 스승의 날마다 선생님들 차 타이어가 빵구 난 사건."

"뭐? 지금 그 이야기를 왜……."

"그거 내가 한 거야. 그 짓도 자꾸 하니까 기술이 늘더라."

설마하고 돌아보니 느슨해진 청소차의 바퀴가 두어 차례 구르다 멈추는 게 보였다.

마을을 벗어나자 수호가 물었다.

"어머니랑 은총이는? 무슨 일 있는 거지?"

"네 말대로 납치된 거 같아."

"일단 경찰서에 가자."

"안 돼! 경찰은."

은혜는 자기도 모르게 언성을 높였다. 전방 100미터쯤에 경찰서 가 보였다.

수호는 애초에 경찰서 쪽으로 방향을 잡고 차를 달린 듯했다.

"납치는 초기 대응이 중요한 거 몰라? 좀 전에 걔들 검정 벤츠랑 한 패야. 빨리 잡아서 어디로 데려갔는지 실토하게 해야지."

소음기를 장착한 총으로 사람을 죽이고, 현장에 감시를 붙이고, 시체 수거와 현장 정리를 위한 뒤처리 전문가들까지 보냈다. 이런 일은 개인이 할 수 있는 수준이 아니었다. 은총이와 엄마를 납치한 괴한 뒤에는 생각보다 조직적이고 거대한 배후가 있는지도 몰랐다.

은혜는 운전대 위에 있는 수호의 손을 잡았다.

"부탁이야. 신고는 안 돼."

"······?"

"신고하면 은총이랑 엄마는 무사하지 못할 거야."

수호는 차를 멈추지 않았다. 승합차는 경찰서 옆을 스쳐지나갔다.

차는 한참을 달렸다.

도시가 내뿜는 불빛으로 가득했던 차창 풍경이 점차 어둑한 논밭으로 바뀌었다.

수호가 운전을 하는 동안 은혜는 오랜만에 집에 들렀다가 겪은 일에 대해 대충 이야기를 했다. 직접 눈으로 보고 경험한 그녀도 믿기 어려운 이야기였지만, 수호는 의외로 침착하게 상황을 받아들였다. 아니 받아들였다기보다는 그저 이해하려고 애쓰는 중일지도 몰랐다.

"그러니까 누가 왜 이런 일을 벌였는지는 전혀 모른다는 얘기네. 육 개월 전에 있었던 살인사건과의 연관성도 추측일 뿐이고?"

은혜는 망연자실한 표정으로 고개를 끄덕였다. 초조한데 아무것도 할 수 없다는 무력감으로 숨이 막힐 지경이었다.

수호는 낡은 승합차를 한갓진 곳에 세웠다. 창문을 열자 논두렁에서 풀벌레 소리가 들렸다. 안산과 화성 사이, 그 어디쯤인 듯했다.

"여기까지 놈들이 쫓아오진 못할 거야. 일단 은총이랑 엄마를 어떻게 찾을지 궁리를 해보자."

수호는 실내등을 켜고 승합차의 좌석을 눕혀 테이블처럼 평평하게 만들었다.

은혜는 그 위에 정신없이 담아온 물건들을 쏟아냈다.

먼저 스크랩북의 4월 15일 페이지를 펼쳤다.

"이게 살인사건이 있던 날의 일기야."

수호는 스크랩북을 들여다보더니 망설임 없이 말했다.

"틀린 그림 찾기네."

"……?"

"여기 색연필 보이지?"

수호는 스크랩북의 여백에 있는 색연필 캐릭터를 가리켰다. 은혜가 의미 없는 낙서라고 생각하고 대수롭지 않게 여겼던 색연필 캐릭터였다.

"틀린 그림 찾기라고, 클래식한 오락실 게임이 있어. 두 개의 그림에서 다른 부분을 찾는 거지. 게임의 상징이자 다른 곳을 가리키는 포인터가 바로 이 색연필이야."

틀린 그림 찾기? 은혜도 그 게임을 해본 적은 있었다.

얼핏 보면 거의 같아 보이는 두 그림의 서로 다른 곳을 제한 시간 내에 찾아내는 게임이었다. 얼룩말의 줄무늬 개수, 좌우가 바뀌어 있는 글자, 색깔이 다른 작은 단추처럼 미묘하고 사소한 것이 게임의 답이었다.

수호의 말대로 은총이가 일기장에 틀린 그림 찾기 문제를 만들어 놓은 것이라면 두 장의 그림에는 다른 점이 있어야 한다. 미묘하고 사소해 무심히 살피면 발견할 수 없는 작은 차이.

은혜는 두 장의 사진을 꼼꼼히 살펴보았지만 도무지 어디가 다르다는 건지 알 수가 없었다. 눈이 시리고 두통이 밀려올 때쯤, 수호가 외쳤다.

"찾았어."

"……?"

"답은 분홍색 압정이야. 낮에 찍은 사진은 분홍색 압정이 오른쪽 위에 있었는데 저녁에 찍은 사진에는 왼쪽 아래에 있지?"

가만 들여다보니 정말 그랬다. 게시물을 고정하기 위한 압정들 중 하나의 위치가 바뀌어 있었다. 사진 상으로는 작은 점으로밖에 보이지 않는 압정이 한 뼘 정도 이동한 것에 불과했다.

그것이 은총이가 상담을 받은 낮 시간부터 살인사건이 일어난 저녁 시간 사이, 게시판에서 일어난 변화였다.

은혜는 실망한 기색을 감출 수가 없었다. 압정에서는 어떤 정보도 발견할 수 없었다. 압정은 그저 압정일 뿐이었다.

허탈함에 어깨를 축 늘어뜨린 은혜에게 수호가 다른 페이지를 들이밀었다.

살인사건 발생일로부터 한 달 후인 5월 15일의 일기였다.

4월 15일 일기와 마찬가지로 여백에 색연필 캐릭터가 그려져 있었다.

다른 점이 있다면 틀린 그림 찾기 문제가 하나가 아니라는 것.

5월 15일의 일기에는 일곱 쌍의 비슷한 사진, 즉 일곱 개의 문제가 스크랩되어 있었다. 사진은 집 안 곳곳의 모습을 찍은 것이었다.

은혜는 그 중 한 쌍의 사진에 주목했다. 거실 벽에 걸려 있던 그림 액자를 찍은 사진이었다. 액자의 정중앙 그림이 잘 배치되어 있는 왼쪽 사진과 달리 오른쪽은 액자 속 그림의 모서리가 조금 구겨져 있었다.

수호도 같은 차이점을 발견한 모양이었다.

"그림이 구겨졌네. 액자에서 그림을 꺼냈다가 대충 다시 집어넣었나 보다. 누가 그랬을까?"

"누군지는 모르지만 왜 그랬는지는 알아."

"……?"

"도청장치나 몰래카메라를 숨기려고 그런 걸 거야."

사진 속 액자는 부서진 틀 사이에서 도청장치를 발견한, 바로 그 액자였다.

유선 전화, 곰 인형, 벽시계, 스탠드, 화분…….

나머지 사진 속에 있는 물건들에서도 모두 도청장치와 몰래카메라가 나왔다.

은총이도 이미 그 사실을 알고 있었던 걸까? 지독한 정리벽 때문에 작은 흐트러짐에도 민감한 아이였다.

구겨진 그림을 봤다면 액자를 열고 그림 모서리를 펼치지 않고는 못배겼을 것이다. 그러다 도청장치를 발견하지 않았을까? 발견했다면 왜 제거하지 않았을까? 무엇인지 몰라 그대로 둔 걸까? 은총아…….

은혜는 은총이가 사진들을 통해 하고 싶은 말이 무엇이었을지 짐작해봤다.

'오늘 누군가 우리 집에 카메라와 도청장치를 설치했다'라고 말하고 싶었던 것은 아닌지.

은총이의 물건들을 이리저리 뒤져보던 수호가 스티로폼을 덧댄 사진 두 장을 발견했다.

"이거 너랑 어머니 같은데."

은혜는 사진에 찍힌 인물을 알아보는 데 한참 걸렸다. 사진 위에는 수십 개의 압정이 꽂혀 있었다. 압정들은 모두 분홍색이었다.

내키는 대로 마구 압정을 꽂은 사진은 저주를 내리기 위해 바늘을 꽂은 부두교 인형처럼 섬뜩했다.

압정 몇 개를 뽑아내자 구멍이 숭숭 뚫린 얼굴이 드러났다. 수호가 말한 대로 사진은 은혜와 엄마를 찍은 것이었다.

사진 속 엄마는 카메라를 응시하고 있지 않았다. 피사체와의 거리가 먼 것이나 불안정안 앵글로 봤을 때, 사진은 성당에서 봉사를 하고 있는 엄마를 누군가 몰래 찍은 느낌이었다.

"내가 이해해. 은총이 사춘기잖아. 가끔 가족이 싫어질 때도 있고 그런 거지, 뭐."

수호는 은총이가 압정을 꽂았다고 생각하는 모양이었다.

하지만 은혜는 알았다.

"은총이가 그런 게 아냐."

수호에게 설명하는 은혜의 표정이 놀라움으로 가득 찼다. 뭔가 충격적인 것을 알았을 때의 표정이었다.

"……?"

"이 사진…… 회사에서 잃어버린 내 사원증 사진이야. 너도 알다시피 은총이는 안산을 벗어날 수가 없어."

은혜는 사원증을 잃어버린 날을 분명히 기억하고 있었다.

몇 달 전, 회사 화장실 세면대에 사원증을 올려놓았는데 볼일을 보고 나오니 사라지고 없었다. 누군가 다른 직원이 자기 것으로 착각하고 가져갔겠지, 대수롭지 않게 여겼다. 은혜는 볼일을 보는 그 잠깐 사이 여자 화장실에 들어왔을 누군가를 상상하니 모골이 송연해졌다.

"아무래도 이거 느낌이 협박 같은데. 그렇지 않고서야 사진 한 장 훔치겠다고 직장까지 갔겠어?"

"협박? 무슨 협박?"

"굳이 말로 표현하자면 이런 거지. 네 누나가 다니는 회사도, 네 엄마가 다니는 성당도 어딘지 다 알아. 난 언제든지 너와 네 가족을 해칠 수 있어."

은혜는 죽은 양정호가 한 말을 떠올렸다.

'당신은 몰라. 은총이가 어떤 위험에 처했는지. 누구를 위해 이 싸움을 하는 건지.'

양정호가 말한 '누구'가 엄마와 은혜를 말하는 거라면…….

오년 만에 찾아온 누나와 맞닥뜨렸을 때 반기기는커녕 당혹감을 드러내고, 수신호의 의미에 대해 다그쳤을 때 발작을 일으키고, 복지원 음악치료실에서 누나를 밀쳐내던 은총이.

그때 은총이는 '누나가 싫어. 제발 가버려'가 아니라 '누나가 걱정돼. 제발 안전한 곳으로 가'라고 말하고 있었는지도 모른다.

가족들을 해칠까 봐, 도청장치를 발견하고도 제거하지 않았는지도 모른다.

"안 되겠어."

은혜가 벌떡 일어났다. 낮은 승합차의 천장에 머리가 쿵하고 닿았지만 개의치 않았다.

"늦기 전에 뭐라도 해봐야겠어. 내가 할 수 있는 일이라면 뭐든."

"할 수 있는 것?"

"내가 먼저 협상을 해야겠어."

"협상? 누구랑?"

"캡틴 아메리카······."

***

마취제에 취해 있던 혜영을 깨운 것은 강렬한 냄새였다.

지독한 락스 냄새. 적당히 물에 희석해 은은한 정도가 아니라 실수로 원액을 쏟아 부었을 때처럼 눈과 코가 아려오는 농도였다.

락스 냄새 외에는 이곳이 어떤 곳인지 판단할 단서가 아무것도 없었다.

그녀가 볼 수 있는 것은 오직 검은 어둠뿐이었다.

은······ 총아······.

은총이를 불렀지만 입에 붙어 있는 덕트 테이프 때문에 소리가 뭉개졌다.

몸을 일으키는데 갑자기 목이 조여왔다. 마치 누군가 뒤에서 머리채를 확, 잡아당겼을 때처럼 혜영은 자기도 모르게 뒷걸음질을 쳤다.

목에 뭔가가 있었다. 그녀는 더듬더듬 목을 더듬었다. 가죽 재질의 끈과 버클, 고리에 연결된 쇠사슬. 그것은 개 목줄이었다. 사슬로 된 개 목줄의 끝은 쇠파이프에 자물쇠로 고정돼 있었다.

오, 하나님.

혜영은 까무러칠 뻔했지만 가까스로 의식을 붙잡았다.

그녀는 정신을 가다듬기 위해 오늘 있었던 일을 되짚어봤다.

음악치료를 마치고 은총이와 함께 귀가했는데, 낯선 남자가 집에 있었다. 스포츠머리의 중년 남자였다.

소리를 지르려고 했지만 그럴 수 없었다. 남자가 은총이의 머리에 총구를 들이밀었기 때문이었다.

남자는 그녀의 입을 거즈 수건으로 막았다. 수건에서 묘한 약품 냄새가 났다. 그 냄새를 맡고 있자니 졸렸다. 그렇게 잠이 들었다가 눈을 뜨니 이곳이었다.

도대체 여기는 어디일까?

의문에 응답이라도 하듯 끼이익, 두터운 철문 열리는 소리가 났다.

열린 문틈으로 쏟아져 들어오는 빛 때문에 문을 연 사람의 그림자가 혜영의 발치까지 늘어졌다.

혜영은 아직 깨어나지 않은 척, 다시 누웠다. 게슴츠레 실눈을 뜨고 몰래 남자의 동태를 살폈다.

남자가 철문을 닫고 들어오더니 딸깍, 전등을 켰다.

줄을 당겨 스위치를 켜는 옛날식 전등이었다. 전등은 빛이 약해서 반경 일 미터 정도밖에 밝힐 수 없었다. 그나마도 힘에 부치는지 연신 깜빡거렸다.

그러나 그 미약한 불빛 덕에 혜영은 아들의 모습을 확인할 수 있었다.

저만치 떨어진 곳에 혜영처럼 개 목줄에 묶여 있는 은총이가 보였다.

혜영은 숨을 죽이고 아들을 지켜봤다. 저기 누워 있는 것이 영혼이 빠져나간 껍데기일까 봐 두려웠다.

잠시 후, 은총이의 가슴께가 미약하게 부풀었다 가라앉았다.

은총이가 살아있다는 것을 확인하자 주변을 살펴볼 마음의 여유가 생겼다.

그녀가 감금된 곳은 사방이 시멘트벽으로 둘러싸여 있었다. 창문

같은 것은 찾아볼 수 없었다.

잠시 후 물소리가 들렸다.

세면대에서 손을 씻고 있는 남자의 뒷모습이 보였다.

마른 체구, 중간 키, 흔한 블루종 점퍼에 청바지.

깜박이는 불빛 탓에 점퍼의 색이 감청색인지 검정색인지 분간이 되지 않았지만, 풍성한 머리숱을 보니 한 가지는 알 수 있었다. 남자는 은총이의 머리에 총구를 들이밀었던 그 괴한이 아니었다.

세면대 근처에는 각종 수세미와 세정제가 가득했다.

수세미에는 동물의 털인지 사람의 머리카락인지 모르겠지만, 어떤 종류의 털 같은 것이 마구 엉겨 붙어 있었다.

남자의 손 씻기는 한참 동안 이어졌다.

세상의 모든 더러움과 원수라도 진 것처럼 병적이고 강박적인 손 씻기였다.

손 씻기를 마친 남자는 출입문 옆, 책상 앞에 앉았다.

책상에는 커다란 모니터가 있었다.

남자는 모니터를 켜더니 스마트폰을 만지작거렸다. 그러자 모니터에 핸드폰 액정 화면이 가득 찼다. 스마트폰에 보이는 영상을 모니터에 연결해 큰 화면으로 보려는 것 같았다.

남자가 핸드폰 액정을 터치하자 모니터에 누군가의 집이 나타났다.

혜영은 심장 박동이 빨라지고 숨이 가빠왔다.

매일 쓸고 닦던 기하학 무늬의 거실 바닥, 은총이가 모서리를 찢어놓은 소파, 남편이 특별히 터키에서 주문한 타일로 장식한 현관…….

모니터에 보이는 집은 혜영 자신의 집이었다.

갑자기 화면 속에서 음악이 흘러나왔다. 익숙한 멜로디였다.

오후 5시면 어김없이 은총이를 TV 앞으로 불러들이는 만화영화 주제곡이었다.

"어이, 살인자 양반."

거실을 비추고 있는 화면에 나타난 사람은 자신의 딸, 은혜였다.

혜영은 아랫입술을 꼭 깨물었다. 자신도 모르게 '은혜야'라고 외쳐 부를 뻔했기 때문이었다.

남자가 스마트폰을 다시 만지작거렸다.

부엌, 안방, 은총이 방, 이층 방을 보여주던 네 개의 화면들이 사라지고, 거실에 있는 은혜의 얼굴이 모니터에 가득 찼다.

은혜가 뭔가를 꺼내 들어 보였다.

화면을 가득 채운 것은 은총이의 스크랩북이었다.

은총이는 작년부터 사진으로 하루를 기록하기 시작했다. 말도 글도 쓸 수 없는 은총이에게 표현의 출구가 되어줄 거라며 폴라로이드 카메라를 선물한 장소희 원장 덕분이었다.

혜영은 은총이 쪽을 바라봤다. 은총이는 앉아서 모니터를 보고 있었다.

아마도 만화 음악 소리가 아이를 깨웠을 것이다.

은총이는 발작을 일으키거나 울부짖지 않았다. 모든 것이 너무 낯설어 꿈이라고 생각하는지도 몰랐다.

모니터 속 은혜는 당당하고 단호했다.

"당신이 찾는 게 이거지? 이거 때문에 은총이랑 엄마를 데려간 거지? 내가 봤더니 아주 어마어마한 내용이 있더라고. 이거면 당신이 살인사건의 진범이라는 것을 충분히 증명하고도 남겠어."

남자의 어깨가 약간 들썩였다. 혜영은 남자가 어떤 표정일지 궁금했다.

"내가 한 장 한 장 다 사진으로 찍어서 파일을 만들어놨어. 그리고 메일을 썼지. 어디다 썼을까? 사건 담당형사와 양기호의 변호사 그리고 특종에 목이 마른 기자 한 명이 메일을 받을 사람들이야. 너무 걱정은 마. 아직 보내진 않았으니까. 메일 보관함에 고이 담아뒀지. 이게 무슨 말인지 이해가 되지? 언제 어디서든 스마트폰 터치 몇 번이면 내가 네 인생을 끝장낼 수 있다는 거야."

살인사건이라면……. 설마 은총이가 목격자로 지목되었던 그 살인사건을 말하는 걸까?

"만약 내 동생이나 엄마한테 무슨 일이 있으면 이 증거물은 당장 경찰서로 보내질 거야. 이제부터 게임을 제안할 거야. 방법은 간단해. 너는 나를 찾아서 이 스크랩북을 가져가. 나는 너를 찾아서 엄마와 동생을 구해낼 테니. 일종의 술래잡기지. 너도 나도 술래이자 동시에 도망자인 술래잡기. 네가 인질을 보호할 것을 약속한다면 나도 경찰에 신고하지 않을 거야."

남자의 어깨가 다시 흔들렸다. 혜영은 남자가 화가 났다고 생각했다. 그러나 뒤이어 들려오는 웃음소리가 그녀의 짐작이 틀렸음을 알려줬다.

큭큭, 남자는 웃고 있었다.

혜영은 남자의 예상치 못한 반응이 두려웠다. 자기도 모르게 몸이 떨려왔다.

주민센터에서 들었던 주민 치안 강의의 내용이 떠올랐다. 정신병자처럼 범죄를 즐기는 짐승 같은 놈들이 있다고……. 은총이와 혜영은 지금 위험한 짐승과 한 공간에 있었다.

"자, 어때? 내 제안을 받아들여야겠지? 그렇다면 카메라를 위아래로 움직여."

남자가 곧바로 스마트폰을 만졌다. 카메라가 천장을 비췄다가 바닥을 비추기를 두어 번 반복했다.

말을 마친 은혜는 카메라에 얼굴을 가까이 들이밀더니 엄지와 검지로 볼을 꼬집었다. 딸아이는 그러기를 몇 번이나 반복했다.

그것을 본 은총이가 허공에 손을 뻗었다. 그러더니 손바닥이 아래로 향한 손을 앞뒤로 움직였다. 혜영은 은총이의 그런 손짓을 본 적이 있었다. 성당에서 키우는 골든 리트리버의 머리를 쓰다듬을 때 보았던, 다정하고 조심스런 손짓이었다.

화면이 꺼지자 감당할 수 없는 정적이 흘렀다.

혜영이 할 수 있는 것은 기도밖에 없었다.

불쌍한 딸아이에게 신의 가호가 있길.

만약 단 하나의 생명만 허락하신다면 은총이를 구하고 내 목숨을 거둬 가시길.

***

거실에 설치된 카메라를 끈 은혜는 긴 한숨을 내쉬었다.

온몸이 얼마나 경직되었는지, 몸 곳곳이 저린 상태였다.

협상을 제안하기로 했지만 실제로 그게 가능한지는 알 수 없었다. 스크랩북이 협상의 카드로 유효할지 확신이 서지 않았다.

카메라가 위아래로 움직였을 때, 그녀는 주먹을 불끈 쥐었다.

만약 카메라를 움직인 게 범인이고, 그가 협상에 대한 승낙의 의미를 보인 것이라면 몇 가지 사실은 확실해졌다.

육 개월 전에 일어난 살인사건의 진범은 양기호가 아니다.

누군지는 모르지만 그 진범이 은총이와 엄마를 데리고 있다.

빵빵, 클랙슨 소리가 들려왔다. 어서 나오라는 수호의 신호였다. 이곳에 오래 머무를 수는 없었다.

술래잡기는 시작되었고, 이 장소는 이미 적에게 노출되었다.

은혜는 청소부들이 깨끗이 치워놓은 집에 시선을 한 번 더 주고는, 발길을 뗐다.

승합차에 오른 은혜는 헐크 피규어를 집어 들었다.

헐크[10]의 발바닥은 어떤 물감도 칠해져 있지 않았다.

은혜는 빨간색 매직으로 헐크의 발바닥을 붉게 칠한 다음 아이언맨 옆에 세웠다. 커다랗고 사나운 헐크 덕에 아이언맨은 외롭지 않아 보였다.

수호가 차를 출발시키며 물었다.

"뭐하는 거냐?"

"출전의식."

"너랑 어울린다. 헐크."

놀린다고 한 말이겠지만 은혜는 그 말을 부정하지 않았다.

스스로 화를 통제하지 못하는 헐크는 어벤져스 팀의 히든카드이자 변수였다. 은혜도 역시 변수였다. 한나라의 완벽한 계획을 망쳐놓은 변수.

---

10) 마블 코믹스의 슈퍼 히어로. '지킬 박사와 하이드'처럼 하나의 몸에 두 개의 인격(브루스 배너 박사와 헐크)이 존재한다. 제2의 인격인 다혈질의 헐크를 통제하는 것이 그의 과제.

하지만 동시에 자신은 초나라에도 변수가 될 것이다. 아주 불편하고 처리 불능인 변수.

은총이가 질서와 규칙이라면 그녀는 혼돈이자, 카오스다.

은총이는 수비를 택했지만 그녀는 두들겨 맞더라도 끊임없이 상대에게 잽을 날릴 것이다.

6

2018년 10월 14일 새벽

CCTV 통합관제센터로 들어서는 은혜는 묘한 마음이 들었다.

길을 걷다가 우연히 CCTV 카메라의 렌즈와 눈이 마주쳤던 경험이 떠올랐다. 어디에서 누군가 나를 지켜보고 있을지도 모른다는 상상을 하면 섬뜩한 기분이 들었다.

그 상상 속의 누군가가 카메라를 통해 세상을 지켜보는 곳. 그곳이 바로 여기였다.

지나가다 마주치는 직원들의 눈빛이 이렇게 말하는 것 같았다.

나는 너에 대해 다 알고 있어.

예상대로 5층에 있는 통합관제실은 아무나 출입할 수 없었다.

실장과 약속을 했다는 사실을 경비가 확인하는 동안 은혜는 새벽의 찬 기운을 고스란히 맞은 채 로비에 서 있어야 했다. 기온이 갑자기 떨어진 탓인지 벌써부터 솜이불 같은 패딩코트를 입고 다니는 행인들이 눈에 띄었다.

지난 밤 수호와 함께 안산 일대를 돌며 검정색 벤츠를 찾아 헤맸지만 찾을 수 없었다.

그래도 실망하지 않았다. 캡틴 아메리카를 찾기는 쉽다 못해 뻔한 일이라고 생각했기 때문이다.

장소희와 김진철은 둔기에 의해 잔혹하게 살해되었다. 누가 봐도 명백한 원한에 의한 살인이다.

살인자는 둘 중 하나일 것이다. 김진철과 장소희에게 원한을 가진 자, 혹은 두 사람을 죽여 양기호에게 누명을 씌울 필요가 있는 자.

김진철과 장소희의 주변을 조사해보면 그들을 향한 살인범의 증오와 원한의 흔적을 찾아낼 수 있을 것이라고 은혜는 자신했다.

어젯밤 그녀는 김진철의 직장이었던 안산시 통합관제센터에 전화를 했다.

그러나 관제센터에서 일하는 사람들 중 김진철 소장을 아는 자를 찾는 것은 쉽지 않았다. 전화를 받은 직원은 CCTV 모니터 요원이라는 직업의 특성상 인력 변동이 잦다고 했다. 김진철의 후임으로 부임한 소장 역시 타지에서 전출된 사람이라 그를 모른다고 했다.

은혜가 포기하지 않고 간곡하게 부탁하자 직원은 고실장이 그나마 가장 오래 일한 사람이니 그에게 물어보라고 했다.

"고인에 대한 이야기는 하고 싶지 않습니다. 참고인 조사 때 아는 것은 다 말씀드렸고요."

고실장에게 전화를 하자 친절하지만 단호한 대답이 돌아왔다. 그가 전화를 끊을까 조바심이 난 은혜는 그의 동정심에 호소하기로 했다.

"제 동생이 살인사건의 목격자 강은총입니다. 자폐아죠. 그 일 이후로 자폐 증상이 더 심해졌어요. 부탁드립니다. 사건에 대해 아는 것이 동생의 트라우마를 해결하는 데 도움이 될 것 같아요."

고실장은 결국 곤란하지만 어쩔 수 없다는 어투로 허락했다.

"일찍 나오셨네요."

새벽 공기에 뼛속까지 시리는 것 같아 욕이 나올 즈음, 고실장이 출근을 했다.

남자는 목소리만큼이나 평범한 인상을 가지고 있었다.

두터운 안경에 마른 체격. 삼십대라면 삼십대 같기도 하고 사십대라면 사십대 같기도 한, 이상하리만치 평범한 외모의 남자.

"이 건물은 외부인의 출입 규제가 심해서요. 괜찮으시면 저쪽으로……."

남자는 건물 외부에 있는 자판기 쪽을 가리켰다.

등나무 넝쿨이 말라붙어 있는 팔각형 지붕 아래는 커피나 담배를 즐기며 휴식을 취할 수 있도록 벤치 몇 개가 놓여 있었다.

고실장이 커피를 뽑아 건넸다.

"궁금한 게 뭐죠?"

따뜻한 커피 덕에 몸이 녹은 은혜는 준비해온 질문을 꺼냈다.

"혹시 김진철 소장님에게 원한을 가질 만한 자가 있습니까? 양기호 말고요."

"글쎄요, 워낙 좋은 분이셨습니다. 업무 환경 개선에 항상 신경을 써주셨고, 경찰들 사이에서도 신망이 두텁다고 들었습니다."

남자는 애매한 인상만큼이나 상투적인 대답을 했다.

은혜는 이런 부류를 알았다. 선량한, 혹은 선량해야 한다는 신념을 가진 자. 그는 절대 남의 험담을 드러내놓고 말하지 않을 것이다. 특히 고인이 된 사람에 대해서는 더더욱.

"불륜 사실은 아셨습니까?"

"저희도 놀랐습니다. 소장님은 워낙에 가정적인 분이셨거든요."

"가정적인 사람이냐 아니냐는 가족만이 아는 문제죠."

시니컬한 말투 탓이었을까, 고실장의 얼굴에 언짢은 기운이 스쳐 지나갔다.

남자는 두터운 안경을 추어올리며 말했다.

"좀 이상하네요."

"……?"

"지금 하시는 질문들이 동생분의 정신 건강과 무슨 관련이 있나요? 동생분이 양기호가 살인자가 아니라고 하나요?"

"아뇨, 그런 것은……."

고실장은 지친 표정으로 말했다.

"경찰은 양기호를 범인으로 몰아가는 질문만 하더니, 이제 겨우 그 끔찍한 일이 잊혀질 만 하니까 다른 범인이 있을지도 모르겠다고요?"

"몇 가지 의문점이 있어서요. 혹시나 하는 거예요."

"당신의 혹시나 때문에 저는 고통을 두 번 겪어야 하는군요."

은혜는 대꾸할 말을 찾지 못했다. 누군가 창문으로 고개를 내밀고 외쳤다.

"실장님, 본오동에 주차위반 떴는데요."

남자가 일어났다.

"죄송합니다. 도움이 못 돼서."

"제가 미안하죠."

"오늘은 제가 좀 감정적이었습니다. 혹시 다른 도움이 필요하면 연락하세요."

고실장은 형식적인 말을 하며 명함을 내밀었다.

고실장과 헤어진 후, 은혜는 김진철과 장소희의 주변사람들을 몇 명 더 만나 봤다. 모두 고실장과 비슷한 말을 했다. 그들의 말에 의하면 김진철과 장소희는 비록 치정 살인이라는 오점으로 인생을 마감했지만 좋은 가족이자 선량한 이웃, 존경받는 상사이자 다정한 동료였다.

안산 단원경찰서 강력반 소속의 최형사는 아침부터 반장에게 된통 깨졌다.

지난 이틀간 들어온 두 건의 실종신고. 그 실종신고에서 이상한 점을 느낀 최형사가 수사의 필요성을 반장에게 피력했다가 거절을 당한 것이다.

그렇게 한가하냐? 실종자가 안산 시민도 아니고, 우리 관할에서 실종됐다는 확증이 있어? 성인이 연락 없이 사라지면 십중팔구 단순 가출인 거 몰라?

최형사는 반장실을 나오면서 언짢기보다는 뭔가 이상하다는 생각에 계속 사로잡혔다.

반장의 말이 그다지 틀린 것은 아니었다. 이상한 것은 말이 아니라 태도였다.

충청도 출신인 반장은 좀처럼 흥분하거나 다급하게 구는 일이 없었다. 그런데 오늘 아침, 반장은 최형사가 말을 다 마치기도 전에 역정부터 냈다.

언젠가 술집에서 떡이 된 다음날, 사모님이 도시락을 들고 서에 찾아왔을 때 남편 일하는 데 들락거린다고 호통을 치는 모습이 딱 저랬지!

각각 12일과 13일에 신고가 들어온, 두 명의 실종자. 백상아와 양정호.

신고한 사람은 백상아의 비서와 양정호의 부인이었다.

'연구과제를 위한 인터뷰 때문에 안산에 간다고 그러셨거든요. 오늘 출근도 안 하시고 전화도 불통이에요.'

'남편과 안산 톨게이트 지날 때까지 통화를 했어요. 일이 잘 끝나면 그날 밤에 돌아온다고 했는데, 지금까지 연락이 없어요.'

두 사람은 모두 10일에 안산에 왔다.

같은 날 안산에 왔다가 사라졌다는 두 사람.

처음에는 비슷한 시기에 일어난 독립된 사건이라고 생각했다. 그런데 우연이라고 생각하기에는 두 실종자 사이에 명확한 연결고리가 있었다. 두 사람은 모두 강은총이라는 자폐아와 아는 사이였다.

최형사는 육 개월 전에 일어난 살인사건 때문에 양정호를 만난 적이 있었다. 양기호 살인사건의 담당형사와 용의자의 형으로. 그 사건의 목격자가 은총이었다.

백상아의 비서 말에 따르면, 백상아가 안산에서 만나기로 한 연구 대상 역시 은총이었다.

어젯밤, 은총이가 두 사람의 행방을 알지도 모른다는 생각에 아이의 어머니 모혜영에게 전화를 했다. 그녀의 전화를 받은 사람은 은총이의 누나였다.

최형사는 육 개월 전, 은총이 집에서 보았던 가족사진을 용케 기억 속에서 끄집어냈다. 은총이의 누나가 자폐아 동생을 돌보는 데 지쳐 집에서 나가 산다는 마을 사람들의 수군거림도 떠올랐다.

은총이의 누나라는 여자는 말했다.

"엄마가 깜빡하고 핸드폰을 두고 가셨네요. 은총이랑 엄마는 친척집에 갔어요. 당분간 거기서 지내실 겁니다."

전화를 끊으려는데 여자가 돌연 부탁을 해왔다.

"만나서 뭘 좀 여쭤봐도 될까요?"

"뭘 말입니까?"

"육 개월 전에 일어난 살인사건에 대해서요."

여자는 은총이의 병증이 더 깊어졌는데 아마도 그 사건 때문인 것 같다고 했다. 동생에게 도움이 되고 싶다고도 했다.

최형사는 그 부탁을 거절할 수 없었다. 그는 은총이에게 작은 마음의 빚을 안고 있었기 때문이었다. 전화를 끊은 최형사는 그녀와의 만남을 위해 오전 일정 몇 개를 취소했다.

은총이의 누나가 경찰서 인근에 있는 카페에 도착한 것은 오전 10시쯤이었다.

자신을 강은혜라고 밝힌 그녀는 최형사를 확인하자 먼저 악수를 청했다.

"양기호 살인사건의 목격자가 제 동생이라는 것을 어떻게 아셨죠? 아시다시피 제 동생은 말을 하지 않는데 말이죠."

악수를 마치자마자 은혜는 본론을 꺼내놓았다.

날씨 이야기, 가족의 안부 등 첫 대면의 어색함을 지워줄 화제를 준비했던 최형사는 변죽을 두드리지 않는 그녀의 직선적인 성격이 마음에 들었다.

"어머니께서 아무 말씀 않으시던가요?"

"물어도 대답을 않으세요. 좋지 않은 기억이라고."

최형사는 뜨끔했다. 은총이에게 육 개월 전의 일이 좋지 않은 경험이 된 게 자신의 탓이라는 생각이 들었기 때문이다.

그가 왜 은총이에게 화를 낼 수밖에 없었는지 저 여자가 이해할 수 있을까? 자칫 오해가 생기면 비인권적인 방법으로 장애아를 대했다고 고소를 할지도 모른다.

최형사는 그녀에게 자신의 입장을 이해시키기 위해 자세하고 긴 이야기가 필요하다고 생각했다. 그 사건이 얼마나 민감한 사건이었으며, 그의 어깨가 얼마나 무거웠는가, 그리고 자신이 얼마나 많은 노력을 했는가에 대해서.

"먼저 사건 자체에 대한 이야기를 하는 게 좋을 거 같네요."

최형사는 용의자 양기호와의 첫 대면부터 이야기를 풀어놓기 시작했다.

2018년 4월 17일, 취조실

최형사는 밤새 사건 파일과 씨름하느라 피곤한 몸을 이끌고 조사실로 향했다.

용의자를 취조하기 위해 조사실로 갈 때마다 자신이 연극무대에 오르는 배우 같다는 생각을 했다. 사건의 진실을 밝혀내기 위해 다른 인격인 척 역할극을 하는 경우가 많았기 때문이다.

어떤 역할을 하느냐는 용의자의 성격에 따라 달랐다.

소심한 용의자에겐 위로하는 척하며 진술을 유도하는 다정한 캐릭터로, 타인의 관심을 갈구하는 용의자에겐 과묵하고 무덤덤한 캐릭터로, 논리적인 식자에겐 동문서답을 하는 종잡을 수 없는 캐릭터로.

오늘의 용의자처럼 과격한 사람에게는 역린을 건드려 분노를 폭발시킬 수 있는 단도직입적인 캐릭터가 적합해 보였다.

최형사의 역할극은 꽤 효과가 있었다. 범죄자들은 숨겨온 비밀의 한 자락을 자기도 모르게 실토해버리곤 했다. 아예 자백을 해버리는 경우도 종종 있었다.

취조에 능하다는 것, 그것이 그에게 이 사건이 맡겨진 이유이기도 했다.

"무조건 자백이어야 해. 누가 봐도 치정살인이 확실한데 변호사는 살해 도구가 없다고 우기기 시작할 거야. 수사가 길어질수록 골치 아파진다는 거, 자네도 잘 알잖아?"

청장은 최형사를 직접 찾아와 신신당부를 했다.

청장이 반장을 거치지 않고 일개 경위에게 직접 당부를 할 정도로 이 사건은 몇 가지 면에서 골치 아픈 케이스였다.

첫째, 왕년의 유명 야구선수가 용의자였다. 유명인이 연계되면 경찰에 쏟아지는 관심은 여느 사건보다 몇 배나 오래 머문다. 수사가 지지부진해지기라도 하면 경찰은 바로 집중 포화를 맞게 마련이다.

둘째, 희생자 중 한 명이 경찰이었다. 경찰은 경찰의 죽음에 민감했다. 평소에는 동료를 승진의 걸림돌로 여기면서도 외부의 적이 동료를 공격하면 똘똘 뭉치는 집단의 생리가 발동한다.

언론이 국민의 알 권리라는 미명하에 경찰을 드잡이하는 것을 막기 위해서든, 점점 험악해질 경찰 내부의 여론을 달래기 위해서든 사건은 빨리 종결되어야 했다.

최형사는 취조실에 들어가자마자, 용의자 앞에 사건 현장을 찍은 사진을 꺼내놓았다. 피해자 장소희와 김진철의 사체 사진이었다.

골절로 꺾인 팔다리와 부어오른 피부, 흥건한 피.

그날의 마구잡이식 구타가 얼마나 격렬했는지 여실히 보여줬다.

"결정적 사인은 둔기에 의한 두부 손상. 시반의 형태로 보아 피해자가 죽은 후에도 계속 폭력을 휘두른 것으로 보임. 원한 관계로 인한 감정적 살해일 가능성이 있음."

최형사는 검시관이 쓴 소견서 내용을 또박또박 읽은 후, 양기호의 반응을 살폈다.

고개를 숙이고 있었지만 동요하고 있다는 것을 느낄 수 있었다.

우발적 살인의 경우 사체 사진은 범인의 죄책감을 자극했다.

봐라, 이게 네가 한 짓이다!

사체 사진은 범죄에 대한 기억을 생생하게 떠오르게 했다.

최형사는 최대한 단조로운 어투로 질문을 던졌다.

"이 사람들 당신이 죽였죠?"

기호는 잠잠했다.

"아내가 바람이 났다니, 나 같아도 뚜껑 열리겠네. 성인 남녀가 손만 잡고 놀았을 리 없고. 호텔이고 모텔이고, 안 갔을 리 없겠지. 어느 놈이야, 걸리기만 해봐라! 하던 중에 누가 정보를 준 거야. 그 놈이 김진철이라고."

민옥숙이라는 여자를 찾아가 진철과 소희의 관계를 어떻게 알았냐고 묻자 그녀는 몇 장의 사진을 보여줬다.

사진 속 두 사람은 한적한 곳에서 오붓한 시간을 보내고 있었다. 팔짱을 끼고 바닷가를 거닐고, 어깨를 감싸 안은 채 석양을 바라보고, 가벼운 볼 뽀뽀를 하기도 하고. 하나같이 두 사람이 심상치 않은 관계임을 암시하는 사진들이었다.

'누가 이 사진들을 제 차에 가져다뒀어요.'

묻지도 않았는데 민옥숙은 변명하듯 사진을 수중에 넣게 된 경위를 털어놓았다.

사건 당일 야구부 훈련을 마친 아들을 데리러 가기 위해 차에 탔는데 보조석에 사진이 담긴 봉투가 있었다는 것이다. 누가 왜 사진을 가져다놓았는지 모르지만 속고 있는 양기호가 불쌍해서 불륜 사실을 알려줬다고 했다.

최형사는 계속 양기호를 자극했다.

"야구 배트를 들고 CCTV 관제센터로 갔지만 김진철은 없었어. 직원들이 세미나에 갔다고 해서 경찰청을 들쑤시고 다녔지. 거기에도 진철이 보이지 않자 아내를 찾기 위해 상담소로 돌아왔어. 그곳에서 본 거야. 두 남녀가 살을 부비고 있는 장면을. 화가 난 당신은 야구 배트를 마구 휘둘렀지.”

잠자코 말을 듣던 기호가 벌떡 일어나 최형사의 멱살을 잡았다.

멱살을 잡은 기호의 손이 부들부들 떨렸다. 최형사는 그 떨림이 낚시를 할 때 손맛을 보는 것처럼 짜릿했다. 그는 동요하고 있었다. 문제는 그가 흥분한 이유였다.

“진짜냐? 진짜냐고!”

“……?”

“호텔? 살을 부벼? 정말이야?”

뜻밖의 반응이었다. 본인이 살인자로 몰린 것보다 아내의 외도 여부가 지금 이 순간 더 중요할 수 있을까? 취조실에 들어오는 범인들의 뇌는 자신의 무죄 입증 외에 다른 생각이 들어설 자리가 없었다.

“경찰이니까 알 거 아냐! 어서 말해!”

기호는 오히려 최형사를 심문하기 시작했다.

“이것 봐, 양기호. 당신 지금 살인 용의자로 여기 있는 거야.”

“살인? 내가 소희를? 왜?”

“너 말고 딴 놈이랑 놀아나니까 화가 나서 그런 거잖아. 네가 온 동네 떠들고 다녔다면서. 잡히면 다 죽여버린다고.”

“난…… 소희가 없으면 못 살아.”

양기호는 울먹거렸다. 최형사는 평소답지 않은 그의 모습이 당황스러웠다.

멱살이 잡힌 채 혼란스러워 하고 있는데 누군가 문을 열고 들어왔다. 서류 가방을 든 슈트 차림의 남자. 금테 안경과 반듯한 가르마가 지적인 인상을 풍겼다. 최형사는 그가 변호사라고 짐작했다.

괜히 찜찜했다. 변호사가 없을 때 자백을 받아내려고 한 편법이

들킨 것 같아서.

양기호가 멱살을 잡은 손을 놓고 남자를 반겼다.

"형! 와줘서 고마워."

"양정호군요."

은혜가 최형사의 회상을 끊고 끼어들었다.

"양정호를 알아요?"

최형사의 얼굴에 기대감이 솔직하게 드러났다. 이 여자는 양정호를 알고 있다. 어쩌면 그의 행방 역시 알고 있을지 모른다.

"알죠. 한때 떠들썩했잖아요. 인터넷에서 봤어요. 야구선수의 형, 동생의 무죄를 주장하다."

그냥 안다고 해도 될 것을 지레 몇 마디 더 덧붙이는 게 수상했다.

최형사는 은혜의 눈을 유심히 들여다봤다. 여자의 눈은 고요했다. 심중을 쉽게 짐작할 수 없는 눈빛이었다.

"양정호가 뭐라고 하던가요?"

최형사는 계속 말을 이었다.

2018년 4월 17일, 제3의 점(點)

자신을 양기호의 형이라고 밝힌 양정호라는 남자는 최형사를 청사에서 떨어진 한적한 카페로 데리고 갔다. 단둘이 이야기를 나누고 싶다고 했다.

주문한 커피가 나오기 전까지 양정호는 한 마디도 하지 않았지만 최형사는 그의 뻔한 용무가 짐작이 됐다. 용의자 가족이 담당형사에게 하는 호소는 대부분 비슷했다.

무죄를 믿고 싶은 가족의 안타까운 마음을 알기에 따르긴 했지만 마지못해 나선 걸음이었다.

정호는 커피가 나오자 입술을 축이듯 한 모금을 마시더니 천천히 입을 뗐다.

"점 세 개로 도형을 만들라고 하면 사람들은 대부분 주어진 세 개의 점을 이어서 삼각형을 만듭니다. 곡선으로 이어서 원을 만들어도 되고, 제3의 점을 하나 더 찍어서 사각형을 만들어도 되는데 말입니다."

짐작과 달리 정호는 호소가 아니라 궤변으로 말머리를 시작했다. 뜬금없는 전개에 당황한 최형사는 생각 없이 챙겨두었던 명함을 다시 꺼냈다.

'한국대 인문학부 교수 양정호'

교수……. 묘한 이질감을 느꼈다. 동생의 사건 담당형사와 만나는 지금, 살인사건 대신 도형 이야기를 늘어놓다니.

"불륜이라는 동기, 폭력적 성향이라는 기폭제, 둔기에 의한 살인이라는 결말. 이 세 개의 점을 보면 사람들은 누구나 치정살인이라는 삼각형을 그릴 겁니다. 그러나 뻔한 삼각형만이 답은 아닐 겁니다."

"대부분의 사람들이 삼각형을 그렸다면 삼각형이 답일 확률이 높습니다. 이번 사건은 제 눈에도 뻔한 케이스로 보이니까요."

"제 동생이 범인이라고 확신하십니까?"

"확신은 아니지만 가능성이 크긴 합니다."

정호는 한숨을 내쉬었다. 적잖이 실망한 모양이었다.

"단지 불륜이나 동생분의 폭력성 때문이 아닙니다. 현장에는 양기호 씨 지문이 넘쳐났습니다. 시체의 시반과 체온 변화로 봤을 때 살인 시각은 저녁 여덟 시에서 아홉 시 경으로 추정되는데 양기호 씨가 상담소에 들른 시간도 그 언저리였죠. 무엇보다 동생분은 현장에서 사라졌습니다. 본인 주장대로 상담소에 들어갔을 때 이미 두 사람이 죽어 있었다면 왜 신고를 하지 않고 도망을 간 겁니까?"

"동생은 술 때문에 경미한 기억장애를 겪고 있습니다. 시체를 발견했을 때 혹시 자기가 죽이고도 기억하지 못하는 게 아닐까, 잠시 당황했다고 했습니다. 무작정 도망쳐 나왔지만 손에 든 야구배트가 깨끗한 걸 보고 안도했다는군요. 신고를 하려고 다시 돌아왔을 때는 이미 폴리스 라인이 쳐진 후였고요."

"안타깝네. 똑똑하신 양반이 동생에게 불리한 말씀을 다 하시고."

"압니다. 알코올성 기억장애가 양날의 검이 될 수 있다는 거."

"본인이 두 사람을 죽인 후 살해 도구인 야구배트를 씻었다. 그리고 그 기억을 잊었다. 기억의 부재 덕에 거짓말 탐지기도 통과했다. 그렇게 해석될 수도 있습니다."

"배트에서 혈흔이 나오지 않았죠? 혈흔이 있었다면 기호의 배트가 결정적 증거가 됐을 것이고, 그랬다면 자백을 받으려고 최형사님이 나설 일도 없었겠죠."

최형사는 허를 찔린 듯 움찔했다.

양정호의 말이 맞았다. 야구 배트는 오래 사용해서 스크래치가 많이 나 있었다. 그 사이로 피가 스몄다면 아무리 깨끗하게 씻어낸다 해도 루미놀 용액에 반응하는 미세한 혈흔 한두 개는 남아 있었을 것이다. 배트는 깨끗했다. 더군다나 피를 씻어냈을 법한 어떤 세

척제 성분도 발견되지 않았다.

양정호는 다시 한 번 커피로 목을 적시더니 진지하게 말했다.

"제 3의 점이 있다면요?"

"……?"

"삼각형이 아니라 사각형 혹은 그 이상의 다각형을 만들 수 있는 점 말입니다."

"양기호가 범인이 아니라 다른 누군가가 살인을 뒤집어 씌웠다는 말씀을 하려고……."

정호는 낮은 소리로 말을 이었다.

"가능성이 있습니다."

"굳이 저를 여기까지 부르신 걸 보면 그 가능성을 보여줄 뭔가를 갖고 계실 텐데."

정호는 양복 안주머니에서 무언가를 꺼내 테이블 위에 올려놓았다. 작은 USB였다.

"제 차의 블랙박스 영상이 담긴 USB입니다. 보름 전쯤 이 지역 대학에 특강이 있어서 왔다가 동생 집에 들렀습니다. 주차할 곳이 없어 아파트 공사장에 차를 세워뒀죠."

"르네상스타워 바로 뒤에 있는 거 말입니까?"

"네."

르네상스타워 뒤에는 자금 부족으로 짓다 만 아파트 공사장이 있었다. 르네상스타워와 가까울 뿐만 아니라 산비탈에 위치해 르네상스타워를 내려다보는 형상이었다. 현장에 갔을 때 '저 아파트에 누가 살고 있다면 살인자가 현장에 나타나는 모습을 봤을지도 모르는데' 하며 안타까워했다.

거기에 차가 세워져 있었을 줄이야.

"오랜만에 동생을 만나 술을 많이 마셨더니 다음 날 아침에도 취기가 사라지지 않더군요. 도저히 차를 몰고 갈 수 없을 것 같아서 시외버스를 타고 출근을 했습니다. 이후에는 일이 바빠서 계속 차를 방치했고요."

"사건 당일에도 주차가 되어 있었습니까?"

"네, 소식을 듣자마자 곧바로 내려와 블랙박스를 확인했습니다."

"뭔가 찍혔습니까?"

정호는 조심스럽게 고개를 끄덕이며 말했다.

"사건의 향방을 바꿀 수도 있을 겁니다."

최형사가 USB를 집어 들려고 하는데 정호가 갑자기 그의 손을 꼭 잡았다. 이성적인 정호가 처음 보인 다분히 감정적인 행동이었다.

"약속해주시겠습니까?"

"무얼……?"

"제3의 점이 흐릿하거나 하찮게 보이더라도 무시하지 않고 면밀하게 조사해주신다고."

"그럴 겁니다. 아무리 하찮은 것이라도 미심쩍은 게 있다면 끝까지 조사할 겁니다. 그게 제 일이니까."

정호는 부탁의 의미로 최형사의 손을 몇 번 도닥이더니 자리에서 일어났다.

궁금함을 도저히 억누를 수 없었던 최형사는 정호가 시야에서 사라지기도 전에 USB를 스마트폰에 꽂고 동영상을 확인했다.

거리가 멀고 흐릿하긴 했지만 화면은 분명 '장소희 정신건강상담소'의 외경을 담고 있었다. 범인이 출입한 걸로 예상되는 뒷문 쪽이 아닌 정문과 복도가 있는 동쪽 측면이었다.

저녁 8시 40분 경, 누군가 상담소 앞에 나타났는지 센서가 달린 등이 자동으로 켜졌다.

화면이 환해지고 난 후 나타난 사람은 소년이었다.

작고 흐린 화면이지만 성별과 연령대 정도는 충분히 분간이 됐다. 십대 중반쯤? 구부정하게 말린 어깨와 시종일관 땅을 향하는 시선을 보니 밝은 성격의 소유자는 아닌 듯했다. 느릿느릿 화면에 나타난 소년은 무엇을 하는지 게시판 앞에 잠시 머물렀다가 다시 왔던 길을 되돌아갔다. 여전히 느릿한 걸음으로.

걸어가던 소년이 갑자기 멈춰 섰다. 그리고는 상담소 유리창에 얼굴을 바싹 가져다 댔다. 뭔가를 들여다보는 몸짓이었다.

최형사는 사건 현장에 대한 기억을 되짚어봤다. 복도의 유리창은 선팅이 되어 있었지만 오래된 필름에는 군데군데 균열로 인한 작은 틈이 있었다.

소년이 들여다보고 있는 유리창은 살인사건이 벌어진 응접실의 유리창이었다.

목격자였다. 양정호가 말한 제3의 점은 저 소년을 말하는 것이었다.

"은총이를 만나보고 아셨겠네요. 제3의 점이 흐릿하거나 하찮다는 게 어떤 뜻인지."

"네, 다들 은총이의 증언능력에 의구심을 가졌습니다. 은총이가 살인자를 지목해도 변호사는 목격자의 상태를 문제 삼을 테니까요."

"그래서 수사를 중단하고 양기호를 범인으로 몰았나요?"

은혜의 목소리는 낮았지만 힘이 있었다. 최형사는 그녀가 자신을 도발하고 있다는 것을 느꼈다.

"범인으로 몰았다? 그 말은 마치 진범이 따로 있는데 안일한 수사로 엉뚱한 사람을 범인으로 몰고 갔다, 그런 말로 들리네요."

최형사는 최대한 감정을 내비치지 않는 어투로 말했다.

"그렇게 받아들였다면 사과드릴게요. 은총이를 하나의 인격체로 존중해주시지 않은 거 같아서 서운했나 봅니다."

"다들 상황을 비관했지만 제 생각은 달랐습니다. 모든 목격자가 건강한 신체에 건강한 정신을 가진 것은 아니니까요. 앞이 안 보이는 목격자, 만취한 목격자, 마약을 한 목격자. 증언능력이 의심스러운 수많은 목격자들이 있었지만 나름의 방식으로 수사에 기여했죠. 굳이 법정에서 범인을 지목하고 증언의 유효함을 인정받지 않아도 좋다고 생각했어요. 목격자가 줄 수 있는 작은 단서를 바탕으로 범인의 실체에 조금 더 다가설 수 있다면 제3의 점은 충분히 가치가 있는 거니까요."

"그 가치를 알아보기 위해 어떤 노력을 하셨죠?"

"어떤 사건에서도 한 적이 없었던 엄청난 노력."

"……?"

최형사는 핸드폰에서 사진 한 장을 찾더니 은혜에게 내밀었다.

그녀의 얼굴에 묘한 웃음이 번졌다.

"은총이를 만나러 간 날의 저입니다. 진실을 이끌어내려면 은총이에게 친근한 존재가 되어야 한다고 생각했거든요."

"엄청난 관심을 보였겠는데요."

"네, 거기까진 성공이었죠."

최형사는 은총이를 만난 날의 이야기를 시작했다.

2018년 4월 18일 새벽, 안산의 성당

새벽의 성당은 조용하고 한산했다.

예배당의 맨 뒷자리에 앉은 최형사는 신선한 공기와 스테인드글라스를 통해 들어오는 새벽 빛이 성당의 성스러운 느낌을 더하는 것 같다고 생각했다.

미사보를 쓴 무리 사이에 기도를 하지 않는 자가 최형사 외에도 하나 더 있었다. 소년이었다. 블랙박스 영상 속의 목격자 강은총.

은총이는 옆자리에 앉은 어머니 모혜영이 기도를 하는 내내 멍하니 허공을 바라보고 있었다. 화려한 스테인 글라스를 감상하고 있는 것일까? 아니면 햇빛 속을 부유하는 먼지를 세고 있는 것일까?

아침 7시가 되자 기도하던 사람들이 하나둘 성당을 빠져나갔다. 그들이 나가다가 최형사를 발견하고 보인 반응은 대체로 비슷했다. 풋, 헛웃음을 터트렸다. 어린 꼬마 하나는 대놓고 손가락질을 했다. 엄마, 이상한 아저씨야.

최형사는 한숨을 푹 쉬며 유리문에 비친 자신의 모습을 보았다.

유리문에는 격무에 시달리는 형사 대신 피터 래빗 티셔츠를 입고 토끼 머리띠를 한 삼십대 중반의 토끼 캐릭터 마니아가 있었다. 이상한 느낌을 덜어내려고 괜스레 미소를 지어 보았다. 미소는 그를 더욱 기괴하게 만들 뿐이었다.

하지만 예상대로 한 소년만은 비웃지 않고 그에게 다가왔다.

때를 놓치지 않고 가방에서 피터 래빗 인형 세트를 꺼내 무릎 위에 올려놓았다. 은총이의 시선이 홀린 듯 인형을 따라 움직였다. 우스꽝스럽긴 했지만 작전은 성공한 듯했다.

"피터 래빗 좋아하니?"

최형사의 물음에 은총이는 피규어에 시선을 고정한 채 고개를 끄덕였다.

은총이 엄마가 다가와 인사를 했다. 약속된 행동이었다.

"어머, 최선생님. 오래간만이네요. 은총아, 인사해. 엄마가 아는 분이셔."

엄마의 말에 은총이는 아주 조금 더 최형사에게 다가왔다.

"은총아, 우리 어디 가서 이거 가지고 놀까?"

소년은 미세하게 고개를 끄덕였다.

이른 시간이라 성당 뒤 부속 건물에 있는 어린이 놀이방에는 아무도 없었다.

피터 래빗을 넘겨주자 은총이는 빨려들 것처럼 인형에 몰두했다.

그런데 행동과 달리 기쁘거나 설레는 표정은 아니었다. 소년은 시종일관 무표정했다.

처음에는 그런 표정 때문에 은총이가 살인을 목격한 게 아니라고 생각했다. 사람이 죽는 것을 봤다면, 그것도 매주 상담을 하며 가깝게 지내던 상담소 원장님이 죽는 것을 목격했다면 어떻게 저렇게 평온하고 덤덤한 표정일 수 있겠는가!

하지만 전문가들의 생각은 달랐다.

특수학교 담임도, 장소희 정신건강상담소에서 일하는 아동심리학 박사들도 은총이는 살인을 목격하고도 무표정할 수 있다고 했다.

왜 그런 것이냐는 질문에 대한 답은 분분했다.

담임은 은총이가 가끔 영화와 현실을 구분하지 못하는데 살인을 영화나 연극으로 여긴 것 같다고 했고, 상담소 직원은 은총이가 사람이 죽는 것이 무엇인지 모르는 것 같다고 했다. 실제로 은총이는 소희가 죽은 후에도 약속된 상담 시간에 꼬박꼬박 내원했다.

"은총이는 피터 래빗을 좋아하는구나. 아저씨도 좋아하는데."

은총이는 자신의 보물에만 집중할 뿐 대꾸를 하지 않았다.

그 후로도 한참 동안 일상적인 질문을 던졌지만 소년의 입은 열리지 않았다.

조급해진 최형사는 바로 핵심에 들어가기로 했다. 에라 모르겠다, 싶은 심정이었다.

"은총이 너 장소희 선생님이랑 친했지?"

소희를 언급하자 인형을 만지던 은총이의 손이 잠시 멈칫했다. 작은 행동이지만 불편한 심기가 느껴졌다.

"항상 월요일 4시 30분에 상담을 했잖아. 4월 15일에는 4시 30분에 상담을 했는데 늦은 밤에 또 상담소에 갔더라. 왜 그랬어?"

반상회에 간 모혜영은 은총이가 사라진 것을 몰랐다고 했다. 그렇게 돌발적인 외출은 은총이의 열아홉 인생에 처음 있는 일이라고도 했다.

"그때 상담소 복도에서 뭔가 봤니? 누가 있었어?"

은총은 잠시 머뭇하다 크레파스를 들고 스케치북에 그림을 그리기 시작했다.

최형사의 심장이 빠르게 뛰기 시작했다. 어쩌면 그림이 은총이의 소통 방식일지도 모른다고 생각했다.

꼭 살인자의 이름을 지명하는 것이 아니어도 좋다. 살인자에 대한 어떤 단서를 줄 수 있는 그림이라면 충분하다. 문신이나 수염, 머리 색깔 같은 범인 판별에 도움이 되는 단서.

기대가 실망으로 바뀌는 데는 일 분도 걸리지 않았다.

은총은 계속 크레파스를 바꿔가며 아무 의미 없는 색칠을 하고 있었다.

어떤 형태도 의미도 없는 색의 덩어리들.

"누가 장소희 원장을 죽였니? 범인을 봤어?"

장소희의 죽음을 직접적으로 언급했는데도 은총이의 표정은 고요했다.

아이는 말없이 스케치북을 최형사 앞으로 내밀었다. 무질서한 색깔들이 자신을 비웃고 있는 것만 같았다.

인내심이 바닥이 난 최형사는 은총의 어깨를 잡아 흔들었다.

"말을 해. 봤으면 봤다, 못 봤으면 못 봤다. 말을 해봐!"

은총이는 고통스러운지 끙끙 앓는 소리를 내기 시작했다. 그래도 최형사가 어깨를 놓아주지 않자 괴성을 질렀다.

밖에서 기다리고 있던 혜영이 달려왔다.

"괴롭히지 않기로 했잖아요!"

그제야 최형사는 은총이를 놓았다.

혜영이 서둘러 은총이를 데리고 나갔다. 그것이 최형사가 본 아이의 마지막 모습이었다.

최형사는 은혜의 눈치를 살폈다. 그녀는 최형사가 은총이를 다그쳤다는 사실에 대해 별 다른 감흥이 없어 보였다.

"증언이 유효하지 않은 게 아니라 그 어떤 증언도 하지 않았군요."

"그렇다고 할 수 있죠."

"여전히 가장 유력한 용의자는 양기호였을 테고, 형인 양정호는 그런 사실을 받아들일 수 없었겠네요."

"네, 한 달 정도 양정호의 전화에 시달렸습니다."

"상황이 그랬다면 양정호가 직접 은총이를 만나보려 하지 않았을까요?"

"그럴 수도 있겠죠. 하지만 저와 같은 결과를 얻지 않았을까요?"

"그게 아닌 것 같으니까 말이죠."

은혜는 한숨과 함께 넋두리 같은 말을 내뱉었다. 의도된 말이 아니라 자기도 모르게 흘러나온 말이었다.

"네?"

"별말 아니에요."

최형사는 직감적으로 은혜의 말이 어색했다는 걸 느꼈다.

그는 지나치지 않고, 한 번 더 떠보기로 했다. 양정호를 만난 사람 중에 그가 골초라는 사실을 모르는 사람은 없을 것이다.

"양정호 씨 입 냄새는 여전하던가요?"

"……."

은혜는 입을 열려다가 그대로 멈칫했다.

"그걸 제가 어떻게 알겠어요."

"백상아 박사는 은총이한테 잘해주나요?"

"백상아? 그분이 누구죠?"

망설임 없이 되묻는 짧은 반응 타임을 고려했을 때, 백상아에 대한 반응은 거짓이 아닌 것 같았다.

"서울에서 정신병원을 운영하시는 분인데 발달장애 쪽으로 전문가라고 하더군요. 은총이를 데리고 논문을 쓰고 있었다는데. 누나인데 몰랐습니까?"

"이틀 전에…… 갑자기 집에 오게 됐어요."

"왜 갑자기? 어머니 말씀에 의하면 소원하게 지내는 거 같던데."

죄책감의 자극은 비열하긴 하지만 항상 효과적이었다. 최형사는 태연하게 그녀를 자극했다.

평온하던 그녀의 눈동자가 처음으로 흔들렸다.

"UCC에서 은총이가 나오는 동영상을 봤어요. 사람들에게 손가락질을 당하고 있었어요. 그걸 보고 걱정이 돼서."

"수년간 연락두절하고 지내나가 겨우 동영상을 보고 집에 올 생각을 했군요."

최형사가 노골적으로 그녀를 몰아붙였다.

그런데 그녀의 목소리가 오히려 침착하게 가라앉았다.

"형사님도 겪지 않았나요?"

"……?"

"제가 집에서 나갈 수밖에 없었던 답답함을 형사님도 느끼지 않았냐고요? 그러니까 용의자도 아닌 불쌍한 장애인 목격자를 몰아붙이고 화를 냈겠죠."

은혜의 의도는 선명했다. 그것은 협박이었다.

"은총이는 공포를 느끼면 발작을 해요. 발작이 심해지면 목숨을 잃을 수도 있고요."

"……죄송합니다."

최형사는 머뭇거리긴 했지만 아무런 변명 없이 죄송하다는 말을 했다.

은혜는 최형사의 사과를 받은 둥 마는 둥하며 스마트폰을 들여다봤다. 뭔가를 검색하는 것 같기도 하고 문자를 보내는 것 같기도 했다.

잠시 후 핸드폰을 내려놓은 그녀가 입을 뗐다.

"한 가지만 솔직하게 이야기해주세요. 양정호, 백상아…… 그 사람들에 대한 건 왜 자꾸 물으시는 거죠?"

"실종신고가 들어왔어요. 은총이를 알고 있는 두 사람이 동시에 연락 두절인 상태죠."

"그렇군요……."

은혜의 말투는 무심했다. 별로 관심 없는 일이거나, 이미 알고 있는 사실이거나. 그런 무심함이었다.

그녀의 핸드폰이 짧은 기계음을 냈다. 문자 수신음이었다.

문자를 확인한 은혜가 벌떡 일어났다.

무슨 내용인지 모르겠지만 그 문자가 시종일관 굳건했던 그녀의 포커페이스를 와르르 무너트렸다.

가면이 벗겨진, 그녀의 진솔한 민낯을 가득 채우고 있는 것은 공포였다.

"이만 가봐야겠어요."

***

카페 맞은편 골목의 모퉁이를 돌아나가 최형사의 시선이 닿을 수 없는 곳에 이르렀을 때, 은혜는 수호로부터 온 동영상을 확인했다. 정확히 말하면 그 영상은 수호의 핸드폰으로 살인자가 찍어서 보낸 것이었다.

영상 속의 수호는 차 안에서 곤히 잠들어 있었다.

잠든 수호의 관자놀이를 타고 뺨을 지나 목으로 내려가는 것은 날카로운 잭나이프의 칼날이었다. 장갑을 낀 누군가가 한 손으로 영상을 찍으며 다른 한 손으로는 위태로운 칼 장난을 벌이고 있었다.

칼을 든 자의 얼굴은 보이지 않았지만, 은혜는 그가 양정호, 장소희를 죽인 살인범이라는 것을 알 수 있었다. 문자 속에 분홍색 압정 모양의 이모티콘이 있었기 때문이다.

살인자가 칼을 수호의 가슴을 향해 내리꽂으려는 순간, 영상이 끝났다.

은혜는 수호가 있는 공용주차장으로 달려갔다.

주차장 입구까지 달려온 은혜는 잠시 그 자리에 멈추어 섰다.

주차장 한구석에 수호가 타고 있을 제네시스를 쳐다봤다.

주차장은 아무 일도 없다는 듯 고요했다.

은혜는 선팅이 짙은 차를 렌트한 것이 후회가 됐다. 수호의 생사를 바로 확인할 수 없었다.

어젯밤 살인자에게 경고를 하고 제일 먼저 한 일은 차를 바꾸는 일이었다. 은혜는 보다 은밀하게 움직이기 위해 선팅이 짙은 제네시스를 선택했다.

은혜가 렌터카 앞에 섰다. 그리고 차문을 열었다.

딸깍, 차 문 열리는 소리가 유난히 크게 들렸다.

수호의 상체는 안전벨트에 몸을 의지한 채, 앞으로 기울어져 있었다.

차 바닥을 향해 떨구어진 머리에선 어떤 생명의 징후도 느낄 수 없었다.

조심스럽게 수호의 상체를 일으켰다.

수호의 몸은 깨끗했다. 피는커녕 가볍게 스친 자국조차 없었다.

그제야 은혜는 카페에서 주차장까지 달려오며 한 번도 숨을 내쉬지 않았다는 걸 깨달았다. 날숨을 한꺼번에 쏟아내는데 수호가 아무렇지도 않은 듯 눈을 비비며 일어났다.

"어? 담당형사는? 만나봤어?"

은혜는 살인자가 보내 온 동영상을 수호의 눈앞에 내밀며 말했다.

"너, 이제 그만 가."

7

은혜가 떠난 후, 최형사는 카페 여주인에게 감시 카메라 영상을 보여줄 것을 부탁했다.

카페 내부를 비추는 카메라는 단 한 대였다. 다행히 카메라는 은혜와 최형사가 앉았던 테이블을 측상 위에서 비추고 있었다.

녹화된 영상을 통해 자신이 놓쳤을지도 모르는 작은 디테일을 체크했다. 은혜가 거짓말을 하고 있다는 시그널을 찾고 싶었다. 그때 누군가 다가와 인사를 했다. 경민이었다.

"아는 얼굴 같아서 들어와 봤더니, 역시 최형사님이네요."

최형사는 순경 제복을 입은 경민을 보자 헛웃음이 나왔다.

"어이, 김형사. 아니 김순경인가?"

경민은 최형사 맞은편에 풀썩 앉더니, 은혜가 남기고 간 아이스 아메리카노를 냉수처럼 들이켰다.

"어때? 교통정리하고 주폭들 상대하는 소감이."

"죽지 못해 살아요. 그놈의 명성. 나는 이제 명성 제품은 아무것도 안 써요. 명성그룹 광고 모델만 봐도 치가 떨려."

마약단속반이었던 경민은 일주일 전 원곡동 파출소로 좌천이 됐다.

경민이 잡은 마약 밀수범의 단골 고객 리스트에 명성그룹 회장의 딸이 있었다. 명성의 대표이사와 종종 골프 회동을 갖는 서장의 입에서 사건을 대충 마무리하라는 비공식 명령이 떨어졌다.

그러나 경민은 서장의 말을 따르지 않았다.

"나이 삼십 넘어서 융통성 없는 거, 그거 자랑 아냐."

말은 그렇게 했지만 최형사는 경민의 마음을 충분히 이해했다. 잠복과 외박을 밥 먹듯이 하고, 정보원에게 사비까지 들여가며 이룬 성과가 그런 일로 허사가 되다니.

상부의 지시를 거부한 대가는 참혹했다. 회장의 딸은 집행유예로 풀려났고, 경민은 근무태만과 보고서 누락이라는 어이없는 이유로 좌천을 당했다. 누가 봐도 분명한 보복성 인사였다.

"외국인 거주지에서 일하는 게 얼마나 힘든지 알아요? 다들 한 번씩 겪어봐야 한다니까. 일단 말이 통해야 경찰 짓도 하지."

경민의 하소연을 귓등으로 흘려들으며 녹화 영상을 관찰하던 최형사의 얼굴에 화색이 돌았다.

찾았다! 강은혜의 거짓말 시그널.

화면 속의 은혜는 최형사가 팔짱을 끼며 양정호에 대해 질문을 하자 불안하게 발을 까딱였다. 마치 몸 전체의 불안을 끌어 모아 발끝으로 내보내고 있는 느낌이었다.

강은혜는 분명 양정호를 만난 적이 있다.

아이스 아메리카노의 얼음을 우적거리며 씹어 먹던 경민이 화면을 보고 말했다.

"어? 최형사님이 이 론다 로우지[11]를 어떻게 알아요?"

＊

영상을 본 수호는 전혀 실감이 되지 않는 눈치였다. 자신이 자는 동안 살해될 뻔했다는 사실이.

수호는 몇 번이고 영상을 돌려서 다시 봤다. 다섯 번째 다시 보기를 끝낸 수호가 침착하게 말했다.

"처음부터 날 죽일 생각이 없었어. 그냥 겁만 주려는 거야."

"이 영상은 경고야. 지금은 살려두지만 언제든 죽일 수 있다는 경고!"

"어쨌든 죽지 않았잖아."

"놈은 다 알고 있었어. 우리가 새 차를 렌트한 것도. 밤새 검정 벤츠의 행방을 찾아다니느라 한잠도 못 잤다는 것도. 그래서 칼을 들이대도 모를 만큼 곯아떨어지리란 것도."

"그렇다고 이제 와서 나 혼자 도망가라고?"

은혜는 수호를 떼어 내려면 좀 더 독해져야겠다고 생각했다.

"맨날 만화나 보니까 현실감각이 사라졌어? 아니면 취업준비생 생활이 생각보다 길어져서 심심하던 차에 탐정 놀이나 하면 재밌겠다 싶냐? 자폐아 놀려 먹은 거에 대한 부채감 때문이라면 당장 관둬. 목에 칼이 박히고 나서야 후회하지 말고."

은혜는 최대한 단호하고 진지하게 말했다. 그런데 수호는 엉뚱한

---

11) 미국의 여성 이종격투기 선수.

질문을 해왔다.

"너, 납치 사건 피해자의 생존율이 얼마인지 알아?"

"……?"

"납치범이 인질을 살려두는 평균 시간은?"

"……?"

"납치 사건이 일어나고 24시간이 지나면 생존율은 10% 미만으로 떨어져. 해가 지면 은총이랑 어머니의 생존율도 10% 미만으로 떨어진다는 이야기야. 나는 은총이가 저녁 5시면 어김없이 초콜릿을 사 가는 걸 보고 싶어. 만약 은총이가 잘못되면 저녁 5시마다 죄책감이 들 거야. 초콜릿만 보면 눈물이 날 거고. 편의점 알바한테 그건 너무 끔찍하지 않냐?"

죽음보다 끔찍한 것……. 그게 남은 자의 기억이라는 것을 은혜는 잘 알고 있다.

아버지의 죽음에 대한 기억으로 은총이는 평생 차를 타지 못하게 됐고, 은혜는 태권도 도장을 다니며 몸부림을 쳤다.

죽음은 순간이지만 기억은 뇌에 뿌리를 내려 끝없이 고통스러운 그날로 우리를 데려갔다.

수호는 애써 태연한 척했지만 은혜는 알고 있었다. 그도 지금 두려워하고 있다는 것을.

수호의 손은 영상을 처음 볼 때부터 지금까지 줄곧 떨리고 있었다.

자신의 손에 머무는 은혜의 시선을 의식한 수호는 주머니에 손을 넣었다.

"이게 뭐지?"

수호는 야상 점퍼의 주머니에서 폴라로이드 사진 몇 장을 꺼냈다.

살인자의 인장인 분홍 압정이 꽂혀 있는 사진은 흐릿했다. 하지만 플래시를 받아 빨갛게 반짝이는 네 개의 눈동자가 누구의 것인지 알아보는 것은 어렵지 않았다. 겁에 질린 은총이와 엄마였다. 목에 묶인 개 목줄 사이에서 흘러내린 피는 흐릿한 화질에서 더욱 도드라져 보였다.

"나쁜 새끼! 이렇게 끔찍한 짓을."

수호는 흥분했지만, 은혜는 사진을 보고 오히려 안도가 됐다.

"다행이야."

"무슨?"

"두 사람은 아직 살아 있어. 사진에 찍힌 숫자를 봐."

사진 아래는 '2018.10.14. 10:00'라고 적힌 붉은 디지털 숫자가 보였다.

"한 시간 전이네."

"놈은 일부러 너를 죽이는 척했고, 일부러 날짜와 시간을 기록한 사진을 남겼어."

둘은 잠시 아무 말도 할 수 없었다. 놈의 행동이 의미하는 끔찍한 현실을 깨달았기 때문이었다. 결코 이길 수 없는 상대. 어쩌면 그의 손아귀에서 달아날 수 없을지도 모른다는 현실.

"왜 그런 짓을 하는 거지?"

"놈은 이 상황을 즐기고 있어. 나한테 덤비겠다고? 어디 한번 해봐. 그런 뜻이겠지."

"어떻게 우리의 동선을 다 파악한 걸까? 미행이 붙지 않도록 최대한 주의했잖아. 주변에 딱히 수상한 사람도 없었고."

"충동적일 거라고 생각했는데 아니었나 봐. 놈은 우리가 생각한 것보다 훨씬…… 무서워."

사진을 들여다보던 수호가 뭔가를 발견한 듯 말했다.

"그래도 빈틈은 있는 모양이야."

"……?"

"놈의 집은 이 도시 안에 있어. 그리고 놈은 피자를 아주 좋아해. 여길 봐."

수호가 가리키는 곳에는 파랑색 봉제 인형이 보였다.

"이게 뭔데?"

"테크미."

"테크미?"

"안산시의 마스코트이자 테크미 피자의 사은품. 30회 시켜먹으면 이 인형을 주지."

"그게 뭐? 피자집은 전국 어디에나 있어."

"테크미 피자는 프렌차이즈가 아니야. 지역육성업체라고."

수호가 스마트폰을 꺼내 테크미 피자를 검색했다.

"단원구에 두 개, 상록구에 두 개, 시흥에 하나. 총 다섯 개의 지점이 있어. 이 다섯 개의 지점에서 30회 이상 피자를 시켜 먹은 집, 그 중의 한 집에 은총이가 있다는 이야기야."

은혜는 능숙하게 추리를 하는 수호를 빤히 보았다.

핸드폰 벨소리가 울렸다. 은혜가 수호의 얼굴에서 눈을 떼지 않은 채 전화를 받았다.

"네…… 만나주신다니 감사합니다. 지금 당장 출발할게요."

은혜가 가방 속에서 전기 충격기를 꺼내더니 수호에게 건넸다.

"피자집은 네가 좀 조사해줘. 놈이 또 나타나면 이걸로 해결하고.

되도록 빨리 올게."

"어디 가는데?"

"블랙 위도우일지도 모르는 사람의 사무실."

***

아침 11시, 윤진은 아파트 입구에서 딸을 기다리고 있었다.

유치원 버스에서 내린 딸을 픽업해서 친정어머니에게 맡긴 다음 출발하면 약속 시간을 얼추 맞출 수 있을 것이다.

갑자기 약속이 생긴 윤진은 분주한 아침을 보냈다. 친정엄마에게 딸을 대신 돌봐줄 것을 부탁드렸고, 아이가 먹을 간식과 먹거리를 위한 장을 봤다.

백상아 원장이 없으니 비서인 자신의 일이라고는 각종 스케줄을 취소하는 것뿐이었다.

오늘은 재택근무를 할 요량이었는데 한 시간 전 한 여자에게 연락이 왔다. 여자는 자신을 은총이의 누나라고 했다. 백상아 원장에 대해 묻고 싶은 것이 있다고, 어쩌면 자신이 원장님을 찾는 데 도움이 될 수 있을 것 같다고 용건을 덧붙였다.

윤진은 그녀에게 직접 병원으로 와달라고 요구했다. 전화로 이야기하기에는 무거운 비밀들이었다. 그 비밀을 말해도 좋을 상대인지 직접 만나보고 결정해야 한다.

말을 하면 아무도 못 알아들을지 몰라 지레 겁먹고 벙어리가 된 소년은 모두 잠든 새벽 네 시 반 쯤 홀로 일어나 창밖에 떠 있는 달을 보았네.

딸을 기다리는 윤진의 입가에 자꾸만 장기하와 얼굴들의 '달이 차오른다, 가자'의 가사가 맴돌았다. 장기하의 노래를 좋아해 병원에 자주 틀어놓는 백상아 원장은 소심한 윤진을 노래 속 소년과 비교하며 놀리곤 했다.

달이 맨 처음 뜨기 시작할 때부터 여행길을 준비했지만, 매번 달이 차오를 때마다 포기를 하고 마는 소심한 소년.

노래 가사처럼 윤진은 소심하고 망설임이 많은 사람이었다. 소싯적 술래잡기를 할 때 조마조마한 긴장을 견디지 못해 차라리 빨리 술래에게 잡혔으면 하고 바랐다. 불행이 올까 봐 두려워 먼저 불행의 손을 잡아버리고 안도하는 멍청이처럼.

백상아가 사라졌다는 것을 알았을 때, 윤진은 딸을 데리고 어디론가 사라지고 싶었다. 백상아 실종의 배후에 예상처럼 명성이 있다면 다음 차례는 자신이 될지도 몰랐다.

보름 전, 식품의약품안전처의 연구원이라는 주기홍이 병원을 찾았다.

그는 차마 감당할 수 없다는 듯 털어놓았다.

"명성그룹 제품의 검사결과를 조작했습니다. 압박을 견딜 수가 없었어요."

며칠 후, 엄전무라고 자신의 신원을 밝힌 사람이 찾아와 주기홍이 상담시간에 무슨 말을 했는지 캐물었다.

엄전무의 첫인상은 강렬했다. 뭉개지고 부풀어 오른 귓바퀴, 굳은 살과 상처가 가득한 손, 짙은 눈썹 아래서 상대를 쏘아보는 날카로운 눈매.

백상아 원장은 환자에 대한 정보를 누출하지 않는 것이 의사의 책무라며 그를 돌려보냈다.

이후 주기홍은 상담시간에 나타나지 않았다. 전화기도 계속 꺼져 있었다.

겁에 질린 윤진은 백상아에게 상담 녹화 내용을 삭제해버리자고 했다.

하지만 상아는 윤진과는 달리 단단한 여자였다.

"나도 굳이 나서고 싶지는 않아요. 하지만 명성의 제품 때문에 죽은 아이들의 부모는 어떻겠어요? 윤진 씨도 엄마잖아."

유치원 버스가 아파트 앞에 멈춰 섰다. 윤진은 어두운 표정을 서둘러 지웠다.

"엄마."

딸아이 미소가 짧은 다리로 높은 버스 계단을 힘겹게 내려왔다.

목소리만으로도 부드러운 볼의 촉감과 달짝지근한 캐러멜 향이 느껴지는 듯했다.

땅에 발을 디딘 미소는 윤진에게 달려오지 않고 뒤를 돌아봤다.

"미소야, 뭐해?"

"응, 아저씨 찾아."

"아저씨?"

"아저씨 어디 갔어요? 어서 나와요."

미소의 부름에 한 남자가 버스에서 내리더니 미소의 손을 잡았다.

남자를 보는 순간 윤진의 머릿속이 하얗게 변했다. 무엇이든 예쁜 것만 쥐어주고 싶은 작은 손을 잡은 남자는 엄전무였다.

"엄마, 이 아저씨가 엄마 친구랬어요. 그래서 같이 집에 왔어요."

윤진은 그 순간 백상아 원장의 생각이 틀렸다는 것을 절실하게 깨달았다.

***

"원장님은 지금 해외에 나가셨어요. 실종신고는 스케줄을 잘못 파악한 저의 실수입니다."

꼭 만나서 이야기를 해야 한다던 백상아의 비서는 돌연 백상아의 실종을 부인했다. 핸드폰 너머로 느껴졌던 말의 온도와 직접 만났을 때의 태도가 너무 달라 목소리가 비슷한 다른 사람인가, 고민에 빠질 정도였다.

최형사에게 백상아의 실종 소식을 들었을 때, 아마도 그녀가 블랙 위도우일지도 모르겠다고 생각했다.

은총이와 만나기 위해 안산으로 왔다가 갑자기 사라진 여자.

그녀를 블랙 위도우라고 생각한 이유는 간단했다. 단순하고 안일한 판단일 수도 있지만, 한나라의 여성 히어로로는 블랙 위도우가 유일했다.

그냥 개인적 사유로 잠적 중이거나, 은총이와 전혀 상관없는 이유로 실종된 것일지도 모르지만, 일단 비서를 만나 진위를 따져보기로 했다.

그래서 최형사와의 대화 도중, 백상아의 병원 사이트에서 비서의 전화번호를 알아내고 문자를 남겼던 것이다.

여자는 감정을 숨기는 데 능숙한 사람은 아니었다. 윤진은 질문에 대답하면서도 종종 뭔가를 확인하는 듯 놀이방 쪽을 쳐다봤다. 장난감이 가득한 놀이방은 어린 환자들이 진료시간을 기다리는 동안 이용할 수 있는 일종의 대기실이었다.

놀이방에는 생긋생긋 잘 웃는 귀여운 여자아이가 놀고 있었다. 아이는 가끔씩 '엄마' 하며 윤진을 향해 손을 흔들기도 했다.

은혜는 아이를 쳐다보는 윤진의 눈빛에서 기시감을 느꼈다.

자식이 위험에 처했을 때, 모성본능이 만들어내는 불안과 광기가 가득한 눈빛. 은총이에게 무슨 일이 있을 때마다 엄마도 같은 눈빛이 되곤 했다.

"연락해봐도 안 될 거예요. 교수님은 해외에 나가면 전화를 꺼두시거든요."

"제가 헛걸음을 했군요."

은혜는 순순히 비서가 하는 말을 받아들이는 척했다.

"원장님이 우리 은총이를 연구하셨다는데 그게 어떤 내용이었는지 아세요?"

"글쎄요, 저는 그냥 비서일 뿐이라서. 죄송합니다."

"난 또 저명하신 박사님께서 은총이를 연구하고 있다길래…….
엄마의 헛된 기대가 이루어진 건가 했죠."

"어머니의 기대요?"

"은총이가 천재라는 기대요."

은총이가 일곱 살이었을 때였다. 정자에서 내기장기를 두던 동네 어르신이 궁지에 몰렸다. 영락없이 돈을 잃게 생겼는데 옆에서 지켜보던 은총이가 말을 옮겨 장군을 노리던 상대의 말을 잡아냈다. 아무도 생각지 못한 묘수였다.

"은총이가 서번트 증후군인가 봐요."

특수학교 담임선생님이 은총이의 장기 실력을 보고 말했다.

선생님은 서번트 증후군이라는 생소한 단어를 이해하지 못하는 엄마에게 몇 개의 동영상을 보여줬다. 동영상 속에는 은총이처럼 자폐증을 겪고 있는 아이들이 있었다. 아이들은 모두 신기한 재주를 가지고 있었다. 어떤 아이는 기교 넘치는 피아노곡을 손쉽게 연주했고, 어떤 아이는 NASA의 연구원도 풀지 못한 암호를 풀어냈고, 어떤 아이는 원주율을 소수점 이하 이백 번째 숫자까지 외웠다.

자폐증이나 지적 장애를 가지고 있는 아이들이 특정 분야에 보이는 천재성. 그것을 서번트 증후군이라고 했다.

"은혜야, 하나님은 한쪽 문을 닫으시면 다른 한쪽 문을 열어두신대. 우리 은총이의 말문을 닫으신 대신 재능이란 선물을 주셨구나. 엄마는 이럴 줄 알았어. 우리 은총이가 보통 아이가 아닌 줄 알았어."

은총이가 천재라는 말을 들은 그날, 엄마는 오래간만에 환하게 웃으셨다.

그러나 신은 재능이란 문을 오랫동안 열어두지 않았다.

은총이는 장기를 시작한 지 일주일 만에 이상한 수를 두기 시작했다. 앞으로만 갈 수 있는 말을 뒤로 보내고, 장군을 궁 밖에서 마구 돌아다니게 했다. 완벽하게 무질서한 행마였다.

은혜는 은총이의 서번트 증후군 에피소드를 아주 천천히 이야기했다. 말을 계속 이어나갈 뿐 딱히 윤진의 반응을 살피지도 않았다.

"그 사건 이후 엄마는 다시 웃음을 잃으셨죠."

마침내 은혜가 긴 이야기에 마침표를 찍었다.

"서번트 증후군이 아니라고 실망할 필요는 없어요. 그건 천재성이라기보다는 일종의 강박이죠. 어떤 한 부분에만 지독하게 관심을 가지다 보면 남들이 인지하지 못하는 것을 보고 듣게 되는 거예요."

"강박이라……. 그래도 그냥 자폐보다는 발전적으로 들리네요. 시간을 너무 많이 뺏었나 봐요. 그만 가보겠습니다."

"잠깐만요!"

"네?"

"2차세계대전 때 프랑스의 암호였던 에니그마를 푼 사람이 실은 자폐라는 설이 있어요."

"……."

은혜가 고개를 갸우뚱하고는 자리를 털고 일어났다.

은총이의 누나가 병원을 나간 후, 윤진은 걱정스런 눈빛으로 놀이방 쪽을 쳐다봤다.

문이 열리고 미소가 뛰어나와 윤진의 품에 안겼다.

놀이방 구석에서 시종일관 딸아이를 겨누고 있던 총은 발사되지 않았다.

최형사와 경민은 카페에서 나와 단원구 경찰서 쪽으로 걸어갔다.

최형사가 뭔가 찝찝하다는 표정으로 말했다.

"좀 전에 전화가 왔는데, 백상아 원장의 비서가 실종신고를 취소했어. 이상하지?"

김순경이 시큰둥하게 대꾸했다.

"뭐가 이상해요? 그럴 수도 있지."

"목소리가 덤덤해. 실종이 아니어서 다행이라는 말투가 아니었어."

"원래 목소리에 감정을 안 담는 스타일이겠죠. 그 의심병도 참 불치야. 형수님 집에 늦게 들어오면 어디 딴 남자랑 있었던 게 아닌가, 핸드폰 뒤지고 막 그러죠?"

"응."

"불쌍한 형수님."

"그 불치병이 해결한 사건이 몇 건인지 아냐? 난 심증을 확인 안 하면 참을 수가 없어. 고구마 먹다가 막힌 것처럼 답답해 죽겠다니까."

한심하다는 눈빛으로 최형사를 잠시 바라보던 경민이 선심 쓰듯 말했다.

"가요. 처리해야 할 민원과 업무가 넘쳐나지만 같이 가드릴게요."

"어딜?"

"사이다 마시러."

최형사는 김순경과 함께 화랑 오토캠핑장을 찾았다. CCTV 판독 결과 백상아의 차가 마지막으로 확인된 곳이 여기 캠핑장이었다.

최형사가 백상아의 사진을 보여주자 캠핑장 관리인이 그녀를 알아봤다.

"예약자는 딴 남자였는데, 이 여자가 먼저 와서 열쇠를 받아갔어요."

"이 여자 나가는 것도 봤어요?"

최형사의 질문에 반백 머리의 관리인은 갑자기 하소연을 늘어놨다.

"요즘 인건비가 너무 비싸. 사람을 쓸 수가 있나. 성수기라 사람은 좀 많아? 바비큐 준비해야지, 맥주랑 라면 팔아야지, 짬짬이 청소도 해야지."

"여자가 나가는 걸 봤냐니까 왜 딴소리를 해요?"

"그러니까 하는 말 아닙니까? 나 혼자서 그 많은 손님들이 들어오고 나가는 걸 어떻게 다 체크를 해요? 더군다나 그 여자가 묵었던 베네치아는 일종의 별채예요. 별채가 무슨 뜻인지 알면서."

관리인이 음흉한 웃음을 짓더니 최형사의 팔을 툭 쳤다.

"무슨 뜻인데요?"

"형사 양반이 이렇게 세상 돌아가는 걸 모르나? 다른 텐트촌이나 캠핑카랑은 뚝 떨어져 있다고. 그 캠핑카는."

"그래서요?"

관리인이 답답하다는 듯 말했다.

"다른 사람한테 방해 안 받고 은밀한 시간을 보내고 싶은 사람들이 웃돈을 더 얹고서라도 예약하는 그런 곳이 별채예요. 꼭 말로 다 설명해야 돼?"

"카메라는 있죠?"

"그게 마침 고장이 나서……."

"마침요?"

"별채 쪽으로 향하는 카메라만 깨져 있더라고. 복구하려면 돈푼 꽤나 깨지게 생겼어."

마침 깨져버린 카메라.

마침 양정호와 백상아가 실종되고, 마침 은총이와 어머니가 이 도시를 떠났으며, 마침 가족과 소원하게 지내던 은총이의 누나가 나타났다.

우연으로 설명하기에는 '마침'이란 단어가 지나치게 많았다.

"다른 이상한 점은 없었어요?"

"이상한 점? 글쎄, 그냥 여자가 좀 깔끔하구나, 그런 거?"

"깔끔하다고요?"

"퇴실 정리하려고 들어갔는데 청소할 필요가 없겠더라고. 어찌나 깨끗한지."

캠핑 단지 내 CCTV를 뒤져보던 경민이 노트북을 들고 헐레벌떡 달려왔다.

"최형사님, 이것 좀 보세요."

노트북 화면에는 캠핑장 입구로 들어서는 한 소년이 보였다.

시종일관 땅을 보며 느릿느릿 걷는 아이, 소년은 강은총이었다.

은총이는 양정호의 블랙박스 영상에서 그랬듯이 무엇을 보고 들었는지 전혀 짐작할 수 없는 무표정을 하고 느릿느릿 캠핑장을 떠났다.

"다 뒤져봤는데 양정호는 안 보여요. 백상아의 차도 사라졌고."

"사라지다니? 차가 증발이라도 했다는 거야?"

"캠핑장 뒤가 숲인데 그쪽으로 빼냈다고 하면 대책 없어요. 감시 카메라도 없고, 인가도 없고. 아무래도 폐차장에 수소문해봐야 할 것 같습니다."

최형사는 은총이가 캠핑장에 나타나는 영상과 사라지는 영상을 다시 들여다봤다.

두 영상 사이에서 은총이는 무엇을 하고 있었을까?

경민이 뭔가를 발견하듯 손끝으로 화면을 가리켰다.

"어? 이 남자……."

경민의 손끝이 닿은 곳에 한 남자가 있었다. 휴식을 즐기는 사람들 속을 수색하듯 살피며 돌아다니는 남자. 단단한 체구와 짧게 자른 머리가 인상적이었다.

"아는 사람이야? 누군데?"

"원곡동에서 론다 로우지가 쫓던 남자요."

＊＊＊

"명성 쪽 사람인 것 같아."

은혜가 백상아의 병원에서 나올 때, 경호팀 선배로부터 전화가 왔다. 검정 벤츠의 차량 번호를 알려주고, 소유주의 신원조회를 부탁했는데 그 답이 온 것이다.

"이름 엄준태, 명성그룹 보안팀 전무. 말이 좋아 보안팀이지 별의별 일을 다 하는 것 같아. 무슨 일인지 모르지만 되도록 엮이지 않는 게 좋아."

별의 별 일.

그 일에 사람을 죽이고 납치하는 일이 포함돼 있다는 걸 이미 두 눈으로 확인했다.

은혜는 사정상 출근을 할 수 없으니, 팀장님께 잘 말해달라 부탁하고 전화를 끊었다.

명성그룹이라…….

명성이라면 설명이 된다. 잘 훈련된 총잡이와 신속한 시체 처리반의 개입이.

동시에 명성이 배후라면 이상했다. 캡틴 아메리카의 행동 양상이.

잃을 게 많은 기업의 생리상 불거진 문제에 대해 은밀하고 조심스럽게 대응하게 마련이다. 그런데 캡틴 아메리카는 오히려 상황을 리드하며 즐기고 있다.

은혜는 엄전무를 만나기로 했다. 위험하기는 하지만 그를 만나는 것이 살인자의 정체를 알 수 있는 가장 확실하고 빠른 방법이었다. 은혜는 잠시 망설이다가 선배가 알려준 엄전무의 번호로 문자를 보냈다.

미흡한 미끼를 끼웠지만 어쩔 수 없었다. 지금은 빈 낚싯대라도 드리워야 할 때였다.

성당에서 내려다 본 동네는 가을이 한창이었다.

화정천을 따라 심어진 단풍 든 나무들이 화려한 꽃띠가 되어 마을 한가운데를 가로지르고 있었다.

화정천 너머 르네상스타워와 화정천 아래 위치한 은혜의 집이 한눈에 들어왔다. 장소희, 김진철이 살해당한 곳과 양정호가 죽고 은총이가 납치된 곳.

동네는 묘하게 장기판의 배열과 닮아 있었다.

은혜의 집이 한(漢)나라의 궁이고 마을을 가르는 화정천이 장기판의 정중앙을 가르는 선이라면 멀리 산 중턱에 있는 듬성듬성한 인가 중 하나가 초(楚)나라의 궁성, 즉 살인자의 집이 될 것이다.

은혜는 머리를 흔들었다. 그런 식으로 살인자를 찾을 수 있을 턱이 없었다.

"꼭 이런 데서 만나야 하냐? 나 심장 안 좋아."

수호가 가파른 비탈길을 헉헉대며 올라왔다.

"미안, 수상한 놈이 나타나면 내가 먼저 알아볼 수 있는 요지가 여기 말고는 딱히 떠오르지 않아서. 피자집은 어떻게 됐어?"

"피자 30판 시켜 먹은 집이 왜 그렇게 많아? 요즘은 인건비가 높아서 다들 배달대행업체를 쓰더라. 주문도 어플로 하고. 피자집이랑 배달대행업체들을 다 찾아다녀 봤는데 은총이나 엄마를 봤다는 사람은 없었어."

"수상한 사람은 없었대?"

"없긴. 죄다 수상하대. 여자 속옷 모으는 변태, 집에서 한 발짝도 안 나오는 은둔형 외톨이, 피자에 왜 자꾸 치즈를 넣느냐고 컴플레인 거는 진상, 마당에서 동물을 잡아 죽인다는 동물학대범……."

실망한 은혜가 한숨을 쉬었다.

"에니그마 회원이든, 엄전무든 어서 연락이 와야 할 텐데."

"에니그마? 에니그마가 왜?"

"백상아의 비서가 이상한 소리를 했어."

"……?"

"2차세계대전 때 프랑스군의 암호인 에니그마를 푼 게 자폐아라고."

에니그마를 언급할 때 백상아의 비서는 눈을 반짝 뜨며 은혜를 바라봤다. 눈으로 문장 위에 강조점을 찍는다면 그런 눈빛이지 않을까?

확인 결과 에니그마는 프랑스가 아니라 독일군의 암호였고, 그것을 푼 사람은 자폐아가 아니라 앨런 튜링이라는 수학자였다.

"침묵할 수밖에 없는 여인이 은밀한 힌트라도 준 건가."

수호가 아이패드를 꺼내 에니그마 관련 정보를 검색했다.

에니그마라는 상호를 가진 각종 업종이 화면에 나타났다.

에니그마 보드 카페, 에니그마 방탈출 게임. 에니그마 만능금고.

이미 은혜가 찾아본 내용들이었다.

"네이버 카페를 봐."

은혜의 지시에 따라 카페 섹션을 터치하자 '에니그마 암호클럽'이라는 카페가 보였다. 암호 카페로 들어가자 낯익은 아이디들이 있었다.

블랙 위도우, 블랙 팬서, 스파이더맨, 비전.

"이 카페의 회원인 블랙 팬서가 양정호라는 거야?"

은혜는 머리를 끄덕이며 말을 이었다.

"블랙 팬서와 블랙 위도우의 이메일 주소는 양정호와 백상아의 이메일과 일치해."

"게시글이나 채팅방을 잘 살펴보면 뭔가 나오겠다."

카페에 올린 여러 가지 글을 읽어보던 수호는 난감한 표정을 지었다.

"글들이 뭐 이래?"

게시글에는 단 한 마디도 온전한 문장이 없었다.

온통 이상한 기호(@:%#)나 무의미한 언어의 조합(삷퓰텟껨)들이었다. 수학의 공식이나 각종 상형문자, 컴퓨터 프로그래밍 언어로만 이루어진 게시물도 눈에 띄었다. 게시글 밑에는 역시 이상한 기호로 가득한 댓글이 달려 있었다.

"카페 매니저에게 물어봤는데 에니그마는 암호 풀이 사이트라 암호 이외에 다른 언어를 쓰는 것이 금지돼 있대."

누군가 자신만의 규칙이 있는 암호를 만들어 올리면 사람들이 그것을 해독하고, 해독한 사람들끼리 무리 지어 암호로 이루어진 대화를 주고받는 방식이었다. 암호의 비밀은 그것을 푼 자들만 공유할 뿐, 매니저라고 해서 내용을 알 수는 없다고 했다.

5개월 전, 카페의 회원인 양정호는 대용량의 그림 파일을 업로드했다.

살인사건이 일어난 지 한 달이 지난 즈음의 일이었다.

그림 파일은 은총이의 사진 일기로 이루어져 있었다. 폴라로이드 사진과 그 사진 아래 가득한 형형색색의 낙서들.

"암호 카페라니, 어쩐지 양정호답다."

수호가 양정호가 카페에 올린 게시물을 둘러보며 말했다.

"양정호답다니?"

"양정호가 미국에서 배워온 게 기호학[12]이야. 양정호 경력을 찾아봤거든. 저서도 죄다 기호학 관련이야. 한국 전통 문양 속의 기호학, 기호학과 IT."

"기호학? 그게 뭔데?"

"움베르토 에코[13]의 장미의 이름[14]은 읽어봤지?"

"아니."

"다빈치 코드[15]는?"

"전혀."

성적이 늘 하위권에서 맴돌던 수호의 입에서 '기호학'이니, '움베르토 에코'니 알 수 없는 단어들이 쏟아졌지만 은혜는 그 모습이 생경하지 않았다.

수호는 언제나 특별한 분야에 박식했다. UFO의 실체, 히틀러 생존설에 대한 진위, 스타워즈의 세계관 등에 대해 몇 시간이고 떠들수 있는 아이였다.

"뭐라고 설명해야 하지. 사람들이 기호나 상징에 어떤 의미를 부

12) 기호의 기능과 본성, 의미와 표현, 의사소통과 관련된 다양한 체계를 연구하는 학문 분야.
13) 이탈리아의 기호학자/작가/언어학자/철학자/미학자. 「장미의 이름」, 「푸코의 진자」 등의 저서가 있다.
14) 1980년에 출간된 움베르토 에코의 추리소설. 기호학과 역사에 대한 지식이 잘 드러난 작품.
15) 2003년에 출간된 댄 브라운의 추리소설. 2006년 영화로도 만들어졌다.

여하고 어떻게 해석하느냐, 뭐 그런 걸 연구하는 학문이야."

기호의 상징과 의미?

양정호는 은총이의 낙서 속에 어떤 상징과 의미가 담겨 있다고 생각한 것일까. 아니, 낙서가 아니라 색깔에 의미가 있는 거라면?

잠시 생각에 빠졌던 은혜가 갑자기 뭔가 떠오른 듯, 흥분하며 무릎을 쳤다.

"그래서 흰색을 칠한 거구나!"

"흰색?"

"은총이의 낙서에 제일 많은 게 흰색이야. 스케치북이 이미 하얘서 칠해봐야 보이지 않는다고 아무리 설명을 해도 은총이는 꼭 흰색을 칠해."

"흰색이 글자, 그것도 자주 쓰는 글자라면……. 우리가 글을 쓸 때 뭘 제일 많이 쓰지?"

"제일 많이 쓰는……."

"조사가 아닐까? '은, 는, 이, 가, 을, 를' 같은 거 말야."

"일기 서두의 네 번째 글자가 대부분 흰색이야. 보통 애들처럼 '오늘 나는'으로 일기를 시작한다면 흰색은 '는'을 나타내겠지."

은혜는 하나의 가능한 가설에 대해 생각했다.

기호학을 전공하고 암호 풀기를 즐기는 양정호는 은총이의 일기에서 어떤 규칙성을 발견했다. 그 일기 속에 진범에 대한 정보가 있다고 판단한 그는 은총이의 언어를 해석하기 위해 암호 카페를 이용한 것이다.

수호가 은총이의 일기를 찍은 사진들을 한참 동안 살펴보더니 말했다.

"사과, 사슴, 형사를 찍은 사진에 빨강색이 있어. '사'라는 글자는 빨강색일 가능성이 높아. 그리고 '츄'라는 단어는 라벤더색인가 봐. 성당에서 키우는 골든 리트리버 '츄'의 사진 아래에 어떤 페이지에서도 쓴 적이 없는 라벤더 색을 썼거든."

양정호도 수호와 같은 방식으로 하나하나 색의 의미를 파악해나갔을 것이다.

참조자료로 덧붙여 놓은 은총이의 색연필 컬러표가 은혜의 가설을 뒷받침했다.

파랑에도 여러 가지 파랑이 있다. 짙은 파랑, 탁한 파랑, 쨍한 파랑.

각 색깔에 번호를 매겨놓은 컬러표는 그것들을 구분해줄 기준이 되었을 것이다.

은혜는 그 작업이 얼마나 지난하고 복잡했을지 상상조차 되지 않았다.

아이들은 발달 상태에 따라 다른 언어의 체계를 가지고 있다. 은혜가 보호했던 꼬마 중에 큰 개를 '곰'이라고 부르는 아이도 있었고, 더러운 것은 모두 '벌레'라고 부르는 아이도 있었다. 사랑이나 평화 같은 추상어를 잘 이해하는 아이도 있었고, 전혀 그렇지 못한 아이도 있었다.

발달장애를 가지고 있는 은총이가 어떤 언어 체계를 가지고 있는지 알아내려면 헬렌 켈러를 가르쳤던 설리번 선생님의 인내심이 필요했을 것이다.

"그런데 왜 모두 어벤져스 히어로의 이름으로 아이디를 정했을까? 단지 은총이가 어벤져스를 좋아해서?"

수호가 의아한 듯 물었다.

카페 매니저의 말에 따르면 같은 암호를 해독하는 사람들끼리 소속감을 드러내기 위해 아이디를 같은 범주의 것으로 정하기도 한다고 했다.

원래 정호의 ID는 '블랙 팬서'가 아닌 '퍼즐 사랑'이었고, '스파이더맨'의 ID는 '엽기발랄'이었다. 정호가 은총이의 일기를 올린 지 얼마 지나지 않아, 두 사람은 ID를 각각 '블랙 팬서'와 '스파이더맨'으로 바꿨다. 어벤져스 채팅방이 생긴 지 두 달이 지났을 즈음, '블랙 위도우'와 '비전'이 새로운 회원으로 가입을 했다.

블랙 위도우, 즉 백상아는 암호에 관심이 있는 사람이 아닐 것이다.

은혜는 백상아가 애초에 블랙 위도우로 가입을 한 것은 '필요'에 의해 카페에 초대된 사람이기 때문이라고 생각했다.

양정호는 자폐아인 은총이의 언어 능력에 대한 자문을 구하기 위해 백상아가 필요했을 것이다.

비전도 백상아처럼 필요에 의해 초대됐을 것이다.

은혜는 비전이 법조인일 가능성이 크다고 생각했다. 이토록 유례가 없는 목격자의 증언이 법적으로 유효한지 알아봐야 할 테니까.

"만약 양정호의 생각이 옳다면, 네 동생은 자신의 생각을 표현할줄 아는 거야. 우리가 말을 하고 글을 쓰듯이."

"은총이가 담당형사를 만났을 때, 크레파스로 낙서를 했대. 은총이는 목격자 증언을 한 걸지도 몰라. 그것도 아주 적극적으로. 만약 진짜 살인범이 이 사실을 알았다면 스크랩북과 은총이의 존재가 엄청난 위협으로 다가왔겠지."

"어쨌든 은총이 언어의 해례본이 있다는 거잖아. 그것만 알면 게임 오버야."

수호는 벌써 범인이라도 잡은 것처럼 들떴다. 그러나 은혜의 얼굴은 어두웠다.

"이십 년 동안 같이 산 가족도 몰랐던 걸 이 암호 덕후들은 서너 달 만에 알아냈어. 왜 다른 자폐아들은 말을 하는데 너는 못 하냐고, 내가 얼마나 윽박질렀는지 아니……."

수호가 은혜의 어깨에 팔을 둘렀다. 그리고 농이 섞였지만 따뜻한 말투로 말했다

"위로가 될지 모르겠지만 너는 장미의 이름도 모르고 다빈치 코드도 모르는 무식한 애야. 미국에서 학위를 받아온 양정호쯤 되니까 은총이의 언어체계를 알아본 거지. 동생의 무죄를 증명하겠다는 강력한 동기도 작용했을 거고. 지금 중요한 건 그게 아니야. 중요한 건 은총이 언어의 해례본을 구하는 거지."

"카페 회원들에게 쪽지를 보내놨어. 내 말이 무슨 말인지 이해한다면 연락을 해오겠지."

"뭐라고 했는데?"

은혜는 보낸 쪽지함을 열어 전갈의 내용을 수호에게 보여줬다.

블랙 팬서 사망, 아이언맨 납치. 도움을 요청한다. 헐크로부터

유치한 쪽지 내용에 수호가 피식, 웃었다.

겸연쩍어진 은혜가 머리를 긁적이는데 문자 수신음이 울렸다. 엄전무였다.

***

원곡동의 밤은 낮과는 다른 얼굴을 하고 있었다.

밝은 햇살 아래 구석까지 드러났던 낡고 더러운 골목들은 어둠이라는 장막에 가려지고, 네온사인과 LED 간판이 편애하듯 환락가를 비췄다. 일 년 365일 매달려 있는 탓에 먼지가 자욱했던 만국기도 트리 장식처럼 반짝였다. 잡티와 주름이 가득한 여자가 짙은 화장을 하고 조명 아래 선 것처럼 극명한 대조였다.

은혜는 옷 아래 착용한 각종 보호장구가 전혀 든든하지 않았다. 엄전무가 자신을 죽이고자 한다면 이번에는 정확히 머리를 노릴 것이다.

그가 명성 쪽 사람이라는 얘기를 들었을 때, 은혜의 머리에 제일 먼저 떠오른 것은 백상아의 병원에서 본 특별한 이름이었다.

은혜는 백상아의 비서에게 은총이 이야기를 하며 병원 곳곳을 꼼꼼히 뜯어봤다. 그러다 환자들의 상담 스케줄 표에서 어디선가 본 듯한 이름을 발견했다.

'주기홍'

그 이름을 보자 성난 소비자들에게 달걀 세례를 맞는 뉴스 속 한 남자가 떠올랐다.

병원 상담 스케줄 표에 있는 '주기홍'과 뉴스 화면에 나왔던 식품안전의약처 연구원인 '주기홍'이 동명이인이 아니라 한 사람이라면, 엄전무가 어쩌다 이 일에 끼어들게 됐는지 대충 얼개가 그려졌다.

명성그룹은 일명 '웨하스 전쟁'이라고 불리는 소송을 겪고 있었다.

사건의 발단은 명성의 웨하스를 오랫동안 먹은 아이들 몇 명이 동시다발적으로 아프거나 죽은 일이었다. 모두 천식을 앓고 있는 아이들이었다.

피해 부모들은 아이들의 병세가 악화된 이유가 명성제과의 웨하스 때문이라고 주장했다.

명성의 웨하스는 바닐라 향이 유난히 향긋해 인기가 많았다. 바닐라 향을 내는 향료 중 몇 가지는 안전을 검증받지 못했으며, 잠정적으로 천식에 해로울 수도 있다는 것이 밝혀지자, 소비자들은 명성제과가 표기와 달리 유해한 향료를 쓴 것이 아닌가, 의문을 제기했다.

그 사건의 검증 작업을 한 사람이 바로 주기홍이었다.

만약 주기홍이 명성의 압력을 받아 검사 내용을 조작했다면 그리고 그가 그 사실을 담당 정신과 의사인 백상아에게 털어놓았다면, 명성이 엄전무를 보내 화근을 없애려고 했다는 게 지나친 억측은 아닐 것이다.

작은 연결고리가 하나 생성되기는 했지만, 전체의 퍼즐을 맞추기에는 부족함이 많았다.

여전히 엄전무와 캡틴 아메리카가 무슨 관계인지 알 수 없었다. 그가 캡틴 아메리카를 도와 얻고자 하는 게 무얼까?

부족한 패를 가지고 도박을 하면 안 된다는 것을 알지만, 지금은 위험을 무릅써야 할 때였다. 은혜는 엄전무를 끌어낼 수 있는 최선의 문구를 몇 번이나 수정한 뒤에야 보낼 수 있었다.

명성의 개, 아니 살인자의 개.
주기홍과 백상아에 대한 진실을 알고 있다. 만나서 이야기하자.

엄전무와 만나기로 한 양꼬치 집에 들어가자 이국적 정취가 은혜를 감쌌다.

독특한 커민[16]의 냄새, 숯불 위에 떨어진 양고기 기름이 타들어가는 소리, 낯선 억양이 뒤섞여 묘한 불협화음을 만들어내는 다양한 외국어들.

넓은 가게였지만 엄전무를 찾는 것은 어렵지 않았다. 건장한 체구와 번쩍이는 명품 시계만으로도 그는 간단히 식별되었다.

은혜는 엄전무의 맞은편에 앉으며, 핸드폰을 티슈 상자 뒤에 숨기듯 놓았다.

핸드폰은 인근에 있는 수호와 통화중으로 연결돼 있었다.

"걱정 마. 이렇게 보는 눈이 많은 곳에서 널 죽이기야 하겠어?"

엄전무는 은혜의 속마음을 읽은 듯 코트의 주머니를 죄다 뒤집어 속을 보였다.

총이 없다는 제스처를 보인 다음엔 곧바로 소주를 맥주 글라스에 담아 한 번에 들이켰다. 다시 술을 채워 은혜에게 내밀었다.

"됐어요."

"그러던가."

엄전무는 은혜에게 내밀었던 술을 거둬, 자기 입에 털어 넣었다.

엄전무를 뜯어보던 은혜는 그가 생각보다 나이가 많다는 사실에 놀랐다. 송충이처럼 짙은 눈썹에는 드문드문 흰털이 섞였고, 날카로운 눈꼬리에는 굵은 주름이 골을 이루고 있었다.

"여자치고는 실력이 꽤 괜찮던데."

---

16) 미나리과에 속하는 식물인 커민의 씨를 이용해 만든 향신료.

엄전무는 상처 부위가 벌겋게 성이 난 목을 쓸어내리며 말했다.

"여자라서 괜찮은 걸로 보였다면 한참 잘못 본 거예요."

은혜는 퉁명스럽게 말하며 주변을 두리번거렸다.

이번에도 엄전무가 은혜의 생각을 읽고 선수를 쳤다.

"놈은 여기 없어."

엄전무는 온전히 양꼬치 굽는 일에 집중했다. 수동으로 레버를 돌리면 레일이 돌아가고, 레일이 돌아가면 양꼬치가 뒤집혀 골고루 살을 익혔다. 두터운 손 때문에 작고 가느다란 레버가 달린 구이 기계가 장난감처럼 조악해 보였다.

"명성의 개……. 그런 말로 자극할 필요는 없었는데."

"사실 아닌가요?"

"인정해. 아직 네가 살아있다는 것도 인정하고."

"저를 죽이려고 오늘 이 자리에 나왔군요."

"그런 건 아냐."

"비밀을 알고 있는 사람이 하나 더 느는 거, 달갑지 않을 텐데. 어쩌다 생각이 바뀌었죠?"

"생각은 똑같아. 상황이 바뀐 거지. 너보다 더 죽이고 싶은 놈이 생겼거든."

"……?"

"나를 여기에 오게 한 건 너의 협박 때문이 아냐. 비밀이 퍼지는 게 두려운 건 높으신 양반들이지. 나는 시키는 대로 하면 그만이고."

"그렇다면 왜 여길 나왔어요?"

"살인자의 개라는 말."

"……?"

"그 새끼가 왜 살인자인 건데? 누굴 죽인 거지?"

은혜는 뒷목이 서늘해졌다. 예상 밖의 일이었다. 엄전무는 모른다. 캡틴 아메리카가 누구인지.

"놈의 개 노릇을 하면서 놈이 누군지도 몰라요?"

"애석하게도……. 그러니 어서 대답이나 해."

엄전무는 양고기를 질겅질겅 씹으며 말을 이었다.

"역시 그놈이 백상아를 죽였지?"

"백상아? 백상아가 죽었어요?"

아차, 싶었지만 이미 늦었다. 은혜는 알고 있는 척해야 하는 사실을 엉겁결에 모른다고 실토하고 말았다. 갑자기 머리가 지끈거렸다.

엄전무는 은혜를 물끄러미 바라봤다.

"백상아가 죽은 것도 몰라?"

엄전무가 어이가 없다는 듯 한쪽 입꼬리를 올렸다.

식은땀이 은혜의 이마를 타고 내려왔다.

"백상아가 아니면 그 새끼가 누굴 죽였다는 거지?"

은혜는 물을 한 모금 들이켜 목을 축인 후, 말을 이었다.

"알려줄 테니, 한 가지만 말해줘요."

"……?"

"은총이와 엄마는 지금 어디 있어요?"

엄전무가 갑자기 피식 헛웃음을 지었다.

"생각해보니까 말야, 놈이 누굴 죽였는지 알 필요가 없겠어. 놈이 누구면 어때? 어차피 내 손에 죽을 텐데."

은혜는 최후의 수단을 쓸 수밖에 없다는 것을 깨달았다. 주머니에서 칼을 꺼내 엄전무의 목에 들이밀었다.

"두 사람 지금 어디 있어? 어서 말해!"

최형사와 헤어진 후 원곡동 파출소로 돌아온 경민은 만두귀를 한 남자가 낯이 익다는 생각을 떨쳐낼 수가 없었다. 어디서 봤지?

믹스 커피를 세 잔째 마시다가 소장에게 비품을 낭비한다고 뒤통수를 한 대 맞고서야 번쩍하고 기억이 떠올랐다.

마약사범으로 취조를 받았던 명성그룹 회장의 딸. 그녀가 집행유예로 풀려났을 때, 그녀를 모셔가려고 경찰서 앞에서 대기하고 있던 자가 바로 그 남자였다. 남자는 익숙하게 핸드백을 건네받고 차 문을 열었다.

달랑거리는 핸드백을 들기에는 아까운 팔뚝이라며 동료들과 비웃었던 기억이 났다.

또 명성그룹인가. 명성 쪽 사람이 왜 자폐아의 누나와 원곡동에서 육탄전을 벌인 거야?

경민은 생각을 거기에서 멈춰야 했다. 출동 명령이 떨어졌다.

"만리장성으로 당장 출동. 또 칼부림이란다."

양꼬치집이 있는 골목에 들어서자 경민은 짜증이 몰려왔다.

각종 기자재 부서지는 소리와 왁자한 외국어 욕설들이 골목 입구에서부터 그를 반겼다.

한숨을 푹 내쉰 후, 가게로 들어가려는데 인사불성이 된 여자를 부축한 남자가 곁을 스쳐 지나갔다. 술에 취한 여자를 남자가 부축해서 나가는 모양이었다.

경민은 삼단봉을 꺼내들고, 양꼬치 집으로 들어섰다.

정신이 몽롱해진 은혜는 엄전무의 부축을 받으며 어디론가 끌려가고 있었다.

십 분 전, 그녀는 칼을 빼들어 엄전무를 위협했다.

사람들의 이목이 집중되면 엄전무를 인질 삼아 가게를 빠져나갈 생각이었다.

갑자기 와장창, 요란한 소리가 들렸다.

돌아보니 스테인리스로 된 불판이 바닥에 떨어져 나뒹굴었다. 누군가 불판을 뒤집은 것이다. 그 앞에서 두 명의 중국인이 서로 삿대질을 하며 언성을 높였다. 싸움은 점점 더 심각해져, 부엌에 있는 식칼을 가져와 휘두르는 지경에 이르렀다.

우습게도 사람들은 은혜가 아닌 중국인 손님 쪽으로 모여들었다.

차라리 잘된 일이었다.

"어서 말해!"

은혜는 칼을 든 손에 힘을 줬다. 칼끝이 살짝 피부를 파고들었다.

목을 따라 흐르는 피가 전혀 위협이 되지 않는 듯, 엄전무는 담담했다.

"이래 봐야 소용없어. 나는 정말 아무것도 몰라. 네가 나를 죽여도 난 한 마디도 못 한다고."

"거짓말하지……."

갑자기 은혜가 머리를 흔들었다. 정신이 몽롱해지고 몸이 나른해졌다. 자기도 모르게 손아귀에서 힘이 빠져나가 칼을 떨어뜨렸다.

엄전무는 피식 웃으며 은혜가 마신 물컵을 들어 보였다.

"덫은 너만 놓을 줄 아는 게 아니야."

골목을 벗어나자 검정색 벤츠가 보였다.

엄전무가 은혜를 벤츠 뒷좌석에 내려놓았다. 폭신한 시트가 몸을 감싸자 더 이상 버틸 수가 없었다. 은혜는 깊은 잠에 빠져들었다.

벤츠는 원곡동을 벗어나 화려한 밤거리를 달렸다.

엄전무는 놈을 만난 이후의 일들에 대해 생각했다.

뻥튀기 장수로 변장한 놈이 남긴 지령대로 태양 유원지에 차를 주차했다. 그러나 그는 순순히 놈이 원하는 것을 가져가게 할 생각이 없었다.

엄전무는 잠복을 했다. 놈이 나타나 차를 가져갈 때 덮쳐서 노트북을 되찾을 생각이었다.

잠깐 화장실에 다녀온 게 패착이었다. 다시 돌아왔을 때, 차는 사라지고 없었다.

놈을 찾아 헤매다 유원지 주변 공터에 버려진 벤츠를 발견했다. 트렁크 속에는 두 개의 캐리어 대신 핸드폰이 하나 놓여 있었다.

마치 엄전무의 모습을 지켜보고 있기라도 한 듯, 전화를 집어 들자 이내 진동이 울렸다. 발신자 정보가 뜨지 않는 전화였다.

전화를 받자 놈이 두 번째 지령을 내렸다.

"골치 아픈 물건이 하나 더 생겼어요. 그게 해결돼야 약속한 것을 드릴 수 있을 것 같은데……. 제거하는 시간과 제거 방법은 제가 정해서 알려드리죠."

제거해야 하는 골치 아픈 물건, 그 물건이 바로 차 뒷좌석에 잠들어 있는 강은혜였다.

놈이 엄전무에게 준 핸드폰은 대포폰이었다. 대부분의 불법 사업이 그러하듯, 대포폰 판매업자는 고객의 신원을 알지 못했다.

이후 엄전무는 놈의 꼭두각시 노릇을 해야 했다.

강은혜가 백상아의 병원을 찾아갈 것이라는 것도 놈이 알려준 정보였다.

엄전무는 놈과 약속한 대로 볼링장 건물의 지하 주차장에 차를 주차했다. 주차장 관리인에게 열쇠를 맡긴 다음 승강기를 타고 그곳을 떠났다.

***

은혜를 깨운 것은 매캐한 화학약품의 냄새였다.

그녀는 힘겹게 눈을 떴다. 자꾸만 눈이 감기는 걸 참아내느라 한동안 애를 먹었다.

그녀의 시야에 제일 먼저 들어온 것은 공기 중으로 분사되는 초록색 입자였다. 누군가 스프레이 타입의 페인트를 뿌려대고 있는 모양이었다.

약에 취한 그녀는 감각이 온전치 못했다.

술에 잔뜩 취했을 때처럼 단편적 정보가 어지럽게 뒤섞였다.

새벽녘인 듯 어스름한 하늘색, 엉덩이 아래로 느껴지는 딱딱한 벤치의 감각, 멀리 반짝이는 교회의 십자가, 스프레이 특유의 화학적 냄새.

그리고 스프레이를 뿌리고 있는 남자.

입고 있는 후드 티의 후드를 둘러쓴 남자는 은혜의 의식이 돌아왔다는 것은 전혀 알지 못하는 듯, 스프레이를 바르는 작업에만 몰두했다.

저 후드를 벗기면 알 수 있겠지. 놈이 누군지.

몸은 은혜의 뜻대로 움직여 주지 않았다. 딴에는 사력을 다했지만 가위에 눌린 듯 경직된 손끝이 움찔, 작은 경련을 일으켰을 뿐이다. 하지만 은혜는 포기하지 않았다. 허수아비처럼 허우적대던 손이 후드 끝에 겨우 걸렸다.

후드를 잡아당기자 남자가 돌아봤다. 아주 천천히.

막 남자의 얼굴이 시야에 들어오려는 찰나, 스프레이의 초록색 입자가 눈에 쏟아져 들어왔다. 놈이 은혜의 얼굴에 스프레이를 뿌린 것이다.

눈을 부릅뜨려고 했지만 눈꺼풀은 은혜의 의지대로 따라주지 않았다.

갑자기 팔뚝이 따끔했다. 잠시 후, 그녀는 다시 무의식의 세계로 빠져들었다.

8

2018년 10월 15일

만두를 담은 밀폐 용기를 들고 은총이네 집 앞에 선 희자는 마음이 심란했다.

이 여자, 정말 마음이 단단히 상했나?

혜영과 희자는 성당에서 함께 봉사활동을 하며 친해졌다. 며칠 전 희자는 군대에 가는 아들에 대한 걱정을 늘어놓았다.

"너무 걱정하지 마. 요즘 군대는 인터넷도 되고, 밥도 잘 주고 그런대."

희자는 위로를 해주는 혜영에게 해서는 안 될 푸념을 하고 말았다.

"아휴, 자기 자식 군대 안 간다고 쉽게 말하는 거 아니야."

아차, 싶었지만 이미 늦었다. 은총이가 안 가고 싶어서 군대를 안 가겠는가…….

희자는 혜영이 며칠 째 연락이 되지 않고 성당도 나오지 않는 것이 자신 탓이라고 생각했다.

어떻게 화해를 할까 고민하다가 혜영이 만두를 좋아한다는 사실이 떠올랐다. 그래서 직접 만두피를 밀고, 소를 채워 만든 만두를 들고 혜영의 집을 찾은 것이다.

희자가 벨을 눌렀지만 기척이 없었다. 다시 눌러보았다. 여전히 집은 조용했다.

뭐야, 나이 든 여자가 이렇게 오래 토라지고.

샐쭉해진 희자는 속상한 마음에 투정부리듯 문손잡이를 잡아 흔들었다.

덜컹, 문이 열렸다.

"스테파니, 문이 열려 있네."

희자는 혜영의 세례명을 부르며 집으로 들어섰다.

집 안은 지나칠 정도로 깨끗하게 정리돼 있었다. 혜영이 워낙에 깔끔하긴 하지만 눈앞에 펼쳐진 청결함은 주부의 부지런함으로 만들어낸 그것과는 거리가 멀었다. 묵은 때가 싹 벗겨진 장판과 틈새 물때까지 사라진 싱크대라니.

희자는 갑자기 요의가 느껴졌다.

"스테파니, 나 화장실 좀 쓸게."

화장실에서 황급히 볼일을 본 희자는 손을 씻고 나가려다가 멈칫했다. 물이 가득 담긴 욕조 안에 비닐에 싸인 무언가가 둥둥 떠 있었다.

비닐 아래로 보이는 희끄무레한 살.

희자는 그것이 커다란 포장육이라고 생각했다. 껍데기를 벗기지 않은 통짜의 돼지.

고기 물에 담가놓으면 금방 상하는데…….

고기를 건져내려고 비닐을 끌어당기던 희자는 기겁을 하고 뒤로
물러났다.

비닐이 벗겨지자 포장육이라 생각했던 고기 덩어리가 활개를 펼
치며 물 위로 떠올랐다. 미역처럼 흐느적거리는 머리카락 사이로
부릅뜬 눈이 희자를 쳐다봤다.

***

은혜가 다시 눈을 뜬 곳은 낡고 허름한 방이었다.

낯선 공간이었지만 은혜가 혼란스러운 건 다른 이유였다. 은혜는
자신이 깨어난 곳이 어딘지 알고 있었다. 책상 위의 작은 액자 속에
서 수호가 웃고 있었다.

분명 자신은 엄전무에게 납치되었다. 그런데 지금 수호의 방에 있
다. 그 사이 무슨 일이 있었던 걸까?

은혜는 일어나 앉아 거울을 봤다. 얼굴이 깨끗했다.

얼굴에 초록색 스프레이를 뒤집어썼는데……. 설마 그게 꿈일 리
는 없었다.

마침 수호가 문을 열고 들어왔다.

"깼어? 몸은 좀 어때?"

"내가 어떻게 여기 있지? 네가 날 구한 거야?"

"구했다기보다는 놈들이 버려놓은 걸 주워왔다는 게 정확한 표현
일 거다."

은혜가 잡혀가는 최악의 상황에 대비해 수호는 은혜의 번호로 친구 찾기를 등록해두었다.

원곡동의 카페에서 은혜를 기다리고 있는데 친구 찾기 사이트에서 은혜의 위치 정보가 사라졌다. 엄전무가 핸드폰을 꺼버린 것이다.

밤새 은혜를 찾아 헤맸지만 허사였다. 더는 기다릴 수 없어서 경찰에 신고하려고 했을 때, 다시 은혜의 위치 정보가 나타났다. 위치 정보가 가리키는 곳은 수호의 집 근처에 있는 놀이터였다.

놈은 왜 은혜를 그냥 돌려보냈을까?

살인자가 원하는 것은 스크랩북이었다. 은혜는 납치 당시 스크랩북을 갖고 있지 않았다. 그러니 어떤 방법을 써서라도 은혜가 스크랩북이 있는 곳을 실토하게 하는 것이 자연스럽다. 그런데 놈은 은혜가 깨어나기도 전에 풀어줬다.

수호의 책상 위에 있는 피규어가 은혜의 시선을 끌었다.

활시위를 한껏 당기고 있는 호크 아이[17]였다.

은혜는 피규어를 살펴보다가 깜짝 놀랐다. 호크 아이의 발에 초록색 페인트가 칠해져 있었다.

"수호야, 혹시 이거 네 거니?"

"아니, 네가 가져온 거 아냐? 네 주머니에서 나왔는데."

피규어를 보고 은혜는 깨달았다. 몽롱한 의식 속에 남아 있는 흐릿한 기억이지만, 그 기억은 꿈이나 환상이 아니었다. 초록색 스프레이를 뿌리는 남자를 만난 것도, 놈의 후드를 벗긴 것도.

놈은 호크 아이를 은혜의 주머니에 일부러 넣어놓았다.

---

17) 마블 코믹스의 슈퍼 히어로. 본명 클린트 바턴. 각종 특수 화살을 보유한 뛰어난 궁수.

새로운 초나라 군사의 등판을 알리기 위해.

방문을 열고 밖으로 나서자 확 트인 동네 전경이 눈앞에 펼쳐졌다.

수호의 방은 수호의 부모님이 운영하는 목욕탕의 옥탑이었다.

옥상 옆으로 '수호탕'이라는 상호가 적힌 굴뚝이 랜드마크처럼 우뚝 솟아 있었다.

"너희 집 아직도 목욕탕 하는구나."

"아직은 손님이 있어. 적자가 심하긴 하지만……."

"부모님은?"

은혜는 심각한 표정으로 물었다.

은총이와 엄마에게 일어난 일이 다른 사람에게 알려지면 곤란했다.

"걱정 마. 여긴 나만을 위한 독립 공간이야. 외부계단으로 연결돼 있기 때문에 부모님은 내가 방에 있는지도 모르셔."

은혜를 안심시킨 수호가 갑자기 옛 추억을 끄집어냈다.

"기억나? 초등학교 3학년까지 내 별명이 때밀이 수호였잖아. 온 동네에서 다 보이는 이놈의 굴뚝 때문에……. 그러다가 4학년 때 너한테 맞고부터 별명이 바뀌었지. 여자한테 맞고 다니는 약골 박수호로."

"그러게…… 누가 은총이 놀리래?"

"기억 못 하는구나."

"……?"

"은총이 때문이 아니었어. 여자애들 노는 거 방해했다고 네가 화를 냈잖아. 다른 애들도 다 하는 장난이었는데 운이 나빴어. 너한테 맞고 그대로 기절해서 병원으로 실려가는 수모를 당하고 말았지. 그때부터였어. 은총이를 놀리기 시작한 건. 어린 마음에 너의 제일 아픈 손가락을 건드리는 게 복수라고 생각했나 봐."

"겨우 별명 때문이었어?"

"겨우? 남자들 사이에 약골이라고 놀림 받는 게 어떤 의미인지 너는 모를 거다."

나만 힘들고, 나만 피해자라고 생각했는데……. 은혜는 괜스레 미안해졌다. 지금 사과를 한다고 무슨 소용일까 싶었지만, 그래도 정식으로 말하고 싶었다.

"좀 많이 늦은 감이 있지만, 미안하게 됐다."

수호가 기다렸다는 듯 환하게 웃었다. 쏟아지는 햇살이 그의 머리카락에서 바스러지는 게 제법 보기 좋았다.

"은혜야, 할 말이 있는데……."

수호가 진지하게 입을 뗐다. 말하고 싶지만 쉽게 꺼내기 어렵다는 말머리였다.

"아이고, 어떡해. 불쌍해서 어떡해."

그때 울부짖는 여자의 목소리가 두 사람의 대화를 방해했다.

은혜와 수호는 난간으로 다가가 소리가 나는 쪽을 찾았다.

사람들이 바닥에 주저앉아 울부짖는 한 여자를 둘러싸고 웅성거렸다. 은혜의 집 앞이었다.

은혜의 집 대문에는 폴리스 라인이 쳐 있었고, 경찰들이 그 앞을 지키고 있었다.

"우리 집에 무슨 일이 있나 봐."

"혹시 엄전무가 양정호를 죽인 게 밝혀진 건 아닐까?"

"그건 아닐 거야. 놈들이 시체를 치우고, 살인 흔적까지 깨끗이 지운 걸 내가 다 확인했어."

경찰이 모여든 사람들을 돌려보냈다. 사람들이 사라지자 여자의 모습이 드러났다.

은혜는 여자를 알아봤다. 엄마와 함께 성당에서 봉사활동을 하는 희자 아줌마였다. 경찰이 희자를 일으키려고 하자 그녀는 더 크게 울부짖었다.

"불쌍해서 어떡해요. 아이고, 우리 스테파니. 아이고, 우리 요한이."

은혜의 무릎에서 힘이 빠져나갔다. 수호가 쓰러지려는 은혜를 재빨리 부축했다.

"왜 그래?"

"엄마랑 은총이 세례명이야. 스테파니랑 요한."

은혜는 이미 제정신이 아니었다. 맨발로 허위허위 계단을 내려가려는 것을 수호가 가까스로 붙잡았다.

"진정해. 놈이 아줌마랑 은총이를 이렇게 쉽게 죽였을 리 없어. 두 사람이 잘못되면 스크랩북이 경찰들 손에 들어간다는 걸 알고 있잖아."

은혜가 넋이 나간 표정으로 수호를 빤히 쳐다봤다.

"수호야, 놈이 스크랩북을 발견했나 봐."

"……?"

"내가 그걸 우리 집에 숨겼어."

은혜는 스크랩북을 숨겨놓고 수호에게 말하지 않았다. 비밀을 공유하기 싫거나 수호가 못 미더워서가 아니었다. 그편이 수호에게 더 안전하다고 판단했기 때문이다.

"벌써 한 번 뒤졌으니까 다시 찾진 않겠지. 지나치게 노출된 곳이니까 오히려 허를 찌를 수 있겠지. 그렇게 생각했는데……."

은혜의 목소리가 금세 젖어들었다. 온몸이 떨리고 있었다. 어찌할

바를 모른 채 그저 부들부들 떨고 있을 뿐이었다. 수호가 침착하게 말했다.

"아줌마랑 은총이를 죽였다면 집에 그냥 방치해놓았을 리 없어. 양정호처럼 깔끔하게……. 내가 가서 확인하고 올게. 여기서 기다리고 있어."

수호는 은혜를 평상에 앉히고 어깨에 담요를 둘러준 다음 옥탑을 내려갔다.

"마, 만두. 아니 제가…… 아들 군대를…… 아이고, 우리 스테파니 어떡해!"

112를 통해 신고를 한 중년의 여인은 상황 파악에 전혀 도움이 되지 않았다.

최형사는 한 시간 전, 시체를 발견했다는 신고를 접수하고 선부동 15-1번지에 왔다. 그는 집을 직접 보고서야 자신이 여길 와본 적이 있다는 것을 깨달았다.

선부동 15-1번지는 자폐아 강은총의 집이었다.

최형사에게 몸을 의지한 덕에 겨우 서 있던 신고자는 알아들을 수 없는 말을 내뱉다 끝내 울음을 터뜨렸다.

진정시키기 위해 비닐을 입에 대어주었다. 신고자가 고른 숨을 쉬는 걸 확인하고 나서야 최형사는 그녀에게서 풀려나 시체를 살펴볼 수 있었다.

시체는 모두 두 구였다.

욕조 안에 둥둥 떠 있는 여자와 김치 냉장고 안에서 웅크린 채 얼어붙은 남자.

살이 물에 불거나 얼어붙었지만 신원을 파악하지 못할 정도는 아니었다.

두 시체는 모두 최형사가 아는 사람이었다.

수사 노트를 꺼내 양정호, 백상아 실종사건을 기록한 페이지를 펼쳤다.

실종된 두 사람이 시체가 되어 돌아왔다.

백상아의 목에 있는 자상과 양정호의 가슴에 있는 총상이 결정적 사인인 듯했다.

"살해 도구가 나온 것 같습니다."

집주변을 수색하던 경찰이 비닐에 싸인 무언가를 들고 나타났다. 장독에서 꺼낸 듯 간장이 흘러내리는 비닐 안에는 폴딩 나이프 하나가 들어 있었다.

손잡이에 양각으로 새겨진 '한국대학교 산악회'라는 글자 위로 지문이 또렷했다.

사건현장을 살피러 간 수호가 옥탑으로 돌아왔다.

시체가 은총이와 엄마가 아니라 백상아와 양정호라는 말을 듣고 은혜는 바닥에 털썩 주저앉았다.

"도대체 왜…… 양정호랑 백상아의 시체를 우리 집에다 가져다 놓은 거지?"

은혜는 살인자의 의중이 조금도 짐작되지 않았다.

"글쎄, 하나는 확실하지 않을까? 놈이 스크랩북을 가져간 건 아니라는 거."

"스크랩북을 되찾아와야겠어. 저대로 두면 경찰에게 발견될 수도 있잖아. 그렇게 되면 내가 먼저 협상의 조건을 깨는 게 돼."

협상의 조건. 그것은 은혜가 놈을 경찰에 신고하지 않는 한, 은총이와 엄마를 해하지 않는다는 것이었다. 스크랩북이 경찰의 손에 들어가면 놈이 인질들을 살려둘 이유가 없어진다.

"그렇긴 하지만 경찰들이 지키고 있잖아. 어떻게 스크랩북을 가져오지?"

"걱정 마. 우리 집이잖아. 몰래 들어갈 수 있어."

은혜는 수호가 챙겨놓은 편의점 샌드위치를 먹은 후, 스크랩북을 찾으러 나섰다.

수호가 함께 가려고 했지만 은혜는 수호의 동행을 원치 않았다. 혹시라도 그녀가 경찰에 잡히면 수호가 계속 은총이를 찾아주길 바라는 마음에서였다.

옥상에 혼자 남은 수호는 은총이의 피터 래빗 동화책을 만지작거렸다.

은혜가 깨어났을 때, 어렵사리 말문을 열었지만 차마 하지 못한 말은 이 동화책에 대한 것이었다. 동화책 속에는 은총이가 피터 래빗을 좋아하는 이유와 은총이가 이루고 싶은 소망이 고스란히 담겨 있었다.

동생에 대해 무지했던 것을 후회하는 은혜에게 이 책은 또 하나의 죄책감이 될 것이다. 아니 죄책감을 넘어 감당할 수 없는 슬픔이 될 것이다.

나중에 보여줘도 돼. 은총이와 엄마를 구한 다음에.

갑자기 바람이 불어왔다. 수호가 방으로 들어가려는데 바람 때문에 평상 위에 놓아두었던 동화책의 책장이 차르르, 넘어갔다. 펼쳐진 페이지에는 종이 한 장이 꽂혀 있었다. 수호가 종이를 집었다.

동그랗고 커다란 원, 그 원을 피자 조각처럼 나누는 수 많은 선들, 선 끝에 적힌 숫자들. 종이는 은총이의 생활 계획표였다.

글을 모르는 은총이를 위해 어머니가 칸칸이 그려 넣은 그림이 귀여워 피식 웃고 있는데, 수호의 눈에 아연한 느낌표가 떠올랐다.

수호가 주목한 것은 오후 네 시에 그려져 있는 햄버거 그림이었다.

은총이의 강박적이고 규칙적인 일상에 대해 은혜에게 들은 적이 있었다. 은총이는 아침에 일어나 늘 똑같은 제품의 치약으로 이를 닦고 EBS에서 방송하는 만화를 본 후 등교를 한다고 했다. 귀가 전 롯데리아에 들러 불고기 버거를 먹고 집에 돌아와 디즈니 채널의 만화를 봤다.

롯데리아에 불고기 버거가 떨어진 날이나 올림픽 방송 때문에 만화가 결방하는 날이면 하루 종일 불안해하는 동생을 달래느라 진이 빠진다고도 했다.

생활 계획표에 그려진 햄버거 그림은 흘려들었던 배달대행업체 직원의 말을 새삼 떠올리게 했다.

"산 중턱 그 큰 집에 혼자 사는 것도 소름끼치는데, 마당에 동물 시체 같은 게 있더라니까요. 맨날 피클 뺀 페페로니 피자만 먹더니 오늘은 무슨 변덕인지 롯데리아 햄버거를 주문했어요. 놈도 인간이긴 한 거죠."

은혜를 마냥 기다리며 가만히 있을 수는 없었다. 수호도 은총이와 어머니를 위해 자신이 할 수 있는 일을 해보기로 했다.

수호는 옥탑을 내려와 차에 올라탔다. 배달대행업체 직원에게 전화를 해서 롯데리아 햄버거를 시켰다는 수상한 고객의 주소를 알아낸 다음 내비게이션에 기입했다.

늘 피자를 먹던 자가 어느 날 햄버거를 먹었다는 이유로 살인자라고 몰아갈 수는 없다. 하지만 살다보면 '혹시'가 '역시'가 되는 경우가 종종 있었다.

수호는 자신의 '혹시'가 '역시'인지 아니면 헛된 망상일 뿐인지, 직접 확인해보기로 했다.

집을 나선 차는 도심을 지나 산길로 접어들었다. 낮인데도 나무 그늘이 드리워 어둑한 곳이 많았다. 수호는 긴장을 풀기 위해 애써 은총이의 피터 래빗에 대해 생각했다.

옛날 옛날에 아기 토끼 네 마리가 살았어요. 이름이 플롭시, 몹시, 코튼테일과 피터라는 토끼였지요. 그 토끼들은 엄마와 함께 아주 커다란 전나무 밑동에 있는 모래언덕에서 살았어요.

로봇이나 자동차 장난감으로 유년기를 보낸 수호에게 토끼 캐릭터를 그토록 오랫동안 좋아하는 은총이의 취향은 공감하기 힘든 것이었다.

하지만 이제 수호는 안다. 피터 래빗이 어떻게 은총이의 마음을 사로잡았는지. 은총이의 동화책은 서점에서 누구나 만날 수 있는 피터 래빗이 아니었다. 그것은 은총이 단 한 사람만을 위한 특별한 피터 래빗이었다.

***

"애들아."

어느 날 아침 엄마 토끼가 말했어요.

"들판이나 오솔길에서는 놀아도 되지만 절대로 맥그레거 아저씨네 집 정원에 들어가서는 안 된다. 아빠가 거기 갔다가 사고를 당했거든."

혜영은 무릎을 베고 누운 아들의 머리를 쓰다듬며 동화책의 내용을 암송했다.

개 목줄이 목을 옥죄는 탓에 거칠었던 은총이의 숨결도 혜영의 이야기가 시작되자 한결 차분해졌다.

혜영의 머릿속에는 피터 래빗의 모든 문장과 삽화가 들어있었다. 오랜 세월 은총이가 잠들 때마다 읽어준 반복의 결과였다.

"맥그레거 아저씨의 트럭에 치여 아빠가 크게 다치고 말았지 뭐니."

토끼의 말을 구연동화처럼 표현하며 혜영은 아들의 손을 꼬옥 잡았다.

은총이가 유난히 듣기 힘들어하는 부분이었다. 토끼가 트럭에 치였다는 내용에서 은총이는 죽은 아빠를 떠올렸을 것이다.

은총이는 모른다. 피터의 아버지가 차 사고로 다친 게 아니란 것을.

'맥그레거 아저씨가 아빠를 파이로 만들어버렸지 뭐니.'

사실 아빠 토끼는 정원에 들어갔다가 농부의 손에 잡혀 토끼 파이가 되고 만다.

 그것이 원작의 내용이었다. 혜영은 이 대목을 한 번도 알려준 적이 없었다.

 "피터는 커다란 전나무 밑에 있는 집에 다다를 때까지 절대로 절대로 멈추지도, 뒤돌아보지도 않고 내리 달렸어요. 피터는 너무 지쳐서 토끼굴 바닥에 있는 포근하고 부드러운 모래 위에 벌러덩 쓰러져 눈을 감았어요. 엄마 토끼는 요리를 하느라 분주했어요."

 피터의 위험천만했던 정원 탐험은 어느새 끝이 났고 이야기는 마지막에 다다랐다.

 은총이는 눈을 동그랗게 뜨고 마지막 문장을 기다렸다.

 어서 그 문장을 읽어 달라는 듯, 그 문장을 듣지 않으면 잠을 이룰 수 없다는 듯.

 "잠시 후 문이 열리고 파란 재킷을 입은 토끼 한 마리가 나타났어요. 아빠 토끼였어요. 그 동안 차 사고로 다친 몸을 치료하느라 집에 오지 못했대요. 플롭시, 몹시, 코튼 테일 그리고 피터는 아빠 토끼의 품에 안겼어요. 참 행복한 밤이었어요."

 은총이는 마지막 결말을 듣고서 안도한 듯 한숨을 내쉬었다. 피터의 아빠처럼 은총이의 아빠도 돌아오리라는 믿음에서 나온 안도였다.

남편의 죽음을 목격했을 때 아들은 어렸다. 현실과 꿈을 혼동하고, 산타와 요정을 믿었다.

가족의 죽음을 받아들이기에 다섯 살은 잔인하면서도 편리한 나이였다.

혜영은 출판 일을 하는 동생에게 부탁해, 단 한 사람을 위한 피터래빗을 제작했다. 마음이 포근해지는 따뜻한 삽화도 피터가 엄마의 당부를 어기고 정원 탐험을 한다는 내용도 원작과 똑같았다.

혜영이 각색한 것은 두 가지 내용이었다.

아빠 토끼가 파이가 된 게 아니라 교통사고가 났다는 것과 아빠 토끼가 죽지 않고 다시 가족의 품으로 돌아온다는 해피엔딩.

동화로 심어준 거짓말이 얼마나 잔혹한 희망 고문인지 혜영은 알고 있다.

그러나 혜영은 바랐다. 은총이가 차가운 현실이 아닌 따뜻한 허구 속에서 영원히 살아가기를.

암송을 마치자 아들은 거짓말처럼 잠이 들었다.

혜영은 건조해진 목을 축이기 위해 물을 찾았다.

악마는 물, 요강, 간단한 요깃거리, 각종 비상약품 등을 한껏 손을 뻗으면 겨우 닿을까 말까 한 거리에 놓아두었다. 놈은 혜영이 필요한 것을 얻기 위해 바둥거리는 것을 즐거워하며 지켜봤다. 목줄에 쓸린 살갗은 피딱지와 멍이 들어 성한 부위를 찾아볼 수 없었다.

혜영은 생수병 뒤에 있는 성경책을 발견했다. 성경책 위에는 '선물'이라고 적힌 접착식 메모지가 붙어 있었다.

혜영은 성경책을 향해 한껏 손을 뻗었다. 숨이 막혀 하늘이 노래지고 목줄이 피부 깊숙이 파고드는 고통을 겪은 후에야 성경책을 손에 넣을 수 있었다.

책을 펼치자 성경책을 손에 쥔 기쁨은 저주로 바뀌었다.

성경책의 가죽 양장 뒤에 사진이 붙어 있었다. 은총, 은혜, 혜영. 세 사람의 다정한 일가족 사진이었다. 사진 아래는 다음과 같은 말이 적혀 있었다.

네 번째 살인 플랜 – 장애아 가족 살인사건

피살자: 모혜영, 강은총

살해자: 강은혜. 가족을 모두 살해 후 스스로 목숨을 끊음

***

은혜는 구경꾼들을 피해 집의 뒤쪽으로 숨어들었다.

예상대로 이목은 사건현장에 집중되어 있었다.

몰래카메라를 통해 살인자에게 선전포고를 하던 날. 은혜는 카메라와 도청장치를 폐기 처분한 다음, 세 번째 비밀 장소인 다락방에 들어가 보았다. 혹시 그곳에도 은총이나 양정호가 남겨놓은 것이 있지 않을까, 해서였다.

다락은 진열대와 붙박이형 금고가 한쪽 벽을 차지하고 있을 뿐, 휑했다.

그녀는 금고를 보자 이곳이 스크랩북을 숨기기에 최적의 장소라고 생각했다. 금고에 스크랩북을 넣은 후, 가벽의 벽지를 다시 붙여 드나든 흔적을 없앴다.

은혜는 집 뒷면을 꼼꼼히 살펴봤다. 오랜 세월을 살아온 집이지

만 뒷면을 이렇게 자세히 살펴보긴 처음이었다.

얼기설기 엮인 이웃집의 배관, 그 배관과 일 미터 거리 내에 있는 이층 난간, 이층 벽에 오돌도돌 양각으로 박아놓은 자갈돌, 박공지붕 위로 뚫린 다락방의 창, 오래돼 헐거워 보이는 다락방의 나무 창틀.

경찰에게 들키지 않는다면 다락방으로 잠입하는 것은 어렵지 않아 보였다.

물론 예상치 못한 일이 일어날지도 몰랐다. 이웃집 배관에 매달렸는데 담배를 피우러 나온 이웃과 눈이 마주치거나, 이층 난간으로 손을 뻗다가 실패해서 담장 위 도둑 방지용 철침에 떨어질 수도 있었다. 벽에 박힌 자갈돌을 암벽 등반 홀더처럼 지지하고 올라가려다 악력이 부족해 미끄러지거나, 지붕 위 오지기와가 떨어져 경찰의 시선을 끌게 될지도 몰랐다.

운이 좋았는지 휴대용 칼을 지렛대로 이용해 낡은 창틀을 부수고 다락에 잠입하기까지 어떤 부정적인 변수도 생기지 않았다.

다락방에 들어간 그녀는 먼저 가벽에 귀를 대고 바깥의 동태를 살폈다. 아무 소리도 들리지 않았다.

이층에 사람이 없음을 확인한 은혜는 금고 앞에 앉아 다이얼을 돌렸다.

살인자가 스크랩북을 가져갔을 리가 없다고 생각하면서도 비밀번호의 끝이 다가올수록 왠지 불안했다.

딸깍, 금고문이 열리자 금고 속을 지키고 있던 스크랩북이 드러났다.

스크랩북을 가방에 집어넣는데 갑자기 소리가 들렸다.

똑똑똑, 누군가 다락으로 통하는 가벽을 두드리는 소리였다.

은혜는 몸을 낮추고 숨을 죽였다.

***

확증 편파적 수사라고? 그걸 말이라고…….

사건현장인 은총이의 집에 다시 들어서는 최형사는 아직 분이 가시시 않았다. 경민이 전화로 한 말이 그의 머릿속에서 떠나질 않았다.

살해 도구에 찍힌 지문의 주인이 밝혀지면서 수사는 급물살을 탔다. 용의자 체포 작전을 세우고, 실종자 가족에게 연락하고, 언론에 유포할 자료를 만들었다. 그렇게 바쁜 와중에 왜 경민이 그놈이 건 전화를 받았을까!

경민은 수사 경과를 이미 전해 들었는지 전화를 받자마자 다짜고짜 따지고 들었다.

"이상하지 않습니까? 시체를 전시하듯 욕조에 담가놓은 것도 모자라 형사님, 어서 오십시오, 하고 현관문을 열어났다는 게."

파출소 일이나 열심히 하라고 윽박지르고 싶은 걸 꾹 눌렀다.

"당황해서 정신이 없었겠지. 중요한 건 증거야. 발견된 칼은 백상아의 목에 난 자상과 일치해. 그 칼에 범인의 혈흔과 지문이 발견됐고."

"그것도 이상하잖아요. 증거를 은폐하려고 했으면 지문부터 지웠어야지. 지문이랑 혈흔이 묻은 칼을 비닐에 고이 싸서 버려요?"

"그래서 하고 싶은 말이 뭔데?"

"지금 확증 편파적 수사를 하고 있는 건지도 모른다고요."

경민은 조심스럽지만 확실한 어조로 말했다.

확증 편파. 그 단어는 수사를 진행 중인 동료 형사에게 해서는 안 될 말 중 하나였다.

확증 편파라는 네 글자를 길게 풀어쓰면 '너 지금 범인을 누구다, 못 박아놓고 거기에 맞는 증거만 수용하고 있어. 되게 엉터리 수사야' 정도 될 것이다.

지문감식 결과, 피살자와의 유관성, 의심스러운 행적 따위만을 고려했을 뿐, 일관되지 못한 용의주도함, 설명되지 않는 동기, 또 다른 범인이 있을 가능성 등은 살피지 않았다는 말이기도 했다.

최형사가 현장을 다시 찾은 것은 단지 경민의 말이 마음에 걸려서만은 아니었다. 확증 편파를 지적하는 경민의 말투에서 기시감이 느껴졌다.

'제3의 점'의 존재를 알려줄 때 양정호의 말투도 그러했지. 드러나는 것만 보지 말고 아무리 하찮고 무용한 것이라도 잘 살펴달라며 최형사의 손을 잡았다.

양정호의 시체를 보고, 잠깐 그런 생각을 했다.

육 개월 전의 살인사건을 조사할 때 뭔가 빠진 게 있었던 것은 아닐까? 그 결과 양정호가 김치 냉장고 속에 웅크린 채 발견된 것은 아닐까?

현장은 잘 보존돼 있었다.

시체가 있던 자리에 하얀 현장보존선이 그려진 것 외에는 처음 신고를 받고 달려왔을 때와 달라진 게 없었다.

최형사는 현장조사 때 찾지 못한 그 무엇을 찾기 위해 집 안을 꼼꼼히 살펴보았다.

일층을 다 살피고 이층으로 올라온 최형사는 이층이 생각보다 좁다는 사실을 깨달았다. 방 하나와 화장실 하나라. 건물 외관은 훨씬

커보였는데…….

똑똑똑, 벽을 두드려 보았다. 합판으로 만든 가벽인 듯했다.

그때 핸드폰 벨소리가 울렸다. 최형사에게 걸려온 전화였다. 동료 형사가 양정호와 백상아의 가족이 시체를 확인하기 위해 서에 왔다는 사실을 알려왔다.

최형사는 피해자 가족을 만나기 위해 서둘러 발길을 돌렸다.

계단을 절반쯤 내려갔을 때, 다시 벨소리가 들렸다.

왜 자꾸 전화하는 거야. 최형사가 귀찮은 듯 핸드폰을 꺼냈다.

최형사의 핸드폰은 잠잠했다. 소리는 가벽 너머에서 나는 것이었다.

잠시 후, 소리가 끊겼다. 누군가 황급히 전화를 끊어버린 것처럼.

은혜는 멀어지는 발소리를 듣고 한시름 놓았다.

누군지 모르지만 핸드폰을 받은 후 돌아간 것을 보면 급한 일이 생긴 모양이었다. 잠시 후, 또 다시 핸드폰 벨소리가 들렸다. 이번엔 자신의 핸드폰이었다. 황급히 수신거부를 했지만 이미 늦었다.

발소리가 다시 가까워졌다. 잠시 후, 발소리가 멈추자 가벽이 덜 컹거렸다.

누군가 벽을 밀고 있었다.

벽 너머에 있는 자가 조금만 눈썰미가 좋다면 벽이 문의 기능도 갖고 있음을 알게 되리라.

은혜가 창으로 빠져나가려는 찰나, 미처 제대로 채우지 못한 가방의 지퍼 사이로 스크랩북이 떨어졌다.

그녀는 어쩔 수 없이 다시 다락방으로 들어가 스크랩북을 집어 들었다.

순간 벽지 뜯어지는 소리와 함께 문이 열렸다.

은혜는 황급히 문 옆에 몸을 바짝 붙였다. 운이 좋으면 열리는 문에 가려 모습을 들키지 않을 수도 있었다.

한 남자가 안으로 들어섰다. 남자는 은혜가 며칠 전에 만났던 최형사였다.

최형사가 다락을 천천히 돌아봤다. 부서져 덜컹거리는 창틀에 한 번 시선을 줬을 뿐, 예상대로 문 뒤쪽은 신경을 쓰지 않았다.

최형사가 나가려는데 아래층에서 목소리가 들려왔다.

"최형사님, 이층에 계세요?"

"무슨 일이야?"

최형사가 일층까지 들리도록 크게 외쳤다.

"이상한데요, 핸드폰 추적 결과 용의자가 이 집에 있는 것 같답니다."

"이 집에 용의자가 왜 있어? 이 집에는 경찰……."

최형사는 말을 끝맺지 못했다.

은혜는 깨달았다. 자신의 발이 문아래 삐죽 튀어나와 있었음을. 그리고 지금 최형사의 시선이 자신의 발에 머무르고 있다는 것도.

은혜는 문을 힘차게 밀쳤다. 최형사가 문짝에 맞아 휘청거렸다.

은혜는 최형사의 팔을 비틀어 뒤에서 제압한 후, 턱 밑에 칼을 들이밀었다.

일층에 있는 경찰이 다시 말을 걸어왔다.

"최형사님, 괜찮으세요?"

은혜가 협박의 의미로 칼로 목에 바투 갖다 댔다.

"어, 별거 아냐. 좀 있다 내려갈게."

바깥에서 들려오던 인기척이 사라지자, 은혜가 나지막이 말했다.

"조용히 총을 꺼내 바닥에 놔요."

"우리 이러지 말고 말로 하지."

은혜는 칼을 지그시 눌렀다.

"어서 시키는 대로 해요."

최형사는 천천히 홀스터에서 총을 꺼내 내려놓았다.

은혜는 총을 발로 차버린 후, 말했다.

"수갑 꺼내요. 한쪽은 형사님 팔목에 다른 한쪽은 진열대 기둥에."

최형사는 은혜의 말에 따르는 척 수갑을 꺼내다가, 갑자기 힘껏 뒤통수 박치기를 했다.

이마를 세게 부딪치자 은혜가 휘청거렸다. 이번에는 최형사가 은혜의 팔을 비틀어 벽에 밀쳤다. 그는 수갑을 꺼내며 말했다.

"살인 용의자가 경찰이 가득한 현장에 들어오다니 참 용감하기도 하네."

"살인 용의자요? 제가 누굴 죽였죠?"

"몰라서 물어? 백상아랑 양정호, 네가 죽였잖아."

최형사의 말투는 확신으로 가득 차 있었다.

그제야 은혜는 새롭게 등판한 초나라의 군사가 누구인지 알 것 같았다. 호크 아이는 경찰을 의미하는 것이었다. 살인자가 은혜를 납치했던 것은 단지 그녀의 지문과 혈흔을 채취하기 위해서였으리라.

은혜는 조심스럽게 왼손을 뻗었다. 창틀을 부술 때 깨진 유리가 진열대에 떨어져 있었다.

은혜는 큰 유리조각을 집어든 뒤, 최형사의 허벅지를 찔렀다.

최형사의 입에서 비명이 터져 나왔다. 비명 소리에 경찰들이 모여들었다.

은혜는 주먹으로 최형사의 얼굴을 가격해 완전히 쓰러뜨린 후, 다락 창문을 통해 지붕으로 올라갔다.

경찰들은 벌써 이층 베란다로 몰려나와 지붕 아래를 둘러쌌다.

마을 사람들은 폴리스 라인을 넘어 들어와 이 사태를 구경하고 있었다.

어머, 저거 은총이 누나 아냐? 그 집 나갔다던? 쟤가 범인이야?

은혜는 현기증이 일었다. 높은 곳에 있기 때문인지 사람들이 지껄이는 소리 때문인지 알 수 없는 어지러움이었다.

경찰들이 지붕을 타고 오르기 시작했다.

은혜는 기와를 뽑아 던졌다.

사람들이 소리를 질렀다.

지금 이 순간, 퇴로는 하나였다.

은혜는 몸을 웅크렸다 용수철처럼 펴며 공중으로 몸을 날렸다.

두 가지 중, 하나의 일이 곧 일어날 것이다. 집 뒷길에 쌓아놓은 음식물 쓰레기 봉지 위에 떨어지거나, 시멘트 바닥에 떨어져 발목이 바스러지거나.

잠시 후, 픽 하는 소리와 함께 몸이 어딘가에 닿았다.

동시에 음식물 쓰레기 냄새가 터져 나왔다.

경찰들이 오물을 뒤집어쓴 은혜를 향해 총을 쏘았다. 탕, 한 번의 경고용 공포탄이 하늘로 쏘아졌다.

탕, 두 번째 실탄이 은혜를 향했다.

쓰레기 더미에서 일어난 은혜는 무작정 달렸다.

동네 골목이 어떻게 이어지는지 손바닥 보듯 훤한 덕에 어디로 움직여야 할지 이미 머릿속에 그려져 있었다.

동네 놀이터를 지나갈 때쯤 핸드폰이 울렸다.

핸드폰은 지금 추적되고 있었다. 전화를 받지 않고 꺼버리려다 멈칫했다.

이 번호, 다락에 숨어 있을 때 걸려왔던 그 번호잖아.

"누구시죠?"

은혜는 날카롭게 쏘는 말투로 전화를 받았다.

공격적인 말투에 당황했는지 잠시 조용하던 전화기에서 앳된 목소리가 들렸다.

"헐크 님? 저 스파이더맨인데요."

***

수호는 파란색 대문 앞에 서서 집 안쪽의 동태를 살폈다.

명구라는 배달원이 말한 대로 집 앞에는 '넣어두고 가라'라고 적힌 배달물품 보관함이 있었다.

삼십 분이 지나도 인기척이 느껴지지 않았다.

수호는 차 트렁크에서 드론을 꺼내와 파란 대문 집의 상공으로 띄웠다. 부모님 몰래 할부로 구입한 드론을 이런 용도로 쓰게 될 줄은 몰랐다.

컨트롤러의 모니터를 통해 본 집 안의 풍경은 스산했다.

암막 커튼이 드리운 창에는 철창살이 박혀 있었고, 현관과 뒷문은 밖에서 잠그는 자물쇠로 잠겨 있었다. 앞마당에 깔린 검은 천막 천도 어딘지 모르게 음침했다.

아주 찰나의 순간, 수호는 드론이 언뜻 스쳐간 세탁기에서 익숙한 무엇인가를 보았다.

드론을 조종해 세탁기 안을 다시 들여다보았다. 엉켜 있는 빨래들 사이로 귀를 쫑긋 세운 피터 래빗이 얼굴을 내밀고 있었다.

은총이의 옷이었다.

***

주택가를 벗어나기 전, 은혜는 핸드폰을 야쿠르트 판매원의 전동카트 속에 집어넣었다. 판매원은 골목 구석구석을 누비고 다닐 것이다. 경찰들이 계속 핸드폰 위치 추적 정보를 믿는다면, 그녀가 여전히 동네를 헤매고 있다고 오판할 것이다.

주택가를 벗어나 아파트 단지를 지나자 화랑 유원지가 넓게 펼쳐졌다.

은혜는 트랙에서 조깅을 하는 무리에 섞여들어 갔다. 트랙을 절반쯤 돌았을 때, 공중전화 부스가 보였다.

부스로 들어가 동전을 투입구에 넣고 기억해둔 스파이더맨의 번호를 눌렀다.

스파이더맨은 전화를 받자 사과부터 했다.

"연락이 늦어서 죄송해요. 중간고사 기간이라."

스파이더맨은 자신이 중학생이라고 했다.

"블랙 팬서 님이 사망했다니 무슨 말씀이신가요? 설마 진짜 죽었다는 건 아니죠?"

중학생 소년에게 양정호의 죽음을 알릴 수는 없었다.

"스파이더맨 님, 제가 지금 긴 이야기를 할 여유가 없어요. 은총이, 아니, 아이언맨의 일기를 분석한 데이터가 있나요? 있다면 저에게 좀 보내주시겠어요?"

"있죠. 블랙 팬서 님이 컴퓨터공학과 형에게 부탁해서 프로그램을 만드셨어요."

"프로그램을요?"

"네, 파파고 같은 거예요. 아이언맨 님의 언어를 번역하는……. 색깔 언어를 넣으면 글자로 바뀌고, 글자를 넣으면 색깔 언어로 변환돼요. 자주 사용하는 단어들은 대충 기억하지만 아이언맨 님 색깔 언어의 양이 워낙 방대해서 다는 기억할 수가 없거든요."

"그걸 좀 저에게 보내주세요."

"싫어요."

소년은 단호했다.

"네?"

"헐크 님이 누군 줄 알고 보내죠? 블랙 팬서 님이 그랬어요. 누군가 그걸 달라고 할 수도 있다고. 블랙 팬서 님이 허락하지 않으면 그걸 줘선 안 된다고."

스파이더맨의 말에 은혜는 갑갑증이 몰려왔다.

"상황이 급해요. 아이언맨을 구해야 해요. 저는 아이언맨의 누나입니다."

푸웁, 전화기 너머에서 갑자기 웃음이 터졌다.

"학교 정수기에 개구리를 풀었다는 그 누나요? 아침마다 양말을 짝짝이로 신고 나간다는 그 누나 맞아요?"

은혜는 은총이를 놀리는 아이들이 미워 정수기에 개구리를 넣었다. 양말은 손에 잡히는 대로 신는 거다. 짝이 맞고 안 맞고는 중요치 않았다.

"그걸 어떻게?"

"아이언맨 님 일기에 다 나와요."

은총이는 정말 많은 걸 일기에 기록한 모양이었다. 그런 시시콜콜한 내용까지.

"진짜 누나라면 증명해봐요. 아이언맨 님이랑 만든 손짓 언어, 알죠? 그중에 볼을 꼬집는 행동이 무엇을 의미할까요?"

상대가 살인 용의자로 쫓기고 있다는 것을 알 리 없는 철없는 중학생은 은혜에게 수수께끼를 내며 즐거워했다.

"미안해. 볼을 꼬집는 것은 미안하다는 뜻이에요."

은혜가 '미안해'라는 뜻으로 볼을 꼬집으면, 은총이는 '괜찮아'라는 뜻으로 머리를 쓰다듬었다.

겨우 한 가지 질문으로 헐크를 신뢰하게 된 스파이더맨은 프로그램을 이메일로 보내주며 쫑알쫑알 많은 이야기를 늘어놓았다.

퍼즐 마니아인 소년은 에니그마에서 우연히 양정호가 낸 문제를 접하고 흥미를 느꼈다. 소년은 순수하게 암호 해독에만 참여했을 뿐, 그 이상의 어떤 정보도 알지 못했다. 호기심 많은 소년이 살인사건에 대해 물었으나 양정호가 사실을 알면 위험해질 수 있다며 알려주지 않았다고 한다. 이후에 블랙 위도우와 비전이 회원으로 가입했지만 소년은 그들이 누군지 몰랐다.

소년과의 통화를 끝낸 은혜가 공중전화 부스에서 나오자 한 남자가 오토바이에 걸터앉아 통화를 하고 있는 게 눈에 띄었다.

검은 선글라스, 검은 가죽 재킷, 검은 가죽 부츠.

은혜는 남자를 유심히 보며 그에게 다가갔다.

그녀의 시선을 끈 것은 영화배우 같은 남자의 스타일이 아니었다. 그녀가 주목한 것은 그의 핸드폰과 성능 좋아 보이는 슈퍼바이크였다.

***

산 속에 있는 파란 대문 집은 유난히 담이 높았다.

수호는 담 안쪽까지 가지를 드리운 커다란 나무를 타고 안으로 들어가기로 했다.

발이 자꾸 미끄러지고 연약한 허벅지가 후들거렸다.

이런 일에는 은혜가 제격인데. 이 중요한 순간에 그녀는 왜 전화를 안 받을까?

십 여분을 씨름한 끝에 수호는 담장 안에 걸린 나뭇가지에 다다를 수 있었다.

가지에 매달린 채 손을 뻗어 마당에 있는 다른 나무로 옮겨 가려고 하는 찰나, 수호의 체중을 이기지 못한 가지가 툭, 부러졌다.

수호의 몸이 마당에 깔린 검은 천막천 위로 떨어졌다.

딱딱하리라는 예상과 달리 천막천은 폭신했다. 천 아래 물컹한 무엇이 수호의 몸을 받쳤다. 동시에 천막 아래에서 끈적한 액체가 배어 나와 옷을 적셨다.

몸을 일으키고 천막을 걷어본 수호는 욕지기가 치솟았다.

그 자리에 주저앉아 속엣 것을 다 게워내야 했다. 수호가 본 것은 지옥이었다. 천막 아래에는 짐승들의 사체가 가득했다. 짓이겨진 상처 위로 구더기가 버글거렸다.

수호는 비틀비틀 일어나 집으로 다가갔다.

"어머니, 은총아. 저 수호예요. 목욕탕 집 박수호."

"수호?"

희미한 응답이 돌아왔다.

하수구를 통해 올라오는 아래층의 소음처럼 아련하게 울리는 소리였다.

"수호야, 수호야!"

혜영의 목소리였다.

"조금만 기다리세요."

주변을 둘러봤다. 천막이 날아가지 않도록 눌러놓은 돌덩이가 보였다.

돌덩이를 집어든 수호가 자물쇠를 깨기 시작했다.

탕탕탕.

몇 번 두드리지 않아 자물쇠가 부서졌다. 끼이익, 문이 열리며 살인자의 집이 속내를 드러냈다.

안으로 막 발을 내딛으려는데 둔탁한 소리가 들렸다. 수호의 머리가 멍해졌다. 뭔가가 정수리에서 귀밑으로 흘러내렸다. 손으로 귀밑을 더듬어본 수호는 그게 피라는 걸 알았지만, 더 이상 서 있을 수가 없었다. 그 자리에 쓰러져 정신을 잃었다.

쓰러진 수호를 내려다보고 있는 자는 총을 들고 있는 엄전무였다.

두 발의 총알이 수호의 가슴에 박혔다.

9

은혜가 탄 슈퍼바이크가 고잔동 신도시에 있는 호수공원으로 시원하게 미끄러져 들어갔다.

바이크를 세운 뒤 헬맷을 벗은 은혜는 사람들의 시선을 피할 수 있는 장소를 찾기 위해 두리번거렸다.

지금쯤 경찰들은 은혜가 바이크를 훔쳐 탄 것을 알고, CCTV를 살피기 시작했을 것이다.

은혜는 CCTV 카메라의 시야를 가리는 커다란 나무 아래 자리를 잡았다.

스크랩북을 가방에서 꺼냈다. 오토바이 주인에게서 뺏은 스마트폰으로 이메일에 접속한 후, 스파이더맨이 보낸 프로그램을 다운받았다.

은혜는 사건 당일인 4월 15일의 일기에 있는 색깔들을 프로그램에 기입했다.

변환을 누르자 번역된 문장이 나타났다.

낮에 만난 분홍 압정 아저씨가 장소희 선생님과 아저씨를 야구방망이로 때렸다.

은총이는 살인을 목격한 게 분명했다. 하지만 살인자에 대한 정보는 분홍 압정이 유일했다. 분홍 압정만으로는 살인자가 누군지 알 수 없었다.

최형사를 만났을 때, 은총이가 스케치북에 그림을 그렸다고 했다. 그날의 일기에 범인의 정체를 밝혀 놓았을지도 모른다.

은혜는 은총이가 성당에서 최형사를 만났던 날의 일기를 찾아, 번역해보았다.

분홍 압정 아저씨가 장소희 선생님을 피나게 했다고 했다.
그런데도 형사 아저씨는 왜 아무 말도 하지 않느냐고 화를 냈다.
엄마가 장소희 선생님을 야구 아저씨가 죽였다고 말했다.
이상하다. 분홍 압정 아저씨는 야구 아저씨가 아닌데.

최형사를 만난 날의 일기에도 범인에 대한 구체적인 언급은 없었다. 그날의 일기에서 확인할 수 있는 것은 양기호가 범인이 아니라는 것뿐이었다.

마음이 급해진 은혜는 거칠게 스크랩북을 넘겼다. 무엇이라도 살인범에 대한 정보를 찾아야 했다.

그녀의 거친 손길 탓에 스크랩북 사이에서 명함 하나가 떨어졌다.

죽은 김진철에게 원한을 가진 사람을 찾기 위해 만났던 CCTV 관제센터 직원의 명함이었다. 아무 생각 없이 받아, 대충 챙겨놓았었지.

안산시 통합관제센터 통합관제실 실장 고민준

직책과 이름이 적힌 명함의 앞면을 뒤집자, 뒷면에 다양한 색깔의 동그라미가 보였다. 은총이가 일기에 그린 것과 비슷한 일곱 개의 동그라미였다.

설마…….

은혜는 그럴 리 없다고 생각하면서도 혹시나 하는 마음으로 일곱 개의 색을 프로그램에 입력했다.

프로그램은 다음과 같은 결과를 도출했다.

내가 살인범이다

은혜는 나무 그늘에서 나와 CCTV 카메라를 올려다보며 중얼거렸다.

"캡틴 아메리카……."

***

안산시 통합관제센터의 관제실에는 긴장감이 가득했다. 모니터 요원들이 모두 매달려 도주한 살해 용의자를 찾고 있었다.

호수공원에 있는 CCTV 카메라에 은혜가 얼굴을 드러내자, 고잔동을 담당하는 모니터 요원이 손을 번쩍 들며 경찰에게 이 사실을 알렸다.

"용의자가 호수공원에 나타났습니다."

용의자의 도주 경로를 파악하기 위해 단원경찰서에서 급하게 파견된 두 명의 경찰들이 고잔동 모니터 쪽으로 모여들었다. 한 명은 제복 셔츠 사이로 뱃살이 살짝 나온 통통한 체구였고, 다른 한 명은 웃으면 눈이 사라지는 하회탈 같은 인상의 남자였다.

"용의자 고잔동 호수공원에 출현."

통통한 체격의 경찰이 무전으로 현장에 있는 경찰들에게 용의자의 위치를 알렸다.

"카메라를 쳐다보고 있네. 오토바이까지 훔쳐 타고 도망가다가 갑자기 왜 저럴까요?"

하회탈 인상의 경찰이 CCTV 화면 속 은혜를 보고 말했다.

"알게 뭐냐? 또라이가 하는 짓을."

통통한 체격의 경찰이 시큰둥하게 대답했다.

"또라이래요?"

"초등학교 담임선생 말이 더 섬뜩해. 학교 정수기에 약을 풀어서 애들을 다 죽이려고 했단다."

"연쇄살인마네요. 원래 연쇄살인마들이 어려서부터 싹수를 보이잖아요."

관제센터 맨 뒷자리에 앉아서 이 모든 상황을 지켜보던 고민준은 일이 생각보다 재밌게 돌아간다고 생각했다.

지난 14일 새벽, 은혜와 처음 만났을 때 민준은 궁금했다. 그녀가 살인사건에 대해 얼마나 알고 있는지, 스크랩북을 갖고 있지만 그 내용을 알고 있기는 한 것인지.

그래서 그는 모험을 했다. 자신의 신분을 드러낼 수 있는 명함을 건넨 것이다.

민준은 모니터 속의 은혜를 손가락으로 톡톡, 쳤다.

이제야 내가 누군지 안 거야?

민준은 은혜의 다음 행방이 궁금했다. 경찰들이 진을 치고 있는 이곳으로 올 것인가, 아니면 가족을 내팽개치고 도망을 갈 것인가.

카메라를 노려보던 은혜가 두 손을 높이 들었다. 항복이라는 거야? 시시하게.

패배를 인정하는 것 같았던 그녀는 들고 있는 손을 손등이 앞을 향하게 뒤집었다.

그러더니 가운데 손가락 두 개만 남기고 나머지 여덟 개의 손가락을 모두 접었다. 꼿꼿이 세워진 가운뎃손가락이 민준에게 분명하게 말하고 있었다.

은혜의 손가락 욕의 수신자가 민준인 줄 모르는 경찰들은 분노로 들썩였다.

"역시 또라이네. 잡히기만 해봐. 손가락을 확!"

은혜가 오토바이에 다시 올랐다.

"호수공원에 있던 용의자 광덕대교에 진입했다. 사리 사거리 방향."

통통한 체격의 경찰이 무전을 하자 호수공원으로 향하던 경찰차들이 일사불란하게 남쪽으로 선회했다.

"어디로 가려는 걸까요? 남쪽이면 화성으로 넘어가려는 거겠죠?"

"아예 경기도 밖으로 빠져나가려는 건지도 모르지."

민준은 은혜의 오토바이가 어디로 향할지 잘 알고 있었다. 그는 스마트폰으로 지하실에 묶여 있는 인질들의 실시간 영상을 확인했다.

오랜 감금에 지쳐버렸는지 이불을 덮고 드러누운 채 꼼짝을 하지 않았다.

엄전무에게 전화해 지령을 내렸다.

"마지막 연극을 준비하죠. 주인공은 제가 처리합니다."

***

은혜를 기다리는 민준의 마음은 데이트 상대를 기다리는 것처럼 설레었다.

두터운 안경을 벗고 콘택트렌즈를 낀 후, 단정하게 길을 낸 가르마를 흩트렸다. 민준의 얼굴은 더욱 평범해졌다. 잠시 스쳐 지나간다면 누구의 기억에도 남지 않을 인상이었다.

고잔동 호수공원에서 상록구에 있는 통합관제센터까지 직선거리로 고작 2킬로미터.

지름길을 이용하면 금세 도착할 거리지만 CCTV 화면 속 은혜는 쫓아오는 경찰차들을 따돌리려는 듯 해안 도로로 우회했다.

생각보다 시간이 좀 걸리겠군.

민준은 민트 티백을 뜨거운 물에 담갔다. 허브향이 우려 나오길 기다리며 이 일을 처음 하게 되었을 때를 떠올렸다.

처음 모니터 요원 업무에 지원했을 때, 센터장이었던 김진철 경감은 의아하다는 듯 말했다.

"자네 같은 사람이 여기에 왜 지원을 했어?"

명문대 졸업. 영어, 일본어 능통. 정보처리 기사 2급 자격증 소지. 해동검도 검정 띠.

지원서류를 훑어보는 김 경감의 눈길이 난감했다.

"영화 같은 데서나 CCTV 모니터 요원들이 범죄도 해결하고 멋있게 보이지. 실상은 지루한 계약직이야."

민준은 이 업무의 성격을 잘 알고 있었다.

이 일을 수행하기 위해 필요한 조건은 단 두 가지였다. 넘치는 시간과 1.0 이상의 교정시력.

8시간씩 3교대로 배당된 구역의 모니터를 주시하는 것이 이 일의 주요 업무였다. 주차 위반, 쓰레기 무단 투기, 주폭(酒暴)들의 난동. 가끔 일어나는 범법 행위를 단속하고자 오가는 행인들을 눈알이 빠지게 지켜봐야 한다.

"열심히 하겠습니다."

그는 '왜'를 묻는 질문에 '열심히'로 대답했다.

스스로 생각해봐도 멍청한 대답이었지만 달리 적합한 대답이 떠오르지 않았다.

돌아가신 어머니의 생명보험금이 바닥을 보여서 일이 필요한데 그나마 이 일이 대충 시간 때우며 돈 벌기에 좋을 것 같다고 솔직하게 말할 순 없었다.

요령 없이 '열심히'만 외치는 민준에게 진철은 모니터 요원의 유니폼인 노란 조끼를 건넸다. 어차피 오래가지 못할 것 같지만 지금 일할 사람이 급하니 일단 한번 해보라는 뜻이었다.

진철의 우려와 달리 민준은 모니터 요원 일에 잘 적응했다.

아니 적응이라는 단어로는 부족했다. 그는 이 일을 좋아했다. 처음으로 직장 생활의 기쁨이라는 단어가 이해될 정도였다.

다른 사람들이 기피하는 일을 좋아하는 것은 아마도 자신의 '좀 그런' 성격 때문인 것 같았다. 그의 30년 인생에는 '좀 그런' 사람이라는 꼬리표가 항상 따라다녔다.

왜 사람들이 자신에게 그런 꼬리표를 붙이는지 알 수가 없었다.

어울렸던 친구들은 한 학기를 마치기 전에 멀어졌다. 직장 동료들도, 군대 동기들도, 심지어 여자 친구까지도 똑같은 말을 하며 이별을 고했다.

'고대리는, 고일병은, 민준 씨는…… 좀 그래.'

좀 그런 사람이라고 말하는 그들의 눈에 이질감이 가득했다.

민준은 사람들이 멀어지는 것을 신경 쓰지 않았다. 아니 오히려 다들 떠나가기를 바랐다. 그는 관계를 혐오했다.

군대에서 실시한 성격테스트 결과지를 받고서야 '좀 그런'의 의미를 어렴풋이나마 이해했다. 결과지에는 마치 격리 조치해야 할 전염성 질병이라도 되는 듯 진지한 어투로 그의 성격이 서술돼 있었다.

'심각한 사회성 부족. 공감능력과 이타적 사고 결여.'

좀 그런 놈인 민준에게 CCTV 모니터 요원일은 흥미로운 업무였다.

그에게 배당된 CCTV 모니터는 모두 100개였다. 100개의 모니터는 퍼즐조각과 같았다. 그 퍼즐조각을 통해 사람들의 삶을 관찰하고 CCTV 밖에서의 삶을 유추하는 일은 얼마나 흥미로운 일인지.

몰래 양귀비를 키우는 할머니, 변태 성욕에 빠진 남자, 서로 같은 사기꾼 남자를 만나는 줄 모르는 자매 등, 각각의 화면마다 재밌는 스토리가 넘쳐났다.

퇴근 후에는 택배 배달원, 환경미화원, 케이블 기사 등으로 변장을 하고 도시 곳곳을 염탐했다. CCTV를 관찰하며 자신이 짐작한 사람들의 이야기가 실제로 맞는 것인지 확인하기 위해서였다.

스토리에 대한 욕심은 자꾸만 커져갔다. 퍼즐 조각 같은 화면들로 이루어진 이 도시에서 일어나는 모든 일을 알고 싶었다. 하지만 그러기에는 그가 가진 퍼즐이 턱없이 부족했다.

인터넷을 통해 더 많은 퍼즐을 구할 수 있다는 것을 알아냈다. 해외에 거주하는 해커들에게 돈을 지불하면 아파트 복도, 가게, 식당 등 공공장소에 설치된 보안업체의 CCTV뿐만 아니라 애완용 동물이나 아기를 키우는 집에서 설치하는 가정용 CCTV의 화면까지 얻을 수 있었다.

민준은 남아 있는 보험금과 유품을 정리해서 만든 돈을 해커에게 모두 지불했다.

푼돈을 내고 여자 탈의실 영상을 찾는 고객에 비하면 민준은 VIP였다. 익명의 해커는 민준에게 안산시에 한해서 원하는 위치의 좌표 값을 기입하면 그 주변에 있는 각종 CCTV 영상을 확인할 수 있는 특별한 서비스를 제공했다.

사람들은 민준을 모르지만, 그는 사람들을 잘 알았다.

그들의 일상과 욕망과 비밀이 무엇인지.

사람들을 하루 종일 내려다보고 감시하는 것.

그것은 지루하고 보잘 것 없는 업무가 아니었다. 그것은 민준에게 전지전능한 신의 업무를 대행하는 것이었다.

다 식었네.

민준의 차가 미지근해졌을 때, 용의자의 동선을 계속 보고하던 경찰들이 호들갑을 떨었다.

"준공업단지 사거리에서 좌회전했습니다. 북쪽으로 다시 올라오는데요."

준공업단지에서 좌회전해서 항가울로를 타고 계속 올라오면 바로 이곳 통합관제센터에 이르게 된다. 어리석은 경찰들은 아직도 은혜의 행선지를 눈치채지 못했다.

"왜 방향을 바꾸었을까요? 이쪽은 교통도 복잡하고 샛길도 적은데."

"근처에 상록경찰서 있지? 지원 요청해."

중앙 스크린의 큰 화면으로 본 은혜의 활약은 추격 영화의 한 장면 같았다.

단원구 경찰들의 추적을 피해 곡예 운전을 하는 사이, 상록구 경찰들이 관제센터 앞길에 진을 쳤다.

덕분에 은혜는 상록구 경찰과 단원구 경찰차 사이에 샌드위치처럼 갇히고 말았다.

더 이상 갈 곳이 없는 오토바이는 상록구 경찰들 앞에서 갑자기 급선회하더니 관제센터 안으로 미끄러져 들어갔다. 삼천만 원은 족히 넘을 슈퍼바이크가 짙은 스키드 마크를 남기며 미끄러지더니 관제센터의 화단에 부딪쳤다.

물론 오토바이가 부딪친 것은 은혜가 몸을 굴려 빠져나간 후의 일이었다.

은혜는 날렵한 동작으로 관제센터에 들어오더니 경비실에 있는 보안문 버튼을 눌렀다. 건물의 사면에서 굵은 철기둥이 내려왔다.

몇 달 전, CCTV 영상이 확증이 되어 유죄선고를 받은 강간범이 그 앙갚음을 하겠다고 관제센터에 나타나 난동을 부렸다. 장비가 망가지고 요원 한 명이 경미한 타박상을 입는데 그쳤지만, 센터장이 받은 충격은 컸다. 관제센터가 기능을 못하면 당장 교통대란이 발생할 텐데 이렇게 쉽게 보안이 뚫리다니. 센터장은 낙후지역의 CCTV 교체를 위한 예산을 보안벽을 설치하는 데 썼다.

보안벽은 한 번 내려오면 한 시간 동안 아무도 열 수 없었다.

"어서 안전한 곳으로 대피하세요."

모니터 요원들은 당직실로 몰려 들어가 몸을 숨겼고, 경찰들은 통합관제실로 이어진 두 개의 통로를 지키며 은혜를 기다렸다. 통통한 체격의 경찰은 승강기를, 하회탈 인상의 경찰은 비상구를 맡았다.

상황이 급박한지라 아무도 민준이 관제실에 계속 머무르고 있다는 사실에 주목하지 않았다.

민준은 태블릿 PC를 켜더니 해킹 사이트로 들어가 관제센터의 위치 정보를 입력했다. 곧 관제센터 주변의 지도가 나타났다. 지도 위에는 CCTV 카메라의 위치가 까만 점으로 표시되어 있었다. 관제센터에 있는 점을 터치하자 건물의 로비, 계단, 각 층의 복도, 휴게실 등이 분할 화면으로 나타났다.

책상 위에 두 다리를 올린 그는 액션 영화를 보는 관객처럼 흥미로운 마음으로 은혜의 활약을 지켜봤다.

은혜는 로비에서 조용히 경찰들이 내려오기를 기다렸다.

땡, 알림음이 들린 후 승강기 문이 열렸다.

주변을 경계하면서 나온 통통한 체격의 경찰이 대형 거울 뒤에 숨어 있던 은혜와 눈이 마주쳤을 때는 이미 그녀의 발길에 오금이 꺾여 무릎이 땅에 닿은 후였다. 은혜는 그를 화장실 문고리에 수갑으로 묶어두었다.

은혜가 승강기에 오르자 통통한 체격의 경찰은 수갑을 차지 않은 왼손으로 하회탈 인상의 경찰에게 무전을 했다.

하회탈 인상의 경찰은 무전을 받고 승강기 앞으로 돌아왔다.

5층에서 승강기 문이 열렸지만 아무도 내리지 않았다.

하회탈 인상의 경찰이 승강기 안으로 들어가 두리번거렸다. 머리 위가 선뜩하여 올려다보자 승강기 천장 위에 숨어 있던 은혜의 주먹이 그의 얼굴을 가격했다. 그는 승강기 손잡이와 수갑을 나눠차게 됐다.

저렇게 무모하고 저돌적이라니.

스스로를 충분히 사유하고, 판단하고, 조심스럽게 행동하는 설계자라고 생각하는 민준은 즉흥적이고 직관적이며 무질서한 그녀가 싫었다.

온 세상의 주목을 받으며 요란하게 이곳에 오면 무엇을 하겠는가!

어차피 엄마와 동생의 목숨은 내가 쥐고 있는데. 뒷일은 판단하지 않고 욱해서 달려오는 꼴이 아주 징글징글했지만 한편으로는 다행이었다.

덕분에 네 번째 살인 플랜을 손쉽게 마무리하게 됐다.

직접 데려와야 했던 주인공이 제 발로 찾아온 것이니까.

드디어 은혜가 문을 열고 관제실로 들어섰다.

그녀는 통합관제실 문에 있는 각종 잠금쇠를 모두 걸어 잠근 후에야 장내를 둘러보았다. 민준을 보더니 천천히 걸어와 맞은편에 앉았다.

"내가 좀 늦었지? 살인자 고민준 씨."

달려와 멱살부터 잡을 줄 알았는데, 의외로 침착한 모습이었다. 처음으로 그녀의 행동이 마음에 들었다.

"이 상황에 여길 오다니 대단해. 차나 한잔할까?"

민준이 차를 권하자 은혜는 손사래를 쳤다.

"남이 주는 거 함부로 먹지 않기로 했어. 너도 알겠지만 최근에 그런 교훈을 얻게 된 사건이 있었거든."

"급히 오느라 상황 판단이 안 된 것 같으니까 한 가지 알려줄게. 바깥에서 볼 때 넌 지금 나를 인질로 잡은 상태야. 네가 경찰들과 싸우는 동안 피해자인 척, 경찰에게 문자를 보냈지."

"인질범이든 살인범이든, 경찰은 한 시간 동안 나를 잡을 수 없어. 이 건물 보안벽 한 시간 동안 꿈쩍도 안 하지? 같은 걸 설치한 회사에서 일한 적이 있어."

"한 시간이라……. 너랑 단둘이 보내기에는 긴 시간이군."

"걱정 마. 지루하진 않을 거니까. 자, 그럼 협상을 진행해볼까?"

은혜는 가방 속에서 은총이의 스크랩북을 꺼냈다.

"네가 찾는 게 이거지? 이걸 주면 너는 나를 위해 무엇을 할 수 있지?"

"내가 준비한 연극의 결말은 두 가지야."

"……."

"첫 번째 결말, 네가 내 요구에 순순히 따르지 않았을 때의 결말이지. 살인자이자 인질범인 너는 경찰에게 헬기를 요구할 거야. 건물 옥상에 헬기가 도착하면 너는 나를 인질로 잡은 채 헬기 조종사에게 우리 집 주소를 알려주겠지. 걱정은 마. 우리 집은 산이라 근처에 헬기 착륙장이 있으니까. 너는 우리 집에 가서 은총이와 엄마를 살해한 후 자살을 해. 나는 가까스로 도망쳐 나온 유일한 생존자고. 물론 진짜 너희 가족을 죽이는 일은 엄전무가 하겠지."

"살인? 은총이와 엄마를 내가 왜?"

"넌 평생 걸림돌이 된 동생과 그 걸림돌을 편애하는 엄마를 증오해왔어. 좋은 이웃이자 같은 성당 신도였던 나는 양정호와 백상아를 죽이고 미쳐 날뛰는 너를 피해 도망친 엄마와 은총이를 숨겨줬어. 그걸 알고 네가 날 찾아온 거야. 기어이 엄마와 동생을 죽이려고."

"경찰이 그걸 믿을까?"

"경찰은 동기보다는 증거를 믿지. 네 지문과 혈흔은 충분해. 엄전무가 네 이름으로 된 정신과 진단서랑 약도 받아놨고."

"가족을 죽인 미치광이 살인자가 되는 거네."

"가족? 가족뿐이겠어? 친구도 있지."

"친구?"

"박수호는 이미 죽었어. 엄전무 손에⋯⋯."

민준은 최대한 태연하게 이 소식을 건네고 싶었다. 안부 인사를 건네듯 대수롭지 않은 말투로 툭. 그러나 민준은 입술이 씰룩대고 목소리가 높아지는 것을 막을 수 없었다. 수호의 죽음을 전해 듣고 은혜가 어떤 반응을 보일지 궁금해 견딜 수가 없었기 때문이다.

은혜가 고개를 푹 숙였다. 친구의 죽음 앞에서 애써 태연하던 그녀가 무너진 것이다.

그 모습을 보자 아드레날린이 마구 치솟았다. 춤이라도 추고 싶을 만큼 신이 났다.

"수호를 죽였구나……. 기어이."

그녀가 고개를 들었다. 눈가가 촉촉했다.

"네 연극의 두 번째 결말도 들어볼까?"

"스크랩북을 순순히 돌려주고 내게 협조한다면 너와 네 엄마는 살려줄게."

"은총이는?"

"은총이는 목격자야. 그 애를 살려둔다면 스크랩북을 없애는 게 무슨 소용이겠어?"

"살인 용의자로 만들어놓고 살려준다니, 고마워해야 돼?"

"몇 가지 혜택이 더 있지. 살인 용의자 강은혜는 엄마와 함께 인천항으로 가. 그곳에서 알래스카로 가는 명성의 화물선에 몰래 승선하지. 그동안 경찰들은 내가 제공한 거짓 단서에 놀아나고 있을 거야. 망망대해 위에서 안도하던 살인 용의자는 가방 속에서 무엇인가를 발견하고 놀라지. 누군가 신분을 바꾸고 정착해서 살 수 있을 정도의 큰돈을 넣어둔 거야."

물론 민준은 그녀를 살려둘 생각이 없다. 배에 오르면 엄전무가 그녀를 물고기 밥으로 만들 것이다.

"미안한데 네 제안은 심각한 문제가 있어. 엄마는 은총이 없이는 살 수가 없거든. 은총이를 죽인다는 건 엄마까지 죽이는 것과 같아."

"과연 그럴까? 모혜영은 가끔 옷장에서 꽃무늬 원피스를 꺼내서 입어봐. 그리고는 한숨을 쉬지. 꽃놀이, 단풍구경, 온천 관광. 은총이 때문에 꿈도 꿀 수 없었잖아."

"변태 자식. 별걸 다 훔쳐봤군."

"변태? 나를 그런 격 떨어지는 놈들과 묶지 말아줘. 엄전무가 의식을 잃은 너를 데려왔을 때 네 털끝 하나 건들지 않았어. 물론 네가 내 취향이 아니기도 했지만. 이제 솔직해져 봐. 너도 사실은 은총이가 사라졌으면 하잖아. 아니야?"

민준은 턱을 괸 채 상체를 한껏 앞으로 기울여 은혜의 눈을 쳐다 봤다.

짙은 속눈썹 아래 숨겨진 갈색 눈동자가 동요하고 있었다.

"강은혜, 나와 이야기하자. 최형사다."

확성기를 통해 최형사의 목소리가 들려왔다. 인질을 구하기 위한 협상이 시작된 것이다.

"빨리 선택을 해. 어떤 결말을 원하지?"

민준이 재촉했다.

"두 가지 결말 다 싫다면?"

"불쌍한 자폐아 모자는 엄전무 손에 죽게 될 거야. 너는 경찰들 손에 체포되겠지. 경찰 쪽에는 온통 명성에 우호적인 사람들뿐이야. 나를 구속하면 엄전무와 명성에까지 영향이 미칠 테니까 경찰은 어떻게든 이 사건을 덮으려 하겠지. 스크랩북이니 CCTV 살인마니 아무리 떠들어도 다 미친 소리가 될 테고."

민준은 잠시 뜸을 들인 다음 말했다.

"다시 한 번 묻는다. 네 번째 살인 플랜, 어떤 결말이 마음에 들어?"

"네…… 번째? 잠깐, 어떻게 네 번째야!"

"그게 중요해?"

"박수호와 양정호는 엄전무가 죽였잖아. 김진철, 장소희가 첫 번째, 백상아가 두 번째, 우리 가족이 세 번째……."

은혜가 이 와중에 정말 궁금하다는 듯이 물었다.

예상치 못한 상황이긴 했지만, 그녀가 보인 뜻밖의 반응이 오히려 그의 호기심을 자극했다. 그는 뭔가 대단한 비밀을 간직하고 있다는 어투로 말했다.

"네가 모르는 살인이 있지. 그 살인이 내 인생 최초의 작업이야."

"첫 번째 살인? 누굴 죽였는데?"

민준은 시계를 한 번 쳐다봤다. 앞으로 약 사십 분, 넉넉하지는 않지만 살인담을 들려주기에 부족하지 않은 시간이었다. 그동안 얼마나 이 완벽하고 아름다운 살인 설계를 다른 사람에게 자랑하고 싶었던가!

게다가 살인담을 들려주기에 이 눈앞의 여자만큼 적당한 사람도 없어 보였다. 그녀는 집요하게 그를 쫓으며 살인의 부스러기들을 모아왔다. 수족 노릇을 했던 엄전무도 은혜만큼 진실에 접근하지 못했다. 그 가상한 노력에 이 정도 보상은 해도 될 것이다. 무엇보다 그녀는 곧 죽어 없어질 사람이지 않은가.

민준은 첫 번째 살인을 생각하며 각질이 벗겨진 손가락을 내려다 봤다.

10

첫 번째 살인

식사를 마친 소년은 개수대 위에 놓인 수세미와 세제를 쳐다봤다.

오늘 설거지를 하는 게 정답일까, 아니면 안 하는 게 정답일까?

갈등하던 소년은 거실에 앉아 있는 엄마를 한 번 쳐다봤다.

엄마는 하루 종일 서서 미용 일을 하느라 부은 종아리에 파스를 붙이고 있었다.

소년은 고무장갑을 끼고 설거지를 시작했다. 달그락달그락.

엄마가 소년에게 다가왔다. 그리고 그의 어깨를 잡았다. 소년의 어깨가 움찔했다. 등 뒤에서 히스테릭한 울음이 터져 나왔다. 그 소리를 듣고 소년은 깨달았다.

오늘은 설거지를 안 하는 게 정답이었어.

"민준아, 누가 너한테 이런 거 하래? 가뜩이나 아버지 없이 자란

애라고 다들 무시하는데. 네가 이런 일 하는 걸 알면 사람들이 다 나를 욕할 거야. 네 할머니랑 고모, 그 표독스러운 할망구랑 얌체 같은 여편네가 나를 얼마나 물어뜯겠어. 이런 일하면 착한 아들이라고 상이라도 줄 것 같아?"

조용히 고무장갑을 벗어놓고 부엌에서 나가려는 소년을 엄마가 불러 세웠다.

"지금 엄마가 말하잖아. 너도 나를 무시하니?"

소년은 어쩔 수 없이 돌아와 엄마 앞에 섰다.

엄마의 눈은 컸다. 지나치게 컸다. 엄마는 자신의 얼굴에서 유일하게 예쁘다고 평가 받는 눈을 자랑스러워했지만 소년은 엄마의 눈이 싫었다. 지나치게 큰 눈은 마음속에 일어나는 감정의 변화를 하나도 숨기지 못했다. 소년은 엄마의 눈이 어른답게 고요한 것을 단한 번도 본 적이 없었다.

"왜 고개를 숙이고 있어? 엄마가 무서워?"

엄마는 소년의 어깨를 마구 잡아 흔들었다. 또래보다 발육이 느리고 마른 소년은 엄마의 손짓 한 번에 그대로 바닥에 쓰러졌다.

소년은 상황을 빨리 종결시키는 방법을 알았다. 일부러 과장되게 쓰러지며 머리를 식탁 다리에 박았다. 멍이 들면 좋았다. 피가 나면 더 좋았다.

"우리 민준이 어떡해! 미안해. 엄마가 미안해. 이게 다 네 아빠 때문이야. 계집질에 폭력이나 일삼는 나쁜 놈."

엄마는 소년을 안고 울었다. 엄마의 울음은 아들에 대한 미안함에서 시작해 자기 연민으로 끝났다.

한 바탕 눈물을 쏟아낸 후에는 항상 똑같은 다짐을 했다.

"아무도 필요 없어. 우리 둘이서 잘 살자. 다 잘될 거야."

민준은 엄마의 다짐을 좋아했다. 그 말을 한 후에는 어김없이 그를 놓아주기 때문이었다.

어제는 설거지를 하지 않았다. 어제도 엄마는 화를 냈다.

"내가 혼자서 저를 키우느라 얼마나 고생을 하는데 너는 그깟 설거지 하나를 못 해? 제 아빠 닮아서 자기만 알아. 박복한 년. 신랑복 없는 년은 자식복도 없다더니."

집 안에서 엄마는 히스테릭하고 불안정했다. 하지만 집 밖에서 엄마는 한없이 다정한 여자였다.

"내 아들 민준이 불쌍해서 어떡해요. 엄마 혼자 키워도 잘 자라야 할 텐데."

엄마가 교회나 학부모 모임, 시장 등지에서 신세 한탄을 하면 사람들은 그녀와 나를 둘러싸고 위로의 말을 건넸다. 엄마는 그 순간을 좋아했다. 사람들이 그녀에게 주목하고 그녀의 이야기에 귀를 기울이는 순간.

민준은 엄마를 이해하려고 했다. 사람들이 말했다. 남편도, 가족도, 친구도 다 떠난 불쌍한 사람이라고. 그러니 아들인 민준이라도 그녀를 이해해줘야 한다고.

민준은 엄마를 믿었다. 그래도 엄마는 나를 사랑해.

그 믿음이 무너진 것은 중학교 2학년 겨울이었다.

수학경시대회 상장을 품에 안은 민준의 발걸음은 설렜다.

엄마가 기뻐하겠지. 아버지 없이도 잘 자랐다고 칭찬해주겠지.

엄마는 기뻐하지 않았다. 오히려 당황했다. 그깟 수학경시대회로 유세냐고 교회 사람들이나 이웃에게 자랑하지 말라고 당부까지 했다.

그 모습을 보자 마지막으로 엄마에게서 떠나간 이모가 떠올랐다.

"네 엄마는 세상 사람들이 모두 자신을 아끼고 주목해주지 않으면 견디지 못하는 병에 걸렸어. 살다가 엄마가 너를 질투해도 상처받지 마. 엄마는 정신이 아픈 거야."

엄마에겐 아프고, 모자라고, 엇나가는 아들이 필요했다. 그래야 부족한 아들을 돌보는 비련의 주인공이 될 수 있었다.

이모도 민준과 같은 일을 겪고 엄마를 떠났다.

이모가 취미로 만들어 블로그에 올리던 빵이 인기를 얻어 판매까지 하게 됐을 때, 제품 소개 사이트에 비방 글을 올린 사람은 놀랍게도 친언니인 민준의 엄마였다.

'이 빵 다른 빵집 레시피를 베낀 거예요.'

엄마의 병증은 생각보다 심했다. 엄마는 자신이 지어낸 말을 진짜라고 믿고 있었다.

"이모가 남의 레시피를 베낀 게 맞잖아. 내 느낌이 그래. 내 느낌은 한 번도 틀리지 않아. 그 애는 별 다른 재능이 없어. 안 그래?"

아빠가 이혼을 선언했을 때 엄마는 면도날로 손목을 그었다.

하지만 아무도 그녀를 동정하지 않았다. 그녀가 아주 얕게 손목을 그었다는 것을 경험을 통해 알고 있었기 때문이었다.

엄마의 병명은 '뮌 하우젠 증후군'이었다. 그녀는 자신이 관심 받는 것, 사랑 받는 것 외에 그 어떤 것도 관심이 없었다.

중학교 2학년 겨울, 심각한 배신감을 느낀 민준은 결심했다. 복수를 하자.

소년은 아주 조금씩 엄마 몰래 주방용 세정제를 먹었다. 치사량은 아니지만 위액에 씻겨 나갈 정도로 소량도 아닌, 적당량을 지키는 것이 보통 까다롭지 않았다.

민준은 날로 야위어갔다. 식도와 위가 망가져 식사도 제대로 할 수 없었다.

사람들이 그런 민준의 병증을 알아보기 시작했다.

민준이 쟤 왜 저렇게 아프죠? 입에서 이상한 냄새가 나요.

적절한 때가 되었다고 생각한 민준은 담임선생님 앞에서 쓰러지는 연기를 했다.

병원으로 달려온 엄마의 핸드백을 경찰들이 뒤졌다. 백에서는 세제를 담은 작은 병이 나왔다. 민준이 미리 넣어둔 것이었다.

의사들이 쑤군댔다. 저 여자 전형적인 뮌 하우젠 증후군인데.

자식을 일부러 아프게 해서 관심을 받는 것은 뮌하우젠 증후군의 대표적 사례였다.

엄마가 정신병원에 입원한 날, 민준은 집 안에 있는 모든 그릇을 꺼내 천천히 설거지를 했다. 락스를 풀어 구석구석 청소도 했다.

태어나서 처음으로 마음이 평온했다.

엄마는 몇 년을 버티지 못했다. 사람들의 관심을 더 이상 받을 수 없는 상황이 되자 생기를 잃고 시들어버린 것이다.

마지막으로 면회를 갔을 때 엄마는 영혼이 반쯤 빠져나간 퀭한 동공으로 말했다.

"엄마가 너한테 먹여서는 안 될 걸 먹였어. 그러면 안 되는 거였는데."

엄마가 아주 오랫동안 생명보험을 들어왔다는 것과 자살이 아닌 자연사를 선택해준 것. 그 두 가지가 민준이 엄마에게 유일하게 고마워하는 사실이었다.

민준은 엄마가 사망한 이후, 엄마의 목숨 값으로 나름 잘 살아갔다. 안산시에 온 것은 2년 전이었다. 할머니가 산 속의 집을 유산으로 남겼기 때문이다.

혼자 살기에는 집이 지나치게 크다는 생각에 유기견 센터에서 분양받은 애완동물을 키웠다. 처음에는 자신이 개나 고양이를 좋아한다고 생각했다.

어느 순간 민준은 동물들에게서 자신의 모습을 발견했다. 설거지를 할까 말까 망설이며 엄마의 눈치를 보던 어린 날의 자신처럼 동물들은 먹이를 먹어도 될까, 안 될까…… 겁에 질린 표정으로 망설였다.

민준은 자신도 모르게 엄마와 같은 행동을 하고 있었다.

어제는 세상에 이렇게 귀여운 짐승이 어디 있냐는 듯 예뻐하다가 오늘은 흉측한 괴물 취급을 했다. 오늘은 사료를 잘 먹으니 장하다고 도닥이다, 내일은 밥만 축내는 밥버러지라고 밥그릇을 걷어찼다.

민준은 불쌍한 동물을 괴롭히며 쾌감을 느끼는 자신을 발견했다.

자신이 엄마 같은 괴물이 되었다는 것을 인정할 수 없는 민준은 애완동물을 향해 몽둥이를 휘둘렀다. 그러다 동물들이 죽으면 마당 구덩이에 시체를 버렸다.

이번에는 아껴주겠다고 다짐을 하고 다른 동물을 분양 받아왔지만 결과는 똑같았다. 마당에는 개와 고양이의 시체가 쌓여갔다.

민준은 피를 보는 것을 즐기지 않았다. 그는 그리웠다. 자신이 짠 스토리에 걸려들어 엄마가 잡혀갈 때의 짜릿함이.

그 기억을 곱씹고 싶을 때는 항상 설거지나 청소를 했다. 더럽혀지지 않은 새 그릇까지 모두 꺼내 씻고 또 씻었다.

***

"너도 참 불쌍하구나."

은혜의 말에 민준은 고개를 갸우뚱했다.

'불쌍? 중요한 건 그게 아니야. 이 멍청한 여자야. 이건 연민을 느낄 일이 아니라 감탄하고 찬양할 일이라고.'

"내가 말하고 싶은 것은 그게 완벽한 살인이라는 거야."

민준은 손바닥으로 얼굴을 비벼 마른세수를 한 다음 입술을 떨어 투르르, 투레질을 했다. 어떻게 이렇게 쉬운 것도 이해하지 못하는지 당황스럽다는 뜻을 나타낼 때 민준이 하는 행동이었다.

"처음은 항상 미숙하기 마련이지. 하지만 그건 내 스토리 살인의 첫 시초야."

"스토리 살인?"

"사람을 칼로 난자하는 그런 저급한 살인자와 난 달라. 사람을 관찰하고 그 사람의 내면을 들여다보고 그 사람이 그렇게 할 수밖에 없도록 만드는 것. 그게 내 방식이야. 너를 여기까지 오게 한 것처럼."

"네 말대로 너의 첫 번째 살인은 아주 깔끔했다고 치자. 하지만 다음 살인은? 계속 네가 원하는 대로 이루어질 리는 없었을 텐데. 변수가 생기지 않았나?"

민준은 기다렸다는 듯 두 번째 살인에 대한 이야기를 시작했다.

두 번째 살인

두 번째 살인을 회상하면 민준은 어김없이 슬픈 감정에 빠졌다.

김경장과 장소장의 죽음이 슬프냐고? 천만에, 김경장은 죽음을 자초했다.

그의 덕에 살인 설계의 재미를 알게 됐으니 오히려 고마울 지경이었다.

민준이 슬픈 건 은총이 때문이다. 그 아이만 아니었다면 너무도 완벽한 계획이었다.

김경장은 민준의 퍼즐 맞추기를 '변태적 스토킹 행위'라고 했다.

민준이 100개의 모니터를 보며 꼼꼼하게 메모한 것을 발견하고 한 말이었다.

사거리 행복치과 간호사가 신는 스타킹의 색이 커피색이라는 메모가 왜 변태적인 건지 모르겠다. 김경장의 딸이 아버지 몰래 놀이터에서 미니스커트를 갈아입는다는 메모를 읽고 김경장의 분노가 극에 달했다.

김경장은 해고라는 단어 외에 나머지는 다 욕으로 이루어진 거친 말을 마구 내뱉었다.

해고를 당하지 않기 위해 '그런 자극에 아랫도리에 피가 몰리지 않은지 한참 되었어요. 나는 여자의 벗은 몸보다는 예측 불가능한 스토리에 더 흥분이 된다고요'라고 말할 수는 없었다.

해고라. 실직이 두렵진 않았다. 단지 아쉬웠다. 조금만 더 있으면 이 도시 사람들의 삶을 완전히 꿰뚫을 수 있을 텐데.

그때 민준의 머리에 떠오른 것이 김진철 센터장과 장소희 소장

그리고 그의 남편인 양기호 선수의 아슬아슬한 삼각관계였다. 그렇지 않아도 CCTV를 통해 김진철의 불륜을 주시하고 있던 차였다.

살인을 설계하며 민준은 신이 났다. 자꾸만 창조적인 아이디어가 떠올라 견딜 수가 없었다. 관찰자에서 설계자가 되다니. 민준은 자신이 일반인은 범접할 수 없는 또 다른 경지에 한 발 더 다가선 것 같았다.

모든 것은 순조로웠다.

김진철, 장소희, 양기호. 세 사람은 한 치의 어긋남도 없이 민준의 계획대로 움직여줬다. 양기호의 폭주에 겁을 먹은 김진철은 장소희를 구하기 위해 민준이 준비한 무대에 등장했을 뿐만 아니라, 스스로 캐비닛 속에 들어가기까지 했다.

조립식 둔기를 소포인 양 들고 들어가 신나게 휘두른 후, 두 사람의 사체를 우발적 살인인 양 꾸미는 것은 생각보다 짜릿했다.

마무리는 불륜 제보를 받은 전직 야구선수가 달려와 깔끔하게 해주었다.

용의자, 살해 동기, 증거. 모든 것이 완벽했다.

김진철만 살해됐다면 해고 통지를 받은 민준이 용의선상에 올랐을 것이다.

그러나 김진철이 불륜 관계였다는 사실에 압도된 직장 동료들은 아무도 경찰에게 민준과 진철 사이에 있었던 불화를 말하지 않았다.

그 완벽한 살인 설계에 목격자가 있었다니…….

"드디어 내 동생이 등장하는군."

회상의 흐름을 끊은 은혜가 가방에서 접이식 장기판과 피규어들을 꺼냈다.

펼쳐진 장기판 위에 아이언맨과 캡틴 아메리카 피규어를 올려놓았다.

"계속해. 나는 그냥 좀 더 이해하기 쉬울까 하고……."

그런 덜떨어진 짓을 해야 스토리가 이해된다고?

민준은 마음속으로 혀를 차고는 말을 이어갔다.

시작은 압정이었다. 분홍색의 플라스틱 손잡이가 달린 평범하고 흔한 압정.

사건 당일인 4월 15일, 민준은 월차를 냈다.

자신이 기획한 스토리의 최종 점검을 위해서였다.

오후 4시경, 살인이 일어날 장소를 체크하기 위해 장소희 정신건강상담소를 방문했다. 내진 환자인 척하고 상담센터의 내부와 외부, 카메라 설치 상태, 인근 상가 등을 꼼꼼하게 살폈다.

확인을 마치고 돌아가려는데 한 소년이 그의 시선을 끌었다.

피터 래빗이 그려진 티를 입은 소년이 게시판에 있는 압정들을 뽑아서 다시 꽂고 있었다. 체구나 발육 상태로 봐서는 성인이라고 봐도 무방했다. 그런 녀석이 콧물을 훌쩍이며 이상한 짓을 하고 있었다.

상담소 홍보 글에서 다양한 색깔의 압정을 떼어냈다 다시 붙이는 녀석의 기괴한 집요함. 민준은 소년을 한심한 시선으로 지켜봤다.

소년이 잠깐 한눈을 파는 사이 짓궂은 생각이 든 민준은 분홍색 압정 하나를 뽑아 엉뚱한 곳에 꽂았다.

저녁 8시 30분경, 민준은 장소희 정신건강상담소 뒷문으로 들어가 장소희를 죽이고 뒤이어 김진철을 향해 야구 배트를 휘둘렀다.

두개골이 깨지는 소리는 예상보다 컸다. 자기도 모르게 몸이 움찔했을 정도였다.

누가 소리를 들을까 걱정이 됐다.

그는 유리창에 있는 작은 틈으로 밖을 내다봤다. 복도에는 아무도 없었다.

그러나 성공했다는 기쁨은 오래가지 않았다. 사건에 목격자가 있었다. 목격자는 사건 당일 낮에 만났던 그 자폐아였다.

소년은 장소희가 없어도 계속 일정한 시간에 상담소에 나타났다.

민준은 소년이 내원하는 날, 게시판의 분홍색 압정을 옮겨놓았다.

소년은 어김없이 압정의 위치가 바뀐 것을 알아봤고, 압정을 원래의 자리에 꽂았다.

다음 주도, 그 다음 주도 민준은 같은 일을 하고 소년을 기다렸다.

다음 주도, 그 다음 주도 소년은 정해진 시간에 나타나 압정을 제자리에 꽂았다.

소년은 압정 하나를 다시 꽂겠다는 일념으로 살인현장에 나타난 것이다.

하지만 민준은 걱정할 일이 없었다. 성급한 경찰과 들끓는 여론 덕에 사건은 양기호가 범인인 것으로 마무리되었다.

민준이 다시 긴장하게 된 것은 양기호의 형인 양정호가 은총이에게 접근하면서부터였다.

성당을 다니기 시작한 것도 그 무렵이었다.

성당에서 민준을 만났을 때 은총이는 무표정한 얼굴로 느릿느릿 그의 곁을 지나갔다. 그를 알아보는 것도 같고, 아닌 것도 같았다.

가방 속에 몰래 압정이 잔뜩 꽂힌 협박성 사진을 넣은 것도 민준이었다.

녀석이 목격자라면 그 사진에 담긴 협박의 의미를 모를 리가 없었다.

도청장치와 몰래카메라를 설치한 것은 혜영이 그를 집에 초대했을 때였다.

시간이 흐르자 양정호와 강은총의 만남은 뜸해졌다. 아니 뜸한 듯 보였다.

민준은 그들을 계속 지켜보기로 했다. 이번 일로 큰 교훈을 얻었기 때문이다.

매사 조심할 것. 작은 압정도 우습게 보지 말 것.

민준은 두 번째 살인에 대한 이야기를 마치고는 자랑스러운 눈빛으로 은혜를 바라봤다. 은혜는 민준 쪽은 보지도 않고 장기판 위에 블랙 팬서를 올려놓았다.

"어때?"

"어떻다니?"

무덤덤한 은혜의 반응에 민준은 조금은 신경이 거슬렸다.

"내 두 번째 살인에 대한 감상."

은혜는 냉정하게 말했다.

"결국 변수가 있었잖아. 목격자가."

"그건 아주 작은 흠이야. 어차피 증언능력도 없는 작고 하찮은 흠."

민준은 흠이라는 단어를 콧소리가 나도록 힘주어 말했다.

"인정할 건 인정하자고. 그 작고 하찮은 흠이 너를 세 번째 살인

까지 하게 만들었어. 너도 알겠지만 그 홈이 증언능력이 있다는 것
도 밝혀졌고."

"증언능력? 아 그 색깔 언어를 말하는 거군. 그게 증거로 채택될
수 있을까? 그렇게 되려면 죽은 백상아가 살아 돌아와 자신의 연구
를 학계로부터 인정받아야 할걸. 법적으로는 어때? 그런 게 증거가
되었다는 유례가 있나? 양정호가 살아있다고 해도 은총이의 증언
으로 양기호가 풀려나게 하려면 정말 오랜 시간이 걸릴 거야."

은혜는 화두를 바꾸었다.

"그래, 두 번째 살인은 거의 완벽했다고 해두자. 그렇지만 세 번
째는? 세 번째 살인은 너무 많은 우연과 변수가 있었잖아. 살인의
주체는 너였지만 스토리의 주체는 네가 아니었어."

민준은 자기도 모르게 한숨을 쉬었다. 인정하지 않을 수 없는 부
분이었다.

세 번째 살인

백상아의 등장은 자연스러웠다.

기도 모임에서 민준이 은총이의 근황을 묻자 혜영은 백상아라는
유명한 박사가 은총이를 연구하고 있다고 자랑스럽게 말했다. 이어
서 묻지도 않았는데 백상아가 어떤 사람이며 어떻게 은총이를 알게
되었는지까지 소상히 늘어놓았다.

인지발달 심리학 계통에서 유명한 백상아 박사는 세미나에서 장
소희를 만났고, 은총이에 대한 이야기를 들었다. 여느 자폐아들과는

다른, 특이한 증상을 보이는 은총이에게 관심을 가진 백상아는 은총이를 연구하기 위해 혜영에게 연락을 해왔다.

거기까지는 조금도 이상할 것이 없었다.

민준이 백상아를 의심하게 된 것은 양정호와 백상아의 만남을 목격하고 난 후부터였다. 정호가 근무하는 학교 앞 카페에서 만난 양정호와 백상아는 뭔가를 심각하게 의논하는 분위기였다.

어느 날, 민준은 백상아와 양정호가 안산의 캠핑장에서 만난다는 것을 알게 됐다.

캠핑카에 도청장치를 설치하러 숨어들었다가 엿보게 된 백상아의 연구 논문은 흥미로웠다.

'강은총 환자 사례로 본 언어중추와 색깔인지의 호환에 대한 연구 보고서'

전문용어가 가득한 수십 페이지짜리 논문이었지만 풍부한 첨부 자료와 동영상이 민준의 이해를 도왔다. 첨부 자료 중에는 양정호가 공대 학생에게 부탁해 만들었다는 색깔 언어의 번역 프로그램도 있었다.

백상아의 논문은 말하고 있었다.

'목격자로서 강은총은 충분한 증언능력을 가지고 있다.'

논문을 다 읽은 민준은 즉흥적인 살인을 결심했다.

인적이 드문 으슥한 곳의 캠핑카. 그보다 더 살인에 적합한 곳은 없었다. 마침 그에게는 정호의 교수실에서 몰래 가지고 나온 칼이 있었다.

인근의 CCTV 카메라를 망가뜨리고 캠핑카 내부에 있는 전등의 전선을 끊었다.

일련의 작업을 마친 후, 캠핑카의 가림막 뒤에 숨어 백상아가 돌아오기를 기다렸다.

산책을 마치고 돌아온 그녀가 의심이 가득 찬 눈빛으로 캠핑카 내부를 살피는 모습을 보고서야 민준은 자신의 실수를 깨달았다. 노트북의 전원을 끄지 않은 것, 목장갑을 바닥에 떨어뜨린 것.

여자가 저대로 문을 열고 나가버리면 오늘이라는 소중한 적기가 날아간다.

하지만 이번에도 신은 민준의 편이었다. 캠핑카 주변에 누군가가 나타났다.

백상아는 그를 보자 급히 몸을 숨겼다. 자신에 대한 경계가 그 남자에게로 옮아간 것이다.

그때 민준은 그 남자가 엄전무라는 것을 몰랐다. 그저 빚쟁이나 스토커처럼 어떤 이유에서든 백상아가 만나기 싫어하는 인간일 것이라고 짐작할 뿐이었다.

엄전무가 사라지자 백상아는 곧 닥쳐올 운명도 모르고 안도했다.

그녀가 가림막 뒤에 있는 민준의 정체를 깨달았을 때는 이미 늦었다. 양정호의 칼이 그녀의 동맥을 끊은 후였다.

목장갑이 벗겨졌지만 지문이 남을 것을 걱정할 필요는 없었다. 그의 지문은 세제와 락스에 녹아 사라진 지 오래였다. 모자와 마스크를 썼기 때문에 머리카락이나 타액 따위가 떨어질 일도 없었다. 발자국을 지운 후, 칼을 다시 백상아의 목 뒤에 살짝 꽂아두었다. 백상아의 죽음을 제일 먼저 발견할 양정호가 자신의 지문이 묻을 것은 미처 생각하지 못하고 칼을 집어 들길 기대하면서.

일을 마친 민준은 노트북을 들고 캠핑장 뒤쪽 벽에 있는 작은 개

구멍으로 사라졌다.

민준은 기다렸다. 저명한 여교수의 살인사건으로 세간이 떠들썩하기를.

언론이 이 사건에 어떤 이름을 붙일까 살짝 설레기도 했다.

제발 '캠핑장 살인사건' 같은 지루한 이름은 붙이지 말아야 할 텐데…….

기대와 달리 세상은 평온했다. 두 번째 살인이 일어난 다음 날도, 그 다음 날도.

캠핑장은 영업을 계속했고, 인터넷에는 지루한 연예인의 열애설만 가득했다.

다시 찾아간 캠핑카 베네치아는 깨끗했다. 시체도 핏자국도 없었다. 놀라울 만큼 깔끔하고 숙련된 뒤처리였다. 민준은 누군가가 자신의 살인에 개입했다는 것을 깨달았다.

답은 백상아의 노트북 속에 있었다.

식품의약품안전처의 연구원인 주기홍의 상담 내용, 백상아가 메모장에 남겨놓은 엄전무의 신원, 인터넷 검색 기록에 남아 있는 '명성', '웨하스 전쟁', '대기업의 비리 고발자' 등의 검색어들.

몇 가지 사실만으로도 명성과 백상아 사이에 무슨 일이 있었는지 충분히 알 수 있었다.

"다행이었겠네?"

은혜가 백상아의 죽음을 애도하듯 블랙 위도우 피규어를 장기판 위에 곱게 눕히며 말했다.

"뭐가?"

"너의 살인 흔적이 다 사라졌으니."

민준 역시 처음에는 다행이라고 생각했다. 그러나 마음 한편에서 섭섭한 마음이 자꾸 고개를 쳐들었다. 애써 죽였는데 아무도 몰라주다니. 눈앞에 범인을 두고도 알아보지 못하는 경찰에게 '내가 살인범이야. 이 바보들아'라고 속말을 할 때의 쾌감을 다시 느껴보고 싶었다.

은혜가 피규어들을 빠르게 움직이며 나머지 사건을 정리했다.

"사건은 점점 더 복잡해졌지. 은총이의 누나란 여자, 즉 내가 동생이 양정호에게 보낸 신호를 날 부르는 것이라 착각하고 나타난 거야. 백상아의 노트북이 은총이에게 있다고 생각한 엄전무는 노트북을 찾으러 왔다가 양정호를 죽이고 엄마와 은총이를 납치해. 스크랩북을 발견한 나는 진범이 양기호가 아니라는 것을 알고 너에게 선전포고를 하고. 백상아의 노트북으로 협박한 덕에 엄전무는 너의 종이 되었겠지. 결국 불쌍한 자폐아 모자는 극악무도한 살인자의 손에 들어가게 된 거야."

장기판 위에 헐크가 나타났고, 블랙 팬서는 쓰러졌다. 아이언맨이 초나라 진영으로 넘어갔고, 윈터 솔저는 캡틴 아메리카의 뒤에 섰다.

"이후 네가 나를 백상아, 양정호의 살인 용의자로 만든 덕에 경찰도 너의 편이 되었고."

은혜는 장기판 위에 경찰을 의미하는 호크 아이를 올려놓았다.

누가 봐도 지금까지의 상황은 초나라의 승리였다.

초나라의 장군인 캡틴 아메리카에게는 두 명의 인질과 두 명의 군사가 있었다. 한나라는 장군을 인질로 잡혔을 뿐만 아니라 두 명의 군사를 잃었다. 쓰러진 전우들 사이에서 헐크가 홀로 적들과 대적하고 있을 뿐이었다.

민준은 여분의 피규어 중 하나를 집어들어 장기판 위에 올렸다. 그러더니 손가락으로 툭 쳐서 넘어뜨렸다. 피규어는 닥터 스트레인지[18]였다. 닥터 스트레인지의 붉은 망토가 장기판 바닥에 늘어졌다.

"박수호가 섭섭해하겠어. 친구의 죽음을 빼먹어서야 쓰나?"

민준은 일부러 수호의 죽음을 언급했다. 지금 이 순간 은혜에게 가장 아픈 칼을 꺼낸 것이다.

닥터 스트레인지는 키가 삐죽 크고 마른 것이 박수호와 닮아 보였다.

"장기판을 보니 확실히 보이네. 나의 압승이."

은혜가 턱을 괴더니 민준을 지그시 쳐다봤다.

"네 눈에는 그렇게 보이니? 내 눈에는 다른 게 보이는데."

"……?"

"신이 만든 스토리와 네가 만든 스토리의 차이. 넌 항상 일어날 수 있는 또 다른 가능성을 놓치지. 그럼 신은 너를 비웃듯 전혀 예상치도 못한 우연을 만들어. 은총이도, 백상아도, 엄전무도, 나도. 전혀 상상하지 못한 등장인물 아니야?"

"그래, 맞아. 아주 짜증나는 일이지. 신은 깔끔하게 압축된 스토리의 미학을 이해하지 못해. 도대체 누가 주인공이고 조연인지, 어떤 주제를 전달하고 싶은 건지."

"인생이라는 게 원래 뒤죽박죽이지. 어쨌든 넌 신을 이길 수 없어. 이 이야기는 결코 네 뜻대로 마무리되지 않을 거거든."

---

18) 마블 코믹스의 슈퍼 히어로. 마법사. 전직 신경외과의. 시공을 조절할 수 있다.

"아니, 네 번째 살인은 아주 완벽할 거야."

민준은 스크랩북을 낚아채더니 문서 세단기 속에 넣고 버튼을 눌렀다.

세단기는 스크랩북의 두께가 버거운지 잠시 버벅거렸다. 하지만 한 번 칼날이 길을 내자 순식간에 스크랩북을 분쇄해 가루로 만들었다.

은혜는 망연자실한 채 스크랩북이 사라지는 걸 지켜볼 뿐이었다.

"이제 너의 협상 카드는 사라졌어. 네가 할 수 있는 일은 아무것도 없다는 얘기야."

은혜는 기어이 고개를 떨궜다.

"다행이라고 생각해. 보잘 것 없던 경호원이 동생을 구하는 이야기, 얼마나 시시해. 결국 가족에 대한 사랑이 최고다? 네 이야기가 기사화된다면 그걸 읽는 사람들은 지루하고 뻔해서 하품을 할 거야."

민준이 시계를 보더니 폐막을 선언하듯 말했다.

"자, 이제 시간이 됐어. 연극의 결말을 선택할 시간."

고개를 숙이고 있던 은혜의 입에서 피식 웃음이 새어나왔다.

민준이 지금 상황에 어울리지 않는 은혜의 반응을 보고 멈칫했다.

실성이라도 한 모양인가? 그럴 수 있었다. 이 상황을 쉽게 받아들이는 게 어디 쉬운 일인가.

"네 제안 거절하겠어. 두 가지 결말이 다 맘에 안 들거든."

민준은 은혜의 태도에 짜증이 났다.

뭐든 쉽게 넘어가는 일이 없군.

"그렇다면 어쩔 수 없지."

민준은 엄전무에게 전화를 했다.

"두 사람 지금 처리하세요."

민준의 말에 응답이 없었다. 분명 신호가 갔고 누군가 받았는데 전화기 너머가 조용했다.

이상한 기운을 감지한 민준은 태블릿 PC를 통해 지하실의 영상을 봤다. 인질들은 여전히 미동도 없이 누워 있었다.

"어디 있죠? 어서 두 사람 죽이라니까."

민준이 소리를 지르자 두 인질이 기지개를 폈다.

담요 아래 웅크리고 있던 팔다리가 담요 밖으로 불쑥 드러났다. 그것은 노모와 은총이의 여린 팔다리가 아니었다. 건장하고 단단한 사내들의 사지였다.

피투성이가 되었지만 수수깡 인형처럼 비슬비슬 키가 큰 남자는 수호임에 틀림없었다. 엄전무의 대포폰을 들고 있는 다른 한 남자는 가죽 재킷과 가죽 부츠를 착용하고 있었다.

민준은 상황을 이해해 보려고 태블릿 PC를 뚫어져라 쳐다봤다.

은혜는 쓰러졌던 닥터 스트레인지를 세우고, 새 멤버인 토르[19]를 등판시켰다.

"엄전무는 벌써 경찰서에 이송됐어. 은총이랑 엄마는 병원에서 회복 중이고……. 너도 참 둔감하기는. 내가 뭣 하러 경찰들이 다 보고 있는데 CCTV에 욕을 해서 너를 도발했겠어? 오 분이면 올 거리를 곡예 운전을 해가며 추격전을 벌인 건 왜 그런 것 같니? 여기까지 오느라 힘들어 죽겠는데, 무슨 야바위꾼도 아니고 장기판 위에서 피규어를 이리저리 움직인 건 또 왜인 거 같니?"

---

19) 마블 코믹스의 슈퍼 히어로. 천둥의 신. 아스가르드의 왕. 주된 무기는 망치.

민준의 얼굴이 일그러졌다.

"일부러 시간을 벌어서 인질을 빼낸 거야?"

"일종의 교란술이지. 못 하는 연기하느라 힘들었어. 나는 배우 체질이 아닌가 봐."

혼란스런 민준은 은혜의 조롱이 귀에 들어오지 않았다.

"어떻게?"

"두 가지 이유가 작용했지. 첫째는 박수호에 대한 엄전무의 과소평가. 그리고 두 번째는 한 경찰의 명성에 대한 맹목적 증오."

2시간 전, 윈터 솔저

황토색 찜질복을 입고 고온실에 드러누운 엄전무는 강은혜가 한 말을 곱씹어봤다.

'살인자의 개라……'

처음에는 개라는 말이 물 없이 털어 넣은 가루약처럼 텁텁하게 목에 걸려 넘어가지 않았다.

생각해보면 그다지 틀린 말도 아니었다. 엄전무는 항상 누군가에게 충실한 삶을 살아왔다. 운동부 코치, 군대 선임, 명성의 회장님.

솔직히 그는 개의 삶이 좋았다. 강력한 힘을 가진 자의 규칙과 명령 속에 사는 것은 강력한 힘의 일부가 되는 느낌이었다.

힘의 논리는 일반적 윤리나 양심 위에 있었다. 권력의 소유자가 살인을 명령했다면 명령에 따르는 것이 법이요, 도덕이었다. 힘이 있는 자가 힘이 없는 자를 지배하는 세계. 엄전무는 그것을 '부당'

이라 명명하지 않고 '질서'라고 불렀다.

개가 되는 것은 괜찮다. 그러나 살인자의 개가 되는 것은 꺼려지는 문제였다.

엄전무는 놈이 어떤 사람인지 몰랐다.

힘의 세계는 야수들의 생리와 같다. 제일 센 사자가 나타나 그 힘을 보여주면 약한 사자들은 그 앞에 머리를 조아린다. 놈은 그 규칙을 무시한 것이다. 자신이 어떤 야수이며 어떤 힘을 가졌는지 당당하게 증명하지 않고 약점을 이용해 자신을 개처럼 부리고 있었다.

덕분에 엄전무는 지금 이 상황을 명성에 보고하지도 못하고 놈의 눈치만 살피며 그의 주인 노릇이 끝나기를 기다리고 있는 처지가 됐다.

백상아의 노트북만 돌려받으면 놈과의 인연도 끝이었다. 하지만 엄전무는 단 한순간도 별 볼 일없는 이상한 놈의 개로 살았다는 굴욕의 역사를 갖고 싶지 않았다.

찜질방 문이 열렸다. 퀵 배달 기사가 짜증나는 듯 소리쳤다.

"엄준태 씨, 엄준태 씨. 여기 있어요?"

엄전무가 배달된 상자를 받자 기사는 투덜투덜 불평을 했다.

"이런 데로 퀵을 시키면 어쩌자는 거야. 서울에서 왕서방 찾기도 아니고. 찜질방 문을 다 열어봤잖아요."

보낸 이가 적혀 있지 않는 배달물. 엄전무는 이것을 보낸 이가 놈임을 알고 있었다.

상자 안에는 열쇠 하나와 주소지가 적힌 종이가 들어 있었다.

놈에게 전화가 왔다. 실시간으로 그를 감시하고 있지 않다면 맞출 수 없는 타이밍이었다.

놈은 항상 이런 식이었다. 그의 개가 어디 있는지 귀신처럼 알고 지령을 내렸다.

"적혀 있는 주소지로 가서 대기하세요. 열쇠는 그 집의 열쇠입니다."

말을 마친 놈은 대답도 듣지 않고 전화를 끊었다.

놈이 보낸 주소지는 외진 산속에 위치한 집이었다.

엄전무는 집에서 조금 떨어진 곳에 주차된 차를 발견했다. 선팅이 짙은 제네시스. 강은혜가 타고 다니던 차였다.

엄전무는 직감했다. 인질을 감금해둔 곳에 쥐새끼가 들었다는 것을.

그는 발소리를 낮추고 다가가 파란 대문에 귀를 갖다 댔다.

"아줌마, 은총아. 저 수호예요. 목욕탕 집 박수호. 조금만 기다리세요. 제가 구해드릴게요."

박수호? 강은혜랑 몰려다니는 그 한심한 녀석.

최대한 소리가 나지 않게 주의하며 대문을 열었다.

탕, 끼이익. 조심스러운 손길이 무색하게 옛날식 잠금쇠는 엄청난 쇳소리를 내며 풀렸고, 경첩은 녹슨 철문이 잠금쇠에서 해방되자 힘겨운 듯 우는 소리를 냈다.

그러나 수호는 돌로 자물쇠를 부수느라 여념이 없었다.

엄전무는 수호에게 다가가며 소음기를 꺼내 총에 장착했다.

머리를 가격해 쓰러뜨린 후, 심장에 정확히 두 발을 쏘는 것. 그것은 엄전무 나름의 배려였다. 엉뚱한 곳에 총을 맞아 과다출혈로 죽어가는 마지막은 얼마나 참혹한가. 머리를 쏘는 방법도 있지만 엄전무는 심장 쪽을 선호했다. 얼굴이 훼손된 시체로 장례를 치르게 하는 것은 유가족에 대한 예의가 아니라고 생각했다. 수호에게도 어김없이 엄전무의 배려가 베풀어졌다.

수호의 하얀 니트 스웨터가 피로 물들었다.

박수호의 죽음을 보고하는 문자를 놈에게 보낸 후 주변을 살폈다.

마당에 드리워진 검은 천막이 보였다.

수호가 자물쇠를 깨느라 천막을 고정하고 있던 돌을 치운 탓에 천막의 한쪽 모퉁이가 춤을 추듯 바람에 날리고 있었다.

천막 아래 켜켜이 쌓인 동물들의 사체를 보자 뱃속 깊은 곳이 울렁이더니 강력한 혐오가 치밀어 올랐다.

역시 놈은 사이코 새끼였어. 그런 놈을 위해 개 노릇을 하고 있다니.

엄전무는 다짐했다. 노트북을 돌려받은 후, 놈이 이 세상을 돌아다닐 일은 없게 하리라고.

엄전무는 수호의 팔을 끌고 구덩이로 다가갔다. 구덩이는 잠시 동안 시체를 숨겨두기에는 나쁘지 않은 장소였다.

구덩이 바로 앞에 다다랐을 때 뭔가 이상한 기운을 감지하고 발길을 멈췄다. 시체의 손목을 잡은 손끝에서 맥이 느껴진 것 같았다.

설마……. 엄전무는 상체를 숙이고 손을 뻗어 수호의 니트 스웨터를 풀어 헤쳤다. 스웨터 아래로 방탄조끼가 드러났다. 조끼의 심장 쪽에 네 개의 총알 자국이 옹기종기 모여 있었다.

강은혜가 방탄조끼를 이놈에게 준 것이다. 옷에 묻은 피는 동물의 피였다.

엄전무가 총을 꺼내려는데 손이 뜻대로 움직여주지 않았다. 명품 시계의 화려한 큐빅이 수호의 스웨터에 걸린 것이다.

수호가 눈을 번쩍 떴다. 오른손으로 엄전무의 멱살을 잡아당기더니 왼손으로 허리춤에 있는 무엇인가를 꺼냈다. 전기 충격기였다.

찌르르, 강력한 전류가 목을 타고 흐르자 엄전무는 경기가 난 사람처럼 몇 차례 몸을 떨더니 구덩이 속으로 풀썩 쓰러졌다.

2시간 전, 토르

내가 좀 심했나? 쉬는 날이라 소파에 늘어져 리모콘을 누르던 경민은 최형사에게 전화까지 해서 오지랖을 부린 게 계속 마음에 걸렸다. 지문감식 결과로 강은혜가 용의자가 되었다는 소식을 듣고 그만 흥분하고 말았다.

살해 도구에서 지문이 나왔다면 용의자로 추정하는 것이 당연한 일인데 확증 편향적 수사가 어쩌고저쩌고 하며 시건방진 소리를 떠들다니.

솔직히 확증 편향적 사고에 사로잡힌 것은 최형사가 아니라 경민이었다.

명성은 어떻게든 이 사건에 개입을 하고 있다. 아니 개입하고 있어야 한다. 그는 명성에 대한 맹목적인 증오로 이성이 마비돼 있었다.

스스로 확증 편향에 빠져 있는 주제에 선배에게 그런 수사를 한다고 지적한 게 미안해진 경민은 당장 최형사에게 사과하지 않고는 견딜 수가 없었다.

최형사에게 전화를 해봤지만 받지 않았다. 동료 형사들에게 물어보니 사건현장에 갔다고 했다.

평소 최형사는 경민의 애마를 부러워했다. 최형사가 비굴하게 부탁해도 한 번도 내어주지 않았던 애마였다.

애마를 끌고 나가 최형사에게 사과를 하기로 한 경민은 외출 준비를 서둘렀다.

가죽 재킷을 입고, 가죽 부츠를 신고, 선글라스를 썼다. 채비를 끝낸 그는 슈퍼바이크를 몰고 선부동으로 향했다.

한동안 속도감 있게 달리던 경민은 사건현장 인근에 있는 화랑 유원지에 오토바이를 세웠다.

그리고 전화를 했다. 최형사가 여전히 사건현장에 있는지 확인하기 위해서였다.

핸드폰을 든 채 최형사가 전화 받기를 기다리고 서 있는데 한 여자의 따가운 시선이 느껴졌다.

처음에는 그녀가 자신의 멋진 모습에 반했다고 생각했다. 오토바이를 끌고 나왔을 때 여자들의 시선을 받는 일은 드문 일이 아니었다.

적당히 시선을 주다가 사라질 줄 알았는데 여자가 경민에게 성큼성큼 다가왔다. 그제야 경민은 여자를 자세하게 살폈다. 저 여자…… 강은혜잖아.

경민은 그녀에게 할 말이 많았다.

지금 당신은 살인 용의자다. 경찰들이 당신을 찾고 있지만 나는 믿는다. 당신이 범인이 아니라는 것을.

그러나 경민은 은혜에게 한 마디도 할 수가 없었다. 순식간에 팔이 꺾이고 오토바이에서 끌어내려졌기 때문이다. 예상치 못한 상황에 미처 반격을 할 생각도 못 했다.

멀어지는 오토바이를 바라보는 경민의 머릿속에 드는 생각은 한 가지였다. 전세금보다 비싼 오토바이의 카드 할부금이 앞으로 36개월 더 남아 있다는 것.

그녀를 쫓기보다 경민은 사건현장으로 가서 최형사를 만나는 게 급하다고 생각했다. 선부동 사건현장의 지름길인 골목길로 들어서는데, 요란한 벨소리가 울렸다.

소리가 나는 쪽을 보니 야쿠르트 판매원이 핸드폰을 들고 의아해하고 있었다.

"이게 왜 박스에 들어있지? 여봐요? 핸드폰 잃어버리신 분."

경민은 경찰 신분을 밝히고 핸드폰을 건네받았다.

액정에는 박수호라는 이름이 보였다.

경민이 전화를 받자 박수호라는 사람이 다짜고짜 소리를 질렀다.

"강은혜, 왜 전화가 안 돼? 나 지금 놈의 집이야. 은총이랑 어머니는 무사해서. 야, 놀라지 마라. 엄전무와 엄청난 혈투를 벌였는데 내가 놈을 처치했다고!"

***

이야기를 마친 은혜는 윈터 솔져를 쓰러뜨리고, 아이언맨을 한나라 진영으로 옮긴 후, 스파이더맨을 장기판에 올려놓았다.

"스파이더맨?"

민준이 물었다.

"있어. 너는 모르는 우리 편. 그냥 양정호를 도운 연구원이 있다, 정도만 알아둬."

장기판 정리를 끝낸 은혜가 거드름을 피우며 말했다.

"어때, 내가 만든 스토리가? 김순경에게 전화를 받고 급하게 한 번 짜본 건데. 물론 CCTV의 시선이 닿지 않는 나무 그늘 아래서 세운 계획이라 넌 감쪽같이 몰랐겠지만."

민준은 냉정함을 유지하려 안간힘을 썼다.

"내가 조금만 주의를 기울였다면 인질을 바꾸려는 것을 알아차릴 수 있었어. 나 같으면 그렇게 위험한 작전은 실행하지 않았을 거야."

"너는 주의를 기울이지 않았고 우리는 인질을 구했어. 왜? 너의 그 공명심 때문에. 너는 네 살인을 자랑하고 싶어 안달이 났었거든."

민준은 입술을 깨물었다. 그녀가 잘난 척하는 걸 계속 보는 게 견디기 어려웠다.

"그럼 이제 어떻게 하지? 우리 둘 다 협상 카드가 사라졌네."

은혜는 무엇인가 대단한 비밀을 말해주려는 듯 목소리를 낮추었다.

"정확히 말하면 협상 카드는 하나였어."

"……?"

"은총이의 스크랩북에는 어디에도 너에 대한 정보가 없었거든. 애초에 스크랩북은 협상 카드가 될 수 없었던 거지."

민준은 머리를 감쌌다.

"내 스토리가…… 엉망진창이 됐어."

"안타깝게도 네가 우려하던 뻔한 결말이 되겠지. 하잘것없는 경호원은 동생을 구했고, 살인마는 감옥 안에서 회개의 눈물을 짓는다."

"동생은 구했을지 몰라도 나를 감옥에 넣진 못해."

민준은 장기판 위에 있는 호크 아이를 가리켰다.

"잠시 뒤 보안벽이 열리면 경찰들은 너를 쫓을 거야. 경찰들이 네가 범인이 아니라는 것을 알게 될 때쯤이면 나는 이미 알래스카로 가는 배에 있겠지."

"과연 그럴까?"

때마침 확성기를 통해 최형사의 목소리가 들려왔다.

"김진철, 장소희, 백상아의 살인범이자 강은총, 모혜영의 납치범인 고민준. 너는 지금 포위됐다. 반항하지 말고 투항하는 게 좋을 거야."

은혜가 웃으며 핸드폰을 민준의 눈앞에 내밀었다. 핸드폰은 최형사와 통화로 연결돼 있었다.

"어떻게 이런 것도 체크를 안 하니? 이런 건 기초 중의 기초인데. 그리고 이 전화 자동저장 기능이 있더라. 네 자백은 중요한 증거로 쓰일 거야."

은혜는 초나라 진영에 있는 호크 아이를 한나라 진영으로 옮겼다.

한나라 진영은 아이언맨, 헐크, 닥터 스트레인지, 토르, 호크 아이, 스파이더맨 등으로 발 디딜 틈이 없어졌고, 초나라 진영에는 캡틴 아메리카만 덩그러니 남았다.

은혜가 헐크 피규어로 캡틴 아메리카를 쳐서 넘어뜨리며 말했다.

"끝났어, 캡틴 아메리카."

시계가 네 시를 가리켰다. 보안벽이 스르륵 올라가기 시작했다.

민준은 통합관제센터 주변의 CCTV 화면을 봤다. 경찰들이 잔뜩 대기한 채 문이 열리기를 기다리고 있었다.

"드디어 끝이야."

은혜가 안도하며 의자 깊이 상체를 묻었다.

민준이 은혜가 앉은 의자를 힘껏 찼다. 바퀴달린 의자가 뒤로 확 밀려났다.

은혜가 몸을 일으키자 민준이 책상 옆에 세워둔 긴 장대 우산을 내리쳤다.

우산은 은혜의 정수리를 정확히 가격했다. 정수리에서 흘러나온 피가 이마까지 흘렀다.

은혜가 주춤하는 사이, 민준은 그녀가 걸어놓은 잠금쇠들을 차례로 풀었다.

은혜가 비틀거리며 민준에게 다가가 발에 체중을 실어 그의 다리를 힘껏 내려찍었다.

무릎이 꺾인 민준은 옆구리에 끼고 있던 우산을 뒤로 힘껏 내질렀다.

우산의 쇠꼬챙이 끝이 은혜의 배를 찔렀다. 은혜는 강렬한 통증을 느끼며 그대로 주저앉았다. 민준은 마지막 잠금쇠를 열고 밖으로 나갔다.

복도로 나온 민준은 승강기 버튼을 누르려다가 멈칫했다. 하나밖에 없는 승강기를 탔다가 경찰을 만나면 꼼짝없이 잡힌다.

비상구 문을 열고 계단으로 뛰어들었다. 몇 발짝 내딛자마자 다리에 시큰한 통증을 느꼈다. 은혜에게 얻어맞은 부위였다. 그는 한 발 내디딜 때마다 온몸이 감전되는 것 같은 통증을 견디며 계단을 내려갔다.

끼이익 철컹.

민준이 2층에 다다랐을 때 비상구의 철문을 여는 소리가 들렸다.

이어 누군가 계단을 내려오는 소리. 발소리는 점점 빨라졌다.

민준이 다시 발걸음을 재촉했지만 발이 말을 듣지 않았다.

등 뒤로 묵직한 통증이 덮쳐왔다. 은혜였다. 은혜는 민준을 끌어안고 계단 쪽으로 쓰러졌다. 두 사람은 서로 뒤엉킨 채 계단을 굴러 내려갔다. 계단에 몸이 부딪히는 시간이 억겁처럼 길게 느껴졌다.

계단 끝에 두 사람의 몸은 넝마처럼 널브러졌다.

일어나야 한다. 마음과 달리 의식은 민준을 떠나려 하고, 몸 곳곳은 아프다고 아우성을 쳤다.

사방에서 경찰들의 소리가 들렸다. 민준이 다시 몸을 일으켰다.

은혜는 달아나려는 의식을 겨우 붙잡고 있었다.

귀에는 웅웅 이명이 울리고, 머리에는 찌릿한 두통이 이어졌다. 그녀는 마지막 힘을 쥐어짜 눈을 부릅떴다. 끝을 확인하고 싶었다. 그러나 달아나는 의식을 붙들지 못한 채 결국 정신을 잃었다.

11

은혜는 깊은 무의식의 바다로 침잠하는 꿈속에 있었다.

깊고 어두운 심연이었지만 편안하고 고요했다. 기억할 수 없지만 잠시 머물렀던 엄마의 자궁 속이 이런 느낌이 아닐까 하는 생각도 들었다.

은혜는 심연 속으로 자꾸만 가라앉고 있었다. 이대로 끝도 없이 가라앉다 보면 정말 다시 엄마의 자궁에 다다를지도 몰랐다. 그곳에서 그녀는 여인에서 소녀로, 소녀에서 태아로 역행하다가 결국 작은 점이 되어 소멸되고 싶었다.

바다 아래서 무언가 나타나 은혜의 발목을 잡았다.

털이 부슬부슬 난, 손마디가 짧은 손. 토끼였다.

사춘기부터 꿈에 나타나 그녀를 괴롭히던 괴물 토끼.

토끼는 가라앉고 있는 그녀의 몸에 올라탔다.

토끼의 얼굴이 은혜의 시야에 가득 찼다. 긴 귀는 소리를 찾는 듯

연신 움찔댔고, 흰자위가 없는 붉은 눈은 두 눈 사이 거리가 너무 멀어 그녀를 보고 있는지 다른 곳을 보고 있는지 가늠할 수 없었다.

토끼는 짧은 앞발로 그녀의 목을 조르기 시작했다.

숨이 가빠왔다. 꿈속이라고 해서 고통이나 공포가 덜하지 않았다.

은혜를 빤히 바라보던 토끼가 눈을 한 번 감았다 떴다.

붉은 토끼의 눈이 날카로운 삼백안으로 변했다. 은총이가 인생에서 사라졌으면 하고 내심 바라지 않았냐며 심중을 꿰뚫던 고민준의 눈이었다.

밀어내려고 했지만 토끼는 상상 이상으로 힘이 셌다. 짧은 앞발은 은혜의 목을 당근처럼 그러쥐고, 커다란 뒷발은 은혜의 허리를 그러안았다.

주머니를 뒤졌다. 칼이 나왔다.

그녀는 그 칼을 토끼의 가슴에 찔러 넣었다. 흘러나온 피가 아지랑이처럼 퍼져나갔지만 토끼는 움켜쥔 목을 놓지 않았다.

토끼가 다시 눈을 감았다 떴다. 고민준의 눈이 사라졌다.

이번에는 너무 작아서 속내를 알 수 없는 눈이 불안하게 주위를 살피고 있었다.

경호팀 팀장의 눈이었다.

여자가 시집이나 가지 무슨 경호냐, 촌각을 다투는 순간에 생리가 터지면 어떡하느냐, 성차별적 언사를 거침없이 내뱉는 작자였다.

은혜는 토끼의 가슴에 박힌 칼을 뽑았다가 다시 찔렀다.

바다는 점점 더 붉은빛을 띠었다.

토끼는 끈질기게 눈빛을 바꾸었다.

은혜를 욕하던 친구들의 눈, 은총이를 멸시하던 마을 사람들의 눈이 차례로 나타났다. 앞에서는 위하는 척하면서 뒤에서는 험담을 하는 그들의 가식적인 심장에 어김없이 칼이 꽂혔다.

토끼도 은혜도 지쳐갈 즈음, 익숙한 눈이 나타났다.

미간을 찌푸린 채 세상을 삐딱하게 바라보고 있는 갈색 눈동자. 컬러 렌즈라도 한 것처럼 지나치게 갈색인 눈 아래, 주근깨가 점점이 박혀 있었다.

은혜는 알고 있었다. 삐딱한 시선 뒤에 숨어 있는 지독한 불안과 공포를.

그것은 그녀 자신의 눈이었다.

죽어. 너도 죽어버려.

은혜는 남은 힘을 쥐어짜 칼을 심장에 찔러 넣은 후, 더 이상 그 심장이 뛰지 못하도록 칼날을 비틀었다. 피가 마구 솟구쳤다.

토끼는 더 이상 눈을 뜨지 않았다. 귀를 축 늘어뜨린 채 심연 속으로 멀어져갔다.

은혜는 수면으로 나아가고 싶었다. 피비린내가 나는 이곳에서 벗어나 맑은 공기와 따스한 햇살을 느끼고 싶었다.

팔 다리를 힘껏 휘저었지만 수면까지는 멀었다. 토끼를 죽이는 데 힘을 소진한 사지가 해파리처럼 늘어졌다. 은혜의 몸은 다시 가라앉기 시작했다.

수면 위에서 누군가 그녀에게 손을 내밀었다.

은혜는 손을 잡았다. 따뜻했다. 그 온기는 그녀를 의식의 세계로 소환했다.

2018년 10월 16일

은혜가 눈을 뜬 곳은 병원이었다.

병원 로고나 창밖의 풍경을 보지 않아도 그녀는 이곳이 어디인지 알 수 있었다. 눈을 뜨자마자 가슴이 저릿하고 아파왔기 때문이다.

고려대학교 안산병원.

십오 년 전, 교통사고를 당한 아버지와 은총이는 이곳 고대 안산병원으로 옮겨졌다.

아버지의 장례를 치른 후 은혜의 가족은 이 병원을 다시 찾지 않았다. 우연히 병원의 광고판을 단 버스가 지나가거나 멀리서 우뚝 솟은 병원의 피뢰침만 봐도 마음을 저미는 고통이 느껴졌다.

"깼어? 몸은 좀 어때?"

은혜의 손을 잡고 잠들어 있던 수호가 입가에 고인 침을 닦으며 일어났다.

이 손이었다. 생의 의지를 느끼게 해준 따뜻한 손이.

"괜찮아. 이제 다 끝난 거지?"

"이제 다 끝났어."

수호가 미소를 지었다.

병실은 4인실이었다. 맞은편 침대에 걸린 환자의 네임택을 읽고 은혜는 자기도 모르게 안도의 한숨을 내쉬었다.

'강은총/19세', '모혜영/54세'

우리 가족은 모두 회복실로 옮겨졌다. 영안실이 아닌 회복실로.

수호가 어머니와 은총이의 행방을 설명했다.

"어머니는 옷이랑 먹을 거 챙겨온다고 집에 가셨어. 내가 가겠다는데 극구……. 걱정하지 마. 경찰이 모시고 갔으니까. 은총이는 검사실에 갔어. 간 지 한참 됐으니까 곧 올 거야."

은혜와 수호는 자판기 커피를 뽑아들고 정원으로 나갔다.

병원의 정원은 미음자를 이루고 있는 건물의 안쪽에 위치했다. 그곳에 앉아 하늘을 보면 액자에 들어 있는 자신만의 작은 하늘을 가진 기분이었다.

밤공기가 상쾌했다. 드문드문 별도 보였다.

희미한 몇 개의 별이 보이는 게 고작인데도 신비롭다고 느껴졌다.

은혜와 수호는 나란히 벤치에 앉았다.

수호는 백상아 박사의 연구결과에 대해 이야기해줬다.

은총이는 엄밀하게 말하면 자폐가 아니라고 한다.

십오 년 전 사고는 은총이의 언어 표현 중추를 망가뜨렸다. 또한 그 사고의 트라우마는 은총이가 세상으로부터 스스로를 격리하게 만들었다.

마음을 닫았지만 정신지체를 동반한 일반적 자폐와는 달랐다. 색깔 언어를 통해 초등교육부터 다시 시작하면 금세 또래의 지적 수준을 따라잡을 수 있을 거라고 했다.

"그게 무슨 말이야, 장애는 맞지만 정신지체는 아니라니? 마음을 닫았지만 자폐는 아니라고?"

수수께끼 같은 말이었다. 수호도 설명하기 힘든지 머리를 긁적였다.

"은총이 천재라면서? 서번트 신드롬인가 뭔가, 그거라고……."

"서번트 증후군은 자폐아들에게 나타나는 천재성이야. 은총이는 엄밀히 말하면 선천성 자폐가 아니고."

"천재가 아니고서는 그 많은 색깔 언어를 외우는 게 설명이 안 되잖아."

은혜의 질문에 대한 수호의 대답은 놀라웠다.

은총이는 뇌를 다치면서 언어를 관장하는 뇌의 영역이 색을 인지하는 영역과 연결돼버렸다고 했다. 어떤 언어를 떠올리면 그 언어가 가지고 있는 고유의 색이 눈에 보인다고 했다.

수호는 이런 경우는 전 세계적으로 유례가 없는 놀라운 사례라며 침을 튀겼다.

"말하자면 공감각이라고 할 수 있지. 모차르트도 음을 색으로 인지했다는 가설이 있대. 그래서 악보 없이 즉흥적으로 음악을 만들 수 있고, 아무리 긴 음악도 한 번 들으면 다 기억할 수 있었던 거지. 하나의 감각이 아닌 두 개의 감각을 쓰는 거니까."

말이 색으로 보이다니! 은총이는 색깔 언어를 외운 것이 아니라 언어의 색을 보는 것이었다.

욕이 터져 나오는 입에서도 무지개를 봤을 은총이를 생각하니 웃음이 났다. 자폐아 누나로 놀림 받느라 온통 잿빛이었던 은혜의 학창시절과 달리 은총이에게 학교는 매일 새 그림이 걸리는 갤러리였을 것이다.

'신이 한쪽 문을 닫으면 다른 쪽 문을 열어 준다'는 엄마의 말이 맞았다. 신은 은총이의 입을 막은 대신 독특한 눈을 갖게 하셨다.

모든 게 평화로웠다. 가족은 무사하고, 곁을 지켜 준 친구의 손은 따뜻했다.

희망이니, 사랑이니 하는 반짝이는 단어가 손에 닿을 듯 가깝게 느껴졌다.

다시 졸음이 밀려왔다. 이제 정말 깊은 잠에 빠져들 수 있을 것 같았다. 은혜는 무거워진 머리를 수호의 어깨에 기대며 마지막 질문을 했다.

"캡틴 아메리카는?"

수호의 어깨가 움찔했다.

잠시 후, 수호가 머뭇머뭇 털어놓는 말을 은혜는 믿을 수가 없었다.

*＊＊

최형사는 절뚝거리는 발걸음으로 폴리스 라인을 넘었다.

고민준의 집을 다시 한 번 둘러보기 위해서였다.

증거는 충분했다. 경찰들은 민준의 집에서 장소희와 김진철의 두개골을 으스러뜨린 야구 배트, 살인 계획을 세세하게 기록한 노트, 변장할 때 사용한 각종 제복들, 강은총과 모혜영을 감금했을 때 찍은 지하실 영상, 은혜에게 누명을 씌우기 위해 채취한 혈액 등을 찾았다.

최형사가 고민준의 집을 찾은 것은 증거 때문이 아니었다.

집을 살펴보면 그에 대해 좀 더 알 수 있을 것 같았다. 놈이 어떤 인간인지, 지금 어디에 있는지…….

민준은 감쪽같이 사라져버렸다. 민준을 마지막으로 본 경찰은 그에게 머리를 가격당하고 쓰러졌는데, 가지고 있던 총을 뺏긴 상태였다.

일대를 샅샅이 뒤졌지만 놈은 찾을 수 없었다.

이후, 살인자는 CCTV에 모습을 드러내지 않았다. 카드도 사용하지 않았다. 핸드폰도 꺼져 있었다. 민준은 경찰이 그를 추적할 어떤 빌미도 제공하지 않고 있었다.

인천항으로도 형사들을 보냈다. 은혜와 민준이 통합관제실에서 나눈 대화를 미루어 볼 때, 민준이 밀항을 할 가능성이 있었기 때문이었다.

해경과 공조하여 정박해 있는 선박뿐만 아니라 영해에 있는 배들까지 모조리 조사했지만 놈은 보이지 않았다.

갑자기 인기척이 났다. 누군가 폴리스 라인을 넘어 집으로 들어오고 있었다.

최형사는 총을 꺼내들고 나무 그늘 아래로 몸을 숨겼다.

검은 실루엣이 마당 한가운데 나타나더니 주변을 둘러보았다.

"최형사님, 최형사님. 어디 계세요?"

익숙한 목소리였다. 경찰 제복을 입은 경민이 맥주 캔을 들고 웃고 있었다.

"난 또."

맥이 빠진 최형사가 총을 집어넣고 모습을 드러냈다.

멋쩍어진 최형사는 경민이 들고 있는 봉지를 살피더니 괜히 투덜댔다.

"맥주엔 노가리지. 새우깡이 뭐냐? 센스가 없어."

경민은 평상 위에 털퍼덕 주저앉았다. 최형사도 그 옆에 앉아 캔 맥주를 땄다.

"아직도 고민준 소식은 없나 봐요?"

"뭐가 있어야 뒤져보기라도 하지. 유일한 친척이라는 이모는 연락 끊고 지낸 지 오래고, 어떻게 된 놈이 친구나 애인 같은 것도 하

262

나 없다."

"저는 놈이 어디 있는지 알거 같아요."

"어디?"

"놈은 저기 있어요."

김순경이 캔 맥주를 든 채 턱짓으로 앞을 가리켰다. 두 사람의 눈앞에는 도시의 전경이 펼쳐져 있었다.

"안산? 놈이 아직 안산에 있다고?"

"이놈은 일반적인 사고를 가진 놈이 아니에요. 정상적인 놈은 저가 살겠다고 이 나라를 뜨거나 어디 꽁꽁 숨어 있거나 그러겠지."

"도망치거나, 숨지 않으면?"

최형사가 다급하게 묻자 경민은 더 여유를 부렸다.

"러시아에 피추시킨이라는 살인마가 있어요. 무려 63명을 죽인. 63명째 살인이 걸려서 잡혔는데 놈이 두고두고 안타까워했다는 거야. 그놈이 뭐라고 했다는 줄 알아요? 한 명만 더 죽이면 되는데. 이 사이코패스가 죽인 사람들 이름을 체스 판에 새기고 있었대요. 기념비처럼. 체스 판이 64칸이잖아. 한 명만 더 죽이면 체스 판을 다 채우는데 그 한 명을 못 죽였다는 거지."

"그러니까 네 말은 고민준이 못 다한 살인을 마무리 지으려 할 거다?"

"네, 놈은 여기를 너무 잘 알아요. 경찰이 눈에 불을 켜고 있어도, 여기가 다른 곳보다 안전할 거예요. 도시 어딘가에서 때를 노리고 있겠죠. 은총이네 가족에게 접근할 기회를."

최형사는 맥주를 들이키며 도시를 바라봤다. 오래간만에 미세먼지가 걷힌 도시의 야경이 스노우볼처럼 예뻤다.

최형사에게 전화가 걸려왔다. 병원에서 피해자 가족을 경호하고 있는 형사가 뜻밖의 소식을 알려왔다.

"강은총이 사라졌습니다."

소년은 발을 재게 움직였다. 맞지 않은 병원 슬리퍼가 몇 번이나 벗겨졌지만 침착하게 신을 찾아 신고 다시 걸었다.

병원 정문을 지나 큰 건널목을 건너자 폐기찻길이 나타났다.

기찻길 옆으로 난 인도를 걸으며 가로수를 하나하나 살폈다.

은행나무, 은행나무, 은행나무…….

폐기찻길 옆으로 코스모스가 흐드러지게 피었다. 어둠이 내렸는데도 기찻길과 코스모스를 사진에 담으려는 사람들이 많았다.

소년은 십오 년 전의 이 길을 기억했다. 아니, 잊을 수가 없었다.

십오 년 전 겨울, 다섯 살이었던 소년은 아침부터 기침이 나고 몸이 으슬으슬 떨렸다. 엄마는 소년이 늦게까지 밖에서 놀았기 때문에 감기에 걸린 것이라고 했다.

아빠는 소년을 차에 싣고 병원으로 향했다. 집에서 병원을 가려면 기찻길 옆 도로를 지나쳐야 했다.

소년은 궁금한 게 많았다. 하늘은 왜 파래요? 눈은 왜 녹아요? 누나는 왜 고추가 없어요? 나는 언제 아빠만큼 키가 커요?

아빠는 자꾸 말하면 목이 아프니 말을 하지 말라고 했다. 하지만 소년은 말을 듣지 않았다. 소년은 질문을 계속했다.

결국 소년은 폐렴에 걸린 것 같은 거친 기침을 토해냈다.

아빠가 걱정스러운 눈빛으로 뒷좌석에 있는 소년을 돌아봤다.

소년이 기침을 하지 않았다면 아빠는 보았을 것이다. 전방에 커다란 트럭이 폭주하며 다가오는 것을.

뒤늦게 트럭을 발견한 아빠가 핸들을 재빨리 틀었다. 차는 기찻길 옆 둔덕에 있는 나무에 세차게 부딪쳤다. 은행나무 속에 혼자 서 있는 플라타너스였다.

몸이 공중에 한 번 크게 떠올랐다가 안전벨트에 부딪힌 후, 다시 제자리로 돌아왔다. 차의 앞부분이 우그러졌다. 아빠는 머리를 핸들에 부딪혔다. 아빠의 머리에서 피가 흘렀다. 소년은 그렇게 많은 피를 본 적이 없었다.

소년은 울었다.

우는 일은 언제나 효과가 있었다. 배가 고플 때 울면 엄마가 달려와 먹을 것을 줬다. 무거운 장난감을 옮기고 싶을 때 울면 누나가 와서 장난감을 옮겨주었다. 소년에게 울음이란 마법의 주문과 같았다.

그래서 소년은 울었다. 그 어느 때보다 크게, 그 어느 때보다 슬프게 울었다.

아빠가 소년의 손을 잡았다. 그리고 말했다.

뭔가 부탁 같기도 했고, 달래는 말 같기도 했다.

그때는 몰랐다. 그게 아빠의 마지막 말이 될 줄은.

안타깝게도 소년의 기억은 거기까지였다.

그날의 공기가 품은 온도, 햇살이 피부에 닿은 느낌, 응급대원 아저씨가 씹고 있던 껌의 향기, 플라타너스를 타고 오르던 개미의 행렬도 다 기억이 나는데 단 한 가지가 떠오르지 않았다.

아빠가 뭐라고 했지?

우느라 말을 듣지 못한 것인지, 듣긴 했지만 시간이 많이 흘러 잊어버린 것인지 알 수가 없었다.

사고 후 소년은 말을 할 수 없었다. 그 사실이 슬프거나 답답하지는 않았다.

소년은 다시는 차를 타지 않았다. 소년은 감기에 걸리지 않도록 규칙적인 생활을 했고, 중요한 순간들을 잊지 않도록 매 순간을 기억하기 시작했다.

엄마는 피터 래빗의 아빠처럼 은총이의 아빠도 돌아올 거라고 했다. 하지만 아빠는 오지 않았다.

병실에서 창을 통해 폐기찻길을 본 소년은 생각했다.

저곳에 가면 아빠의 말이 기억이 날지도 몰라.

아빠가 다시는 오지 않겠다고 말했는데 바보처럼 기다리고 있었던 것일 수도 있어. 아빠가 어디로 찾아오라고 했는데 여기서 기다리고 있는 것일 수도 있어.

은총이를 검사실로 데려갔던 간호사 누나에게 전화가 왔다. 간호사 누나는 전화를 받더니 급한 일이 생긴 듯 발을 동동 굴렀다. 그리고 소년에게 말했다.

"혼자 갈 수 있지? 엘리베이터 타고 5층 그리고 504호."

소년은 고개를 끄덕였다. 간호사 누나가 종종 걸음으로 사라졌다.

소년은 엘리베이터를 타지 않고 병원을 나섰다.

은행나무, 은행나무, 은행나무…….

스무 번째 은행나무를 지나자 드디어 큰 잎을 드리운 플라타너스가 나타났다.

소년은 나무 아래 쭈그리고 앉아 눈을 감았다. 그리고 그날을 떠올렸다.

그날의 공기는 코끝이 시큰, 햇살이 피부에 닿은 느낌은 간질간질, 응급대원 아저씨가 씹었던 껌은 새콤한 포도향, 플라타너스를 타고 오르던 개미는 일곱 마리.

그리고 아빠는, 아빠는…….

"은총아."

기억을 되살리느라 집중하고 있던 은총이의 머리를 따뜻한 손이 쓰다듬었다.

눈을 뜨니 누나가 소년을 내려다보고 있었다.

"여기 왜 이러고 있어? 누나가 한참 찾았잖아."

소년은 핸드폰을 꺼내 양정호 아저씨가 만들어준 어벤져스 모양의 어플을 터치했다. 어플를 터치하자 수많은 색깔들이 화면을 가득 채웠다. 은총이가 원하는 색깔을 누르자 어플이 그 뜻을 누나에게 전했다.

—기억하고 싶어.

"사람이 모든 것을 기억하고 살 수는 없어. 잊는 것은 자연스러운 거야. 어떨 때는 잊을 수 있는 것이 축복이기도 해."

—축복?

"아빠도 바라실 거야. 은총이에게 잊을 수 있는 축복이 있기를."

—잊어도 돼?

"그럼, 잊어도 되지. 네가 잊으면 누나도 엄마도 기뻐할 거야."

소년은 누나의 말을 이해할 수 없었다. 잊는 것이 어떻게 축복인지를.

"어서 가자. 감기 걸릴라."

소년은 누나의 손을 잡고 왔던 길을 되돌아갔다.

플라타너스 안녕, 개미 안녕, 은행나무 안녕.

이제는 기차가 다니지 않는 기찻길 안녕, 코스모스 꽃들 안녕.

나는 이제 외롭지 않아. 조금 슬프긴 하지만.

병원 앞에 다다르자 택시가 두 사람 앞에 멈춰 섰다.

택시에서 하얀 원피스를 입은 누나가 내렸다. 그 누나는 야구방망이를 들고 있었다.

동시에 어디선가 탕, 하는 큰 소리가 났다.

소년은 귀를 막고 주저앉았다. 천둥이 친 것이라고 생각했다.

병원 앞에서 줄지어 담배를 피우던 아저씨들이 비명을 지르며 병원으로 뛰어 들어갔다.

누나가 소년을 끌어 택시 뒤에 숨게 했다.

탕, 다시 커다란 소리가 났다. 택시의 차문에 동그란 구멍이 생겼다.

구멍 사이로 분홍 압정 아저씨가 보였다. 아저씨 뒤에는 트럭이 있었다. 아빠를 피 흘리게 한 것과 같은 커다란 은색 트럭이었다.

누나가 택시 안으로 소년을 밀어넣으려 했다. 누나의 눈이 간절했다.

"은총아, 차에 타야 해."

소년의 발이 움직이지 않았다.

택시는 괴물 같은 검은 아가리를 활짝 벌리고 있었다.

소년은 발을 구르며 울었다. 더 이상 울음이 마법의 주문이 아니라는 것을 알면서도 우는 것 외에는 아무것도 할 수가 없었다.

누나가 두 손으로 소년의 볼을 감싸 쥐더니 말했다.

"은총아, 누나가 약속할게. 오늘은 괜찮아. 오늘은 차를 타도 아무

도 죽지 않아. 누나 믿지? 누나는 헐크잖아. 헐크는 핵폭발 속에서
도 죽지 않아."

소년은 누나의 말을 믿기로 했다. 눈을 꼭 감고 괴물의 검은 아가
리 속으로 몸을 집어넣었다.

택시 운전기사 아저씨는 벌써 도망을 갔다.

누나가 택시를 출발시키자 분홍 압정 아저씨의 트럭이 뒤따라왔다.

울고 싶지만 울지 않았다. 말을 걸어서 누나를 귀찮게 하지도 않
기로 했다.

누나가 시끄럽게 클랙슨을 울리자 앞서 달리던 차가 비켜섰다.

그래도 트럭과의 거리는 좀처럼 멀어지지 않았다. 멀리 경찰차의
사이렌 소리가 들려왔다.

누나는 경찰이 오면 분홍 압정 아저씨를 잡아갈 거니까 걱정하지
말라고 했다.

하지만 소년은 불안했다. 소년이 기억하는 분홍 압정 아저씨는
경찰을 무서워하지 않았다.

병원에 꼭 붙어 있으라는 엄마의 말을 들을걸. 내가 또 일을 망치
고 말았어.

갑자기 트럭이 엄청난 속도를 냈다.

누나가 트럭을 피하기 위해 핸들을 꺾었다. 차는 갓길에 있던 빨
간 차에 가서 부딪쳤다. 에어백이 터져 나왔다. 풍선껌 같은 에어백
에 얼굴을 묻고 있던 누나가 고개를 돌리며 물었다.

"은총아? 괜찮니?"

소년은 겁에 질려 고개만 끄덕였다. 차에서 나가려 했지만 차문
이 찌그러져 열리지 않았다.

뒤돌아보니 총을 든 분홍 압정 아저씨가 우리에게 다가오고 있었다.

누나는 소년을 잡아당겨 시트 아래 숨게 했다. 누나는 소년의 손을 잡고 말했다.

"은총아, 만약에 누나가 집에 가지 못해도 그건 네 탓이 아니야. 아빠가 집에 오시지 않는 것도 네 탓이 아니고."

누나의 말을 듣자 신기하게도 십오 년 전 아빠가 했던 말이 떠올랐다.

'아빠가 이제 더 이상 집에 가지 못해도 그건 네 잘못이 아니야.'

누나가 손을 아프도록 꼭 잡으며 다음 말을 이었다.

"누나가 못되게 굴 때도 있었지만 사실은 은총이를 사랑해서 그런 거야. 알지?"

십오 년 전 아빠도 말했다.

'아빠는 너를 사랑한단다. 아빠는 보이지 않아도 항상 네 곁에 있어.'

소년은 울었다. 소년의 잘못이 아니라는 말이, 소년을 사랑한다는 말이 '안녕'이라는 말로 들렸다.

이제 더 이상 안녕은 싫어.

소년은 자기만의 작은 상자 속으로 들어갔다. 상자 속은 어둡고 외로웠다. 하지만 그곳에서는 소년 때문에 다른 사람이 아프지 않았다. 그곳에서는 아무도 소년에게 '안녕'이라고 하지 않았다.

민준은 찌그러진 택시의 보닛 위에 올라섰다.

멀리 경찰차가 다가오고 있었다. 그는 경찰이 두렵지 않았다.

오히려 경찰들이 오기 전에 자폐아 남매를 죽이지 못할까 봐, 그것이 더 두려웠다.

민준은 택시 유리창에 총을 쏘았다. 유리가 와장창 깨졌다.

깨진 유리창 너머로 강은혜가 보였다.

"다 끝난 줄 알았지? 이제 진짜 결말을 쓸 시간이다, 강은혜."

민준은 은혜를 향해 총을 쏘았다.

탁, 요란한 폭발음 대신 둔탁한 쇳소리가 났다.

총은 발사되지 않았다. 탄실이 빈 것이다.

은혜는 몸을 빼내려고 안간힘을 썼지만 하체가 차에 꽉 끼인 듯 꼼짝도 안 했다.

민준은 뒤를 돌아봤다. 경찰차가 신호를 무시하고 달려오고 있었다.

경찰들이 사정거리 내에 차를 세우고 총을 뽑아드는 시간까지 길어야 1분.

지금을 놓치면 살인을 완성할 수 없다.

민준이 칼을 꺼냈다. 은혜의 머리를 그러쥐더니 차창 앞으로 당겼다. 날카로운 차창 유리가 은혜의 목을 긁었다. 그는 칼을 은혜의 목에 들이밀었다.

"내가 얘기했지. 네 번째 살인은 완벽할 거라고."

은혜는 눈을 감았다. 은총이의 울음이 더 멀리 퍼져나갔다.

캉!

차가운 칼이 목을 파고드는 대신 강렬한 쇳소리가 났다.

청량감마저 드는 소리였다. 보닛 위로 뭔가가 떨어지는 둔탁한 소리가 이어졌다. 은총이의 울음이 멈췄다.

은혜가 감았던 눈을 조심스럽게 뜨자 야구방망이를 든 젊은 여자가 보였다.

보닛 위에 쓰러진 민준의 뒤통수에서 피가 흐르고 있었다.

금발에 하얀 원피스를 입은 여자의 모습을 경찰차의 헤드라이트
가 역광으로 비췄다.

은혜의 눈에 그녀는 천사처럼 빛이 났다. 천사가 은혜에게 손을
내밀며 말했다.

"제가 좀 늦었죠? 스텔라예요."

여자는 마치 은혜와 이곳에서 만나기로 약속이라도 한 듯, 친숙
하게 인사말을 건넸다.

경찰들이 기절한 민준을 체포하는 과정은 순식간이었다.

은총이까지 구해내고서야 은혜는 여자를 자세히 살펴볼 여유가
생겼다.

도로 한가운데 갑자기 나타난 금발의 여자. 은혜는 정말 천사라
도 만난 듯, 한동안 그녀의 모습을 망연히 바라봤다.

여자가 은혜를 부축해주자, 그제야 은혜는 몇 마디 건네 볼 정신
이 들었다.

"감사합니다. 그런데 어떻게……?"

"아, 내 정신 좀 봐. 헐크 님은 나를 모르지. 저예요, 비젼."

그녀를 구해준 천사는 비젼이었다.

은혜가 법조인일 것이라고 예상했던, 암호 카페의 미지의 멤버.

은혜는 여자를 좀 더 자세히 뜯어봤다. 염색과 화장이 짙었지만
앳된 느낌을 가릴 수는 없었다. 스텔라는 아직 십대 소녀였다.

"제가 미국에서 오느라 좀 늦었어요. 헐크 님에게 감사의 말을 전
하려고 병원으로 갔는데, 마침 놈이 총을 들고 나타난 걸 본 거예요.
그래서 택시를 잡아타고 놈이 탄 트럭 뒤를 쫓았어요."

은혜의 머릿속은 스텔라에 대한 질문으로 가득 찼다.

도대체 왜 내게 고맙다는 것일까? 뭐하는 사람이기에 야구방망이를 들고 다니지?

"어떻게 된 일인지 도무지 모르겠어요. 비전 님은 왜 에니그마 카페에……."

"삼촌이 가입하라고 해서요."

"삼촌?"

"양정호 교수요. 아빠가 엄마 죽인 게 아니라는 걸 보여준다고. 활동은 안 해도 되니까 가입만 하라고 했어요."

그제야 머릿속의 복잡한 실타래가 풀렸다.

양기호의 딸이라니. 어쩐지 스윙이 남달랐어.

12

피터 래빗 죽이기

은총이의 가족이 다같이 나들이를 간 곳은 갯골생태공원이었다.
아버지의 교통사고 이후 처음이었다.

이곳을 찾은 이유는 새롭게 알게 된 은총이 노래 취향 때문이었다.

병원에서 퇴원하던 날, 은총이는 엄마의 치맛자락을 끌어 벽보가
붙어 있는 곳으로 갔다. 그러더니 공연 포스터에 있는 걸그룹의 사
진을 가리켰다. 배곧 신도시에 서울대 캠퍼스를 유치하게 된 것을
축하하는 축제 공연 포스터였다. 은총이는 평소와 같은 무표정으로
걸그룹에 대한 열렬한 애정을 표현했다.

여느 집에는 일상일 나들이지만 은총이 가족에게는 십오 년 만에
처음 있는 일이었다. 엄마는 며칠 전부터 장을 보고 음식을 준비했
다. 은혜는 은총이와 엄마를 위해 새 옷을 장만했다.

엄마가 준비한 음식을 잔디밭에 펼쳐놓았지만 걸그룹이 노래를 시작하자 은총이가 무대 앞으로 다가갔다.

처음 보는 또래다운 모습에 엄마가 웃었다. 아주 오래간만에 보는 그늘 없는 웃음이었다.

은혜는 음악에 맞춰 발끝을 까딱이며 납치 사건 후, 달라진 것과 달라지지 않은 것들에 대해 생각했다.

은총이는 이제 차를 타는 것을 두려워하지 않는다.

오히려 매일 어디를 가보자고 조르는 통에 엄마가 옛날이 그립다고 푸념을 할 정도였다.

민준은 그가 바라던 대로 인터넷을 도배했다.

'CCTV 살인마'라는 진부한 별명을 얻게 되었고, 가는 곳마다 경찰들이 그를 괴롭혔지만, 유명세에 대한 기쁨이 더 큰 것처럼 보였다.

엄전무는 여전히 충직한 개의 역할을 다하고 있었다.

자신이 한 일은 모두 개인적인 동기에서 한 것이며 명성과는 아무 관련이 없음을 시종일관 주장했다. 명성은 '웨하스 전쟁'의 뇌관을 쥐고 있는 그가 입을 닫아준다면 여론이 잦아들 즈음 그를 교도소에서 빼내고 포상할 것을 약속했을 것이다.

명성을 등에 업은 엄전무는 교도소에서 정치범 수준의 극진한 대우를 받았다.

엄전무와 친해지려고 하는 한 교도관에게 엄전무가 요구한 것은 딱 하나였다고 한다. 고민준과 같은 방에 넣어줄 것.

스텔라는 출소한 양기호와 함께 삼촌의 장례를 치르고 미국으로 돌아갔다.

비록 알코올 중독자지만 야구선수인 아버지를 자랑스러워했고,

엄마의 불륜도 이해해주는 어른스러운 아이였다.

양기호는 다시는 술을 입에 대지 않기로 약속했다고 한다. 동생의 결백을 증명하려다 세상을 떠난 형을 생각해서라도 남은 생을 허투루 보낼 수는 없다고.

수호는 이력서 대신 글을 쓰기 시작했다.

종종 편의점에 들러 노트북을 확인해보면 항상 커서가 '피터 래빗 죽이기'라는 제목 옆에 머물고 있었다.

왜 쓰지 못하냐고 물었더니 은혜와 자신 중에 누가 셜록 역이고 누가 왓슨 역인지 결정하지 못했기 때문이라고 했다.

우리는 여전히 동네 꼬마들 사이에서 병신 가족으로 통했다.

자폐든 언어 장애든 사람들 눈에는 어차피 다를 게 없었다.

엄마가 은혜 쪽이 아닌 흔들전망대[20]를 쳐다보며 불쑥 말을 내뱉었다. 그 모습이 너무 자연스러워 엄마가 은혜가 아닌, 흔들전망대와 대화를 나누는 것 같은 착각이 들었다.

"엄마는 네가 태권도하는 게 싫었어. 은총이 놀리는 애들 혼내주려고 시작한 거지 네 선택이 아니었잖아. 너도 다른 애들처럼 레이스 달린 원피스 입고 발레 같은 걸 배웠으면 했어."

흔들전망대는 늘 그렇듯 살짝 기울어진 채, 미세하게 흔들리고 있었다.

단합대회를 왔을 때, 흔들전망대를 보고 체육관 관장님이 하신 말씀이 떠올랐다.

흔들리지만 쓰러지지는 않는다. 흔들리기에 강한 바람에도 버틸

---

20) 안산시 갯골 생태 공원에 있는 목조 전망대. (22미터, 6층) 피사의 사탑처럼 기울어진 형상. 내구성을 위해 바람에 흔들리도록 설계되어 있다.

수 있다.

"나 태권도 좋아해. 은총이 때문에 시작한 건 맞지만 싫으면 계속 하지 않았어."

엄마가 은혜의 손을 잡았다. 거친 손이 새삼 슬펐다.

은혜가 오 년 전 집을 떠난 것은 비겁했기 때문이었다. 엄마처럼 계속 흔들리며 살아갈 용기가 없었다.

은혜가 엄마에게 조심스럽게 말을 꺼냈다.

"엄마, 우리 이제 피터 래빗을 보내줘야 할 거 같아."

엄마가 말없이 고개를 끄덕였다.

축하 공연이 모두 끝났다.

은혜는 은총이 곁으로 다가갔다.

하늘에서 요란한 폭음과 함께 불꽃이 쏟아져 내렸다. 남매의 얼굴 위로 파랗고, 빨갛고, 노란 빛 줄기가 비쳤다가 사라졌다.

다양한 색깔의 불꽃을 보고 있자니 은혜는 장소희 정신건강상담소 게시판에 꽂혀 있던 압정들이 떠올랐다.

분홍색 압정을 꽂아 은총이가 꼭 완성하고 싶었던 문장은 '아빠 어서 돌아와요. 은총이가 미안해요'였다.

폭발음이 연이어 들렸다. 화려하고 다양한 불꽃이 쉴 새 없이 피어났다.

은총이의 얼굴이 대낮처럼 환해졌다.

불꽃은 배곧 신도시에 서울대 캠퍼스가 들어오는 것을 축하하기 위한 것이었다. 서울대 캠퍼스가 들어오면 지역 경제가 살아나고, 집값이 오를 것이다.

같은 시각, 서울대학교에서는 학생들이 캠퍼스가 분리되는 것을 반대하며 시위를 벌이고 있다고 했다.

누군가의 반대를 담보로 한 축제의 불꽃은 속없이 예뻤다.

이제 은혜는 은총이를 상자 속에서 꺼내 세상에 첫발을 디디게 하려고 한다.

누군가 웃고 있으면 또 누군가는 울어야 하는 세상, 반드시 나쁜 사람과 착한 사람으로 이분화되지만은 않는 세상, 혼란 속에서 자신만의 최선을 찾아야 하는 세상, 싸우는 것보다 버티는 게 더 힘든 세상.

아이들을 어른들의 세계에 발을 내딛게 하는 것은 할례만큼 잔혹한 일일지도 몰랐다. 잔혹하지만 은혜는 오늘 그 일을 해야 했다.

은혜는 이 의식이 너무 아프지 않기를 바라며 은총이의 어깨에 팔을 둘렀다. 그리고 천천히 '피터 래빗'에 대한 이야기를 시작했다.

이야기는 은총이가 열다섯 해 동안 들어온 동화와 달리 행복하게 끝나지 않을 것이다.

은총이는 특유의 무표정한 얼굴로 누나의 말을 끝까지 경청했다.

촉촉해진 눈동자 위로 불꽃의 꼬리가 반짝 비쳤다 사라졌다.